72 वर्ष

भारतीय
ज्ञानपीठ

णाणं पयासयं

वीर नि.सं. 2470

ई.सन् 1944

भारतीय ज्ञानपीठ

जलतरंग

(उपन्यास)

जलतरंग

संतोष चौबे

भारतीय ज्ञानपीठ

लोकोदय ग्रन्थमाला : ग्रन्थांक 1282

ISBN 978-93-263-5466-0

जलतरंग

(उपन्यास)

संतोष चौबे

प्रकाशक : **भारतीय ज्ञानपीठ**
18, इन्स्टीट्यूशनल एरिया, लोदी रोड, नयी दिल्ली–110 003

मुद्रक : आर.के. ऑफसेट, दिल्ली

आवरण–सज्जा : चन्द्रकान्त शर्मा

JALTARANG
(Novel)
by Santosh Chaubey

Published by
Bharatiya Jnanpith
18, Institutional Area, Lodi Road, New Delhi-110 003
Ph. : 011-24698417, 24626467; 23241619 (Daryaganj)
Mob. : 9350536020; e-mail : bjnanpith@gmail.com
sales@jnanpith.net; website : www.jnanpith.net

Third Edition : 2017
Price : Rs. 200

अनुक्रम

आलाप

शहर की उस संभ्रांत कॉलोनी में, पार्क के ठीक सामने, आम के पेड़ों से घिरा एक सुंदर सा मकान है। वही देवाशीष जोशी का घर है।

देवाशीष के पिता ने उसे बड़े प्यार से बनवाया था, कि रिटायरमेंट के बाद खुद शान्ति से रह सकें और अपने बाद देवाशीष के लिए भी, कुछ तो छोड़ जायें। हालाँकि उसे बनाने में उन्हें काफी संघर्ष करना पड़ा था। उन्होंने अपना पूरा जीवन बड़ी ईमानदारी से गुज़ारा था और इसलिए, रिटायरमेंट के समय, उनके आर्थिक साधन बहुत सीमित थे। बेटियों की शादियों और बच्चों की पढ़ाई लिखाई ने उन्हें और सीमित कर दिया था। लेकिन पूरे स्वाभिमान के साथ उन्होंने अपना संघर्ष किया। जिस दिन घर बनकर तैयार हुआ, उन्होंने उसमें आम के पौधे लगाये जो अब घने पेड़ों की छाँह बन चुके थे। देवाशीष को लगता था जैसे पिता का आशीष ही उन पेड़ों की घनी छाया के रूप में उस पर छाया हुआ है। ।

उस घर के साथ एक और मूल्यवान चीज़ देवाशीष के हाथ लगी। वह थी पिता का पुस्तकालय। भारतेंदु से लेकर प्रेमचंद तक, मैथिलीशरण से लेकर निराला तक, बंकिम-शरत, टैगोर, डिकेंस-हेमिंग्वे-सॉमरसेट मॉम, स्टोरी ऑफ मैनकाइंड से लेकर स्टोरी ऑफ साइंस, डेविड कॉपरफील्ड से लेकर एलिस इन वंडर लैंड तक ढेरों किताबें थीं जो एक तिलस्म की तरह उस पर खुलती थीं और ज्ञान के प्रकाश की तरह उसके दिल में फैलती जाती थीं। देवाशीष ने पहले ही उन किताबों को अपना दोस्त बना लिया था।

लेकिन साहित्य से भी ज्यादा मूल्यवान था संगीत जिसने पिता के माध्यम से उनके जीवन में प्रवेश किया। आज देवाशीष जोशी की पहचान एक संगीतकार के रूप में है। एक जलतरंग वादक और संगीत के गहन अध्येता के रूप में। ये कथा उनके उसी जीवन-संगीत के बारे में है।

तो संगीत एवं पुस्तकों के प्रेमी देवाशीष जोशी उस दिन सुबह जब अपने घर की

बालकनी में बैठे तो उन्हें बहुत ही तीव्रता के साथ अपने संगीत शिक्षक अत्रे गुरुजी और अपने पिता देवदत्त जोशी की याद आई! पिता के द्वारा लगाये गये आम के पेड़ की डालियाँ पींगें मारते हुए उनकी बालकनी में प्रवेश कर गई थीं। देवाशीष ने धीरे से हवा में थरथराते आम के पत्तों को छुआ जैसे पिता से बात कर रहे हों।

लगभग उसी समय देवाशीष की पत्नी स्मृति ने इलेक्ट्रॉनिक तानपुरे की स्वर लहरी प्रारम्भ की। षड्ज और पंचम के स्वर जीवन के आधार स्वरों की तरह देवाशीष के कानों में गूँजने लगे। और उनके बीच से उभरी गांधार की बारीक सी छाया, जिसे देवाशीष ने पहचान लिया। क्या ये संगीत ही नहीं था जिसने देवाशीष का जीवन सँवारा? क्या ये संगीत ही नहीं था जो अंतर्धारा की तरह उनके मन में बहता रहा और फिर भी उन्हें जिसकी तलाश रही? क्या ये संगीत ही नहीं था जिसने संघर्ष में उन्हें मजबूत बनाया और लड़ने की ताकत दी? ये जो काग़ज़ आज उनके हाथ में था, क्या इसके पीछे भी संगीत की ही शक्ति नहीं थी?

देवाशीष धीरे से उठे और सामने रखी डेक पर उन्होंने अपना मनपसन्द भजन लगाया–मन तरपत हरि दर्शन को आज। मुहम्मद रफी का गाया, नौशाद के संगीत से सजा वह भजन। मालकौंस आह... राग मालकौंस। कैसी गहनता, कैसी पीड़ा, कैसा अदर वर्ल्डली एहसास।

गुरु बिन ज्ञान कहाँ से पाऊँ... तक आते आते उनकी आँखों से झर-झर आँसू बहने लगे।

रागमाला की तरह अपने जीवन के चित्र उनके मानस पटल पर आने जाने लगे। वे पूरी तरह ध्यान में डूब गये।

करीब चालीस साल पहले की, फरवरी माह की गुनगुनी ठंड वाली सुबह। देवाशीष यही कोई दस-ग्यारह साल का रहा होगा। उसने पिता के साथ अत्रे गुरुजी के गुरुकुल में प्रवेश किया। पहली ही नज़र में गुरुकुल उसे पसन्द आ गया था। शहर से करीब पाँच-छः किलोमीटर दूर, सड़क से कुछ भीतर, लगभग दो एकड़ जमीन पर बना एक उपवन जिसमें गुरुजी रहते भी थे और संगीत भी सिखाते थे। उपवन की बाउंड्री बोगनबेलिया के रंग बिरंगे फूलों से लदी हुई थी। एक कोने में गुरुजी का छोटा सा घर और दूसरे में षट्कोणीय आधार पर बना संगीत कक्ष। एक तीसरे कोने में देशी-विदेशी छात्रों के रहने के लिए हॉस्टल।

मुख्य द्वार से प्रवेश करने पर फूलों की क्यारियों और बॉटल पाम के वृक्षों से होकर गुजरते हुए वे गुरुकुल के बीचोबीच बने गुलाब के फूलों से घिरे एक गोलाकार मंडप तक पहुँचे, जिसके खंभों पर चमेली की बेल मुस्करा रही थी और जो मंडप की छत पर पहुँचते पहुँचते पूरी तरह खिलखिलाने लगती थी। उसके आगे अमराई थी जिसके बीच षट्कोणीय आधार पर बना संगीत कक्ष था। आम और

अमरूद के पेड़ इधर-उधर ठिठके खड़े थे और बौर की खुशबू पूरे प्रांगण में बिखरी थी।

पिता ने वहीं बैठे एक छात्र से पूछा, "अत्रे गुरुजी?"

"अभी घर में ही हैं। वह, कोने वाला मकान है।"

पिता अत्रे गुरुजी को पहले से पहचानते थे पर देवाशीष ने उन्हें पहली बार देखा। वे घर के सामने वाले खुले बरामदे में बैठे थे। सफेद झक कुरता पाजामा, चेहरे से तेज बरसता हुआ। नुकीली नाक और उन्नत माथा। घुँघराले बाल और माथे पर झूलकर गिरती हुई लट। मुख पर एक बहुत मीठी सी मुस्कान। उन्होंने स्वागत करते हुए कहा, "नमस्कार जोशीजी। आइये। गुरुकुल का सौभाग्य कि आप पधारे।"

"अपने काम से आया हूँ।"

अत्रे गुरुजी ने देवाशीष की तरफ देख कर कहा, "आपका बेटा है?"

"जी। इसे संगीत सिखाना है। आपके गुरुकुल में।"

"ये तो बहुत अच्छी बात है पर इससे भी तो पूछना पड़ेगा। क्यों बेटे, क्या नाम है तुम्हारा?"

"जी देवाशीष।"

"वाह वाह, देवताओं का आशीष तो तुम्हारे ऊपर पहले से ही है। संगीत सीखोगे?"

देवाशीष ने कुछ-कुछ अनिश्चितता के साथ हामी भरी, "जी... सीखना चाहता हूँ।"

"ऐसे नहीं, पक्का निश्चय करके बताओ। अगर पक्का मन बनाओगे तो जरूर सीख लोगे।"

अब देवाशीष ने दृढ़ता से कहा, "जी, सीखूँगा।"

अत्रे गुरुजी और पिताजी दोनों मंद-मंद मुस्कराने लगे। पिता ने कहा था, "लड़का ज़िद्दी है गुरुजी। जो ठान लेता है वह करता ही है।"

"बहुत बढ़िया। तो अब यह मेरी परीक्षा है कि मैं इसे संगीत की ओर प्रवृत्त करूँ। वैसे संगीत चीज ही ऐसी है। अगर मन लग गया तो जीवन भर लगा रहता है।"

"तो ठीक है, इसे आपको सौंपता हूँ।"

अत्रे गुरुजी ने देवाशीष के सिर पर हाथ रखा। उसने झुक कर उनके पैर छुए।

अब अत्रे गुरुजी उठे और बोले, "आइये, आपको अपना गुरुकुल दिखाता हूँ।"

देवाशीष और उसके पिता अब फूलों की क्यारियों के बीच से होते हुए संगीत कक्ष

तक पहुँचे। संगीत कक्ष षट्कोणीय आधार पर बना था और उसमें किसी भी पक्ष से प्रवेश किया जा सकता था। नीचे कोटा स्टोन के साफ सुथरे फर्श से सजा बड़ा सा हॉल था जिसके मुख्य प्रवेश द्वार के ठीक सामने सरस्वती जी की प्रतिमा विद्यमान थी और एक कोने में गणेशजी विराजमान थे। सरस्वती प्रतिमा के पास ही एक छोटा सा तख्त और नीचे बिछी सुंदर सी दरी, जिस पर कुछ छात्र बैठे थे। कक्ष के एक कोने में प्रसिद्ध संगीतकारों की एक छोटी सी फोटो प्रदर्शनी और दूसरे कोने में करीने से सजे कुछ सितार और अन्य संगीत वाद्य। एक तीसरे कोने में किताबों की लाइब्रेरी, जिसमें संगीत के क्लासिक्स जैसे 'संगीत रत्नाकर' सजे हुए थे। पूरे हॉल में अगरबत्ती की भीनी भीनी खुशबू थी जो एक पवित्र सा वातावरण रच रही थी। वहाँ एक अद्भुत शांति थी जिसमें सिर्फ संगीत की ध्वनियाँ सुनी जा सकती थीं।

अब वे ऊपरी मंजिल पर आये जहाँ छः अलग-अलग कक्ष बने हुए थे। प्रत्येक कक्ष का नाम किसी न किसी राग के ऊपर था। आसावरी, बिहाग, मल्हार, काफी, मालकौंस और भैरवी। हर कक्ष में छात्र-छात्राएँ गायन या किसी वाद्य का रियाज़ कर रहे थे। कहीं एकल, कहीं सम्मिलित स्वर में। देवाशीष को लगा कोई चुंबकीय शक्ति है जो उसे संगीत की ओर खींच रही है।

बाहर आते हुए अत्रे गुरुजी ने पिता से पूछा, "जोशी जी, कैसा लगा आपको हमारा गुरुकुल?"

"बहुत सुंदर।"

"अच्छा देवाशीष, अब तुम बताओ। क्या सीखना चाहोगे?"

देवाशीष को सितार मीठा और सुंदर वाद्य लगता था। उन दिनों अखबारों में पंडित रविशंकर की बहुत धूम भी थी और देश विदेश में उनके द्वारा भारतीय संगीत के झंडे गाढ़े जा रहे थे। सो उसने कहा, "सितार।"

अत्रे गुरुजी ने हँसते हुए कहा था, "सितार एक कठिन मगर अच्छा वाद्य है। तुम्हारा चयन ठीक है। पर पहले कुछ दिन तुम गाना सीखो। प्रत्येक वादक को थोड़ा बहुत गाना आना ही चाहिए। अच्छा अब मैं एक स्वर लगाता हूँ। तुम उसे दुहरा कर दिखाओ।"

गुरुजी ने स्वर लगाया,

"सा...।"

देवाशीष ने ध्यान से सुना और दोहराया, "सा..."

गुरुजी खुश हुए। उन्होंने कहा, "बढ़िया, तुम्हारा कान भी ठीक है और गला भी। तो कल से तुम्हारा संगीत शुरू।"

"जी। मुझे कब आना होगा?"

"सुबह छः बजे।"

"जी?"

"हाँ। थोड़ी मेहनत करो। ब्रह्म मुहूर्त संगीत सीखने के लिए सबसे अच्छा समय है।"

"जी, आ जाऊँगा।"

पिता ने अत्रे गुरुजी को धन्यवाद दिया था। उत्साह और उम्मीद से भरा देवाशीष घर लौटा था।

दूसरे दिन सुबह जब वह गुरुकुल पहुँचा तो गुरुजी बगीचे में पेड़ पौधों की देखभाल कर रहे थे। उन्होंने उसे भी साथ में लगा लिया।

"आओ देवाशीष, कुछ हाथ बँटाओ।"

उस दिन देर तक वह गुरुजी के साथ कुछ निंदाई-गुड़ाई, कुछ पेड़ पौधों की छँटाई और झारे से पानी देने का काम करता रहा था। सुबह की हवा में हल्की सी ठंडक थी। बॉटल पाम के पत्तों से एक सुखद मर मर का संगीत झर रहा था। आम और अमरूद के वृक्ष तथा चाँदनी की बेल भी उनके स्वर में स्वर मिला रहे थे। तभी गुरुजी ने कहा, "सभी संगीत प्रकृति से ही निकला है देवाशीष। अगर तुम्हें संगीत सीखना है तो तुम्हें प्रकृति का संगीत सुनना आना चाहिए।"

ये उसका पहला पाठ था। करीब सात बजे गुरुकुल के सभी छात्र बीच में स्थित मंडप में इकट्ठा हुए। गुरुजी ने कहा, "चलो, अब ईश्वर का ध्यान करेंगे।"

फिर सबने मिलकर एक सुंदर सी आरती गाई। गुरुजी पहला पद गाते थे और सब छात्र उसे दोहराते थे। आरती खत्म होते-होते एक पवित्र सा वातावरण चारों ओर बन गया। एक वरिष्ठ छात्रा ने, जो देवाशीष के पास ही खड़ी थी, कहा, "राग रामकली है।"

देवाशीष ने पहली बार कोई राग पहचाना।

अब गुरुजी मंडप के नीचे बनी गोलाकार मेंड़ पर बैठ गये। उन्होंने कहा, "स्वराभ्यास करेंगे।"

सभी छात्र-छात्राएँ मंडप के नीचे बैठ गये थे। गुरुजी ने षड्ज का स्वर लगाया। सभी छात्रों ने उसे दोहराया। फिर वे लंबे समय तक मंद्र और मध्य सप्तक के स्वरों का अभ्यास कराते रहे। उनके कान बहुत तेज थे। वे तुरंत बेसुरे छात्र को पहचान लेते थे और सबको रोककर उसका स्वर ठीक कराते थे। उनके हाथ और आँख के इशारे से समझना पड़ता था कि स्वर ठीक लगा या नहीं।

स्वराभ्यास करीब छः महीनों तक इसी तरह जारी रहा। अब देवाशीष सप्तक के सभी स्वरों को पहचानने लगा था और तीनों सप्तकों को भी। वह आरोह और अवरोह में उन्हें ठीक-ठीक लगा लेता था। गुरुजी की आँखों का प्रशंसा भाव उसे

बता देता था कि वह ठीक-ठीक प्रगति कर रहा है।

धीरे-धीरे गुरुजी ने स्वर समूहों का अभ्यास कराना शुरू किया। वे किसी एक थॉट के स्वर समूह को पकड़ते और घंटों उस पर मेहनत कराते। उनका मानना था कि संगीत के हर छात्र को स्वर, सरगम और स्वर समूहों पर गहरी पकड़ रखनी चाहिए। तभी वह अच्छा छात्र बन सकता है। करीब एक वर्ष तक स्वराभ्यास कराने के बाद उन्होंने कहा था, "अच्छा अब कल तुम सबको एक गीत सिखाऊँगा।"

उस दिन सभी छात्र उत्साह से भरे थे। आज वे स्वरों से आगे एक पूरे गीत की दुनिया में प्रवेश करने वाले थे। छुट्टी का दिन था और दोपहर की धूप छन-छन कर पेड़ों के बीच से होती हुई गायन कक्ष तक आ रही थी। तब अत्रे गुरुजी ने उल्लास और उमंग से भरी वह होली सभी छात्रों से गवाई थी, "यमुना तट श्याम खेलत होरी..."

सभी छात्रों ने उसे ठीक-ठीक दुहरा लिया था। ऐसा लगा था जैसे यमुना नदी सामने ही बह रही हो। गीत समाप्त होने के बाद कुछ अवकाश दिया गया था फिर उन्होंने कहा, "ये राग काफी में था। आओ अब इसके आरोह अवरोह देखते हैं।"

यह गुरुजी का रागों से परिचित कराने का तरीका था। वे सामान्यत: कोई गीत या भजन सुनाते, फिर राग का परिचय कराते और उसके आरोह अवरोह सिखाते। वे 'सरल से कठिन की ओर' में विश्वास करते थे और गीतों के माध्यम से, छात्रों के दिमाग में, राग के स्वर बिठाने की कोशिश करते थे। हालाँकि उनका ये भी मानना था कि आगे चलकर शब्द महत्त्वपूर्ण नहीं रहते सिर्फ स्वर ही बचा रह जाता है।

देवाशीष बहुत जल्दी ही रागों को पहचानने लगा वह औड़व, षाड़व और संपूर्ण का फर्क समझने लगा था। काफी, भीमपलासी, भोपाली, हंसध्वनि, बिहाग, मारुबिहाग, मल्हार जैसे कितने ही रागों से उसका परिचय हो चुका था। पर अभी भी उसे लगता था कि वह संगीत की प्रारंभिक सीढ़ी पर ही था। वह सोचता था कि गुरुजी अब उसे सितार पर ले चलेंगे। तभी वह घटना हुई।

गुरुकुल में समय-समय पर बड़े कलाकार आमंत्रित किये जाते थे। इस बार वसंतोत्सव के समय खबर थी कि नासिक से पंडित नारायण राव आने वाले हैं। वे जलतरंग जैसा विलुप्त वाद्य बजाते हैं और घन वाद्यों का गहरा ज्ञान रखते हैं। जैसे-जैसे वसंतोत्सव नजदीक आ रहा था सभी छात्रों के मन में पंडितजी से मिलने की उत्कंठा बढ़ती जा रही थी।

आखिर वसंतोत्सव आ ही गया। पंडितजी आ चुके थे और गुरुकुल में ही ठहरे थे।

देवाशीष से उनकी देखभाल करने को कहा गया। पंडितजी के साथ उनके

एक सहयोगी भी थे। सुबह नाश्ते के बाद पंडित जी अपना वाद्य यंत्र लेकर बैठे। चीनी मिट्टी के छोटे-बड़े प्याले, जिनमें जल भरकर अलग-अलग स्वर मिलाये जाते थे। नारायण राव जी ने सोलह प्यालों का प्रयोग किया और राग हंसध्वनि पर थोड़ा रियाज़ किया। देवाशीष रियाज़ के बाद उनके साथ बैठा। उसने पूछा, "पंडितजी ये वाद्य कभी देखा नहीं था। आपने इसे कहाँ सीखा?"

पंडित नारायण राव ने कहा, "मेरे पिता पंडित शंकर राव इसे बजाते थे। वे बताते थे कि बर्मा, बाली, जावा में जैसे गाँग बजाया जाता है वैसे ही हमारे देश में जलतरंग का प्रचलन है। गाँग कांसा, फूल आदि धातुओं के मिश्रण से निर्मित होता था और उसे भिन्न-भिन्न स्वरों के लिए छोटे बड़े आकार का बनाते थे। उन्हें बेंत की डंडी से, जिसके आगे रुई या ऊनी कपड़े की मुलायम घुंडी बनी रहती है, दोनों हाथों से पकड़कर बजाया जाता था। प्राचीन काल में ये भारत की पूर्वी तथा उत्तरी सीमा के आसपास भी प्रचलित था। लेकिन बाद में इसकी जगह जलतरंग ने ले ली। जलतरंग चीनी मिट्टी के प्यालों से बनता है जिनका स्वर जल की मात्रा तथा प्याले के आकार पर निर्भर करता है।"

फिर कुछ सोचकर उन्होंने कहा, "शाम को तो आप रहेंगे न। सुनियेगा।"

देवाशीष के मन में उत्सुकता और जगी। पंडितजी ने बहुत थोड़ा भोजन किया। दोपहर में कुछ विश्राम किया और शाम पाँच बजे तक स्वरों का मिलान कर वे अपनी प्रस्तुति के लिए पूरी तरह तैयार हो गये।

शाम को गुरुकुल का संगीत कक्ष खचाखच भरा था। जलतरंग और पंडित नारायण राव का परिचय कराते हुए अत्रे गुरुजी ने कहा, "मित्रो, आज हमारे बीच भारतीय शास्त्रीय संगीत के रेयर वाद्य, जलतरंग के प्रख्यात वादक पंडित नारायण राव उपस्थित हैं। इन जैसे लोगों ने ही इस विलुप्त वाद्य की परंपरा को बचाये रखा है। सबसे पहले मैं आपको इस वाद्य का परिचय दे दूं... संगीत के शास्त्रीय ग्रंथों में जलतरंग का सर्वप्रथम उल्लेख 'संगीत पारिजात' में मिलता है। इस ग्रंथ में जलतरंग को घन वाद्यों के अंतर्गत रखा गया है। 'संगीत सार' के अनुसार बाईस कटोरियों का जलतरंग पूर्ण तथा पंद्रह कटोरियों का जलतरंग मध्यम समझा जाता है। पहले चीनी मिट्टी या कांसे के कटोरों का प्रयोग किया जाता था पर आजकल सिर्फ चीनी मिट्टी के प्यालों का ही प्रयोग किया जाता है जिनकी संख्या सोलह होती है। मंद्र स्वरों के लिए बड़े और तार स्वरों के लिए छोटे प्याले घटते क्रम में प्रयुक्त किये जाते हैं।

जलतरंग के राग कुछ अलग होते हैं। आज नारायण राव जी राग हंसध्वनि से शुरुआत करेंगे जो उत्तर और दक्षिण भारत दोनों में ही लोकप्रिय है, आगे की बात वे खुद बतायेंगे..."

नारायण राव अब गंभीर हो चुके थे। उनके सामने चीनी मिट्टी के सोलह प्याले अर्द्धचंद्राकार रूप में रखे थे। उनके हाथ में लकड़ी की दो पतली पतली डंडियाँ थीं जिन्हे एक दो बार उन्होंने प्यालों के ऊपर घुमाया। प्यालों से एक अद्भुत तरंग निकली जिसने वातावरण को उत्तेजना से भर दिया। उन्होंने श्रोताओं से मुखातिब होते हुए कहा, "सबको नमस्कार। अभी अत्रे गुरुजी ने आपको जलतरंग के बारे में बताया। आज जो इसका स्वरूप है वह पंद्रहवीं-सोलहवीं शताब्दी के आसपास का है। मैं आपको पहले राग हंसध्वनि सुनाऊँगा, फिर भोपाली में गत प्रस्तुत करूँगा। उसके बाद ठुमरी या जो आप सुनना चाहें..."

पंडित नारायण राव ने हंसध्वनि बजाना शुरू किया। जलतरंग में आलाप बड़ा नहीं लिया जाता। राग के स्वरों और स्वर समूहों को स्थापित करने के बाद जोड़ थोड़ा लंबा बजाया जाता है और फिर गत। उन्होंने ऐसा ही किया। गत तक आते-आते अद्भुत संगीत रस की सृष्टि होने लगी। विलंबित और द्रुत गत में तबले के प्रवेश के बाद तो श्रोता पूरी तरह संगीत रस में डूब गये। नारायण राव जी ने अपनी फुर्तीली उंगलियों का कमाल दिखाते हुए अलग-अलग स्ट्रोक्स और चाल प्रस्तुत की और फिर झाला बजाते हुए एक लंबे तिये के साथ वादन समाप्त किया। हॉल तालियों की गड़गड़ाहट से गूँज उठा। फिर उन्होंने भोपाली में सीधे द्रुत गत से शुरुआत की और राग पीलू में एक ठुमरी बजाकर वादन समाप्त किया। लगभग डेढ़ घंटे का उनका वादन देवाशीष के लिए एक अद्भुत अनुभव था।

अगली सुबह देवाशीष अत्रे गुरुजी के पास पहुँचा और बोला, "गुरुजी मुझे जलतरंग सीखना है।"

गुरुजी मुस्कराते हुए बोले, "तो फिर सितार का क्या होगा? ऐसा न हो कि कल हम किसी प्रख्यात सितार वादक को बुलाएँ और तुम कहने लगो कि गुरुजी अब मुझे सितार सीखना है।"

"सितार नहीं गुरुजी, जलतरंग ही सीखूँगा।"

"सोच लो यह एक विलुप्त वाद्य है। पता नहीं इसमें आगे तुम्हारा कैरियर कैसा चले!"

"गुरुजी, मेरा मन इसी में लग गया है।"

"तो ठीक है। जाओ नारायण रावजी को प्रणाम करके आओ।"

देवाशीष गया और उसने नारायण राव जी को अपना निर्णय बताया। नारायण राव जी ने आशीर्वाद तो दिया ही साथ ही कहा-"मुझे बहुत खुशी हुई कि तुमने जलतरंग सीखने का निर्णय लिया है। ज़रूर सीखो, और कभी कुछ और जानना चाहो तो सीधे मेरे पास आ जाना।" देवाशीष को अपनी राह मिली।

अब देवाशीष ने जलतरंग बजाना शुरू किया। उसका गायन और रागों का प्रारंभिक प्रशिक्षण उसके बहुत काम आया। पहले पहल वह हारमोनियम की मदद से और फिर बिना हारमोनियम के भी, पूरी शुद्धता के साथ स्वर मिलाने लगा। उसकी उँगलियाँ जैसे जलतरंग की डंडियों के लिए ही बनी थीं और बजाते समय उसकी फुर्ती और तेजी देखते ही बनती थी। प्रारम्भ में आलाप और जोड़ का काम और द्रुत गत में तानें वह इतनी सुंदरता से निकालता था कि सुनने वाले वाह वाह कह उठते थे। वह एक बार नारायण रावजी के पास नासिक भी हो आया था। उन्होंने उसका वादन सुनने के बाद डंडियों से पानी हिलाकर, उसे मींड़ का काम करना भी सिखाया था। जल्दी ही मशहूर हो गया कि अत्रे गुरुजी का एक शिष्य है जो बहुत आगे जाएगा।

लगभग उसी समय अत्रे गुरुकुल की एक और शिष्या का नाम शहर में प्रसिद्ध हुआ। वह थी स्मृति वाजपेयी जो गुरुजी से सितार सीख रही थी। सितार पर उसकी उंगलियाँ जादू पैदा करती थीं, मिजराब का उसका काम किसी के भी हृदय को आंदोलित कर सकता था। वह सप्तकों के बीच बहुत सुंदरता के साथ आवाजाही करती थी। तानों की उसकी रेंडरिंग बहुत साफ-सुथरी और क्रिएटिव हुआ करती थी। वह देखने में साँवली मगर सुंदर थी और किसी को भी आकर्षित करने में सक्षम।

देवाशीष की बहुत दिनों तक उससे मुलाकात नहीं थी क्योंकि वह शाम के समय गुरुकुल में आती थी और देवाशीष सुबह-सुबह आना पसन्द करता था। फिर संगीत ने ही उनकी मुलाकात भी कराई।

शहर में समय समय पर शास्त्रीय संगीत के प्रख्यात कलाकार आते ही रहते थे। अत्रे गुरुजी नियम से अपने दो तीन चुनिंदा छात्रों को लेकर उन्हें सुनने जाते। वे उनकी गाने की स्टाइल और घराने की विशेषता पर चर्चा करते, गुण दोषों की विवेचना करते और छात्रों को भी ऐसा करने को प्रोत्साहित करते। देवाशीष को संगीत सीखते करीब छः साल हो गये थे और अब वह गुरुजी की बातों को ज़्यादा अच्छी तरह समझ सकता था। स्कूल से निकलकर अब वह कॉलेज में आ गया था। स्मृति भी शहर के गर्ल्स कॉलेज में पढ़ती थी और इन कार्यक्रमों में अकसर गुरुजी के साथ ही जाती थी।

शाम के इन कार्यक्रमों में गुरुजी कई बार हल्के मूड में होते।

''तुमने देखा देवाशीष? वह सामने वाले साहब सिर तो इस तरह हिला रहे थे जैसे संगीत के बड़े भारी ज्ञाता हों, लेकिन थाप गलत जगह दे रहे थे।''

या फिर स्मृति से कहते, ''सितार की सबसे बड़ी खूबी ये है कि उसे साफ

सुथरा बजाया जाये। लेकिन ये जो साहब सितार बजाने आये हैं वे सितार बजाने के बदले उसे तोड़ने में भरोसा रखते हैं।"

और वाकई गत और झाला तक आते-आते उन्होंने दो तार तोड़ ही डाले।

कभी वे सामने बैठे एक साहब के बारे में बताते। "इन्हें फरमाइश करने का बड़ा शौक है। एक बार एक बड़े गायक ने जब गाना खत्म किया तो इन्होंने फौरन खड़े होकर कहा, भाई साहब भैरवी हो जाये।" बड़े गायक ने उन्हें मुस्करा कर देखा और कहा-"तो जनाब, अभी-अभी जो मैंने गाया वह क्या था?"

ऐसे सैकड़ों किस्से गुरुजी के पास होते थे। इसमें उनके सहभागी होते थे नफीस खाँ साहब तबले वाले।

देवाशीष के मानस पटल पर अब अत्रे गुरुजी और नफीस खाँ साहब की एक मुलाकात का दृश्य उभरा।

वैसे तो नफीस खाँ साहब संगत के लिए अकसर गुरुकुल आ जाया करते थे लेकिन रविवार की सुबह उनकी अत्रे गुरुजी के घर पर बैठक पक्की थी। वे घर के बरामदे में पड़ी कुर्सी पर बैठते और फरमाइश करते।

"भाभीजी, चाय पियूँगा।"

अत्रे ताई जवाब देतीं, "चाय ही क्यों भैया, पराँठे भी तैयार हैं।"

"वाह भाभीजी वाह, क्या बात है!"

उनका जवाब होता। देवाशीष अब अत्रे गुरुजी के प्रिय शिष्यों में शुमार हो चुका था, लगभग उनके घर के सदस्य की तरह, वह उनके साथ-साथ बना रहता था। नफीस खाँ साहब की खातिरदारी उसी के जिम्मे रहती थी। नाश्ते और चाय के बाद वे सुगंधित जर्दा खाते और गुरुजी को एक पान पेश करते। फिर दोनों में बातचीत शुरू होती, "तो गुरुजी कहाँ तक पहुँची आपकी रिसर्च? क्या खयाल है आपका, आज का सितार किसकी ईज़ाद है? मेरा तो मानना है कि अमीर खुसरो साहब ने ही सितार का आविष्कार किया और तबले का भी। और खयाल गायकी भी उन्हीं की देन है।"

अब गुरुजी मुस्कराते और कहते, "अच्छा एक बात बताइये खाँ साहब। अमीर खुसरो की मज़ार पर सालाना उर्स का आयोजन होता है या नहीं?"

"होता है।"

"तो वहाँ क्या गाया जाता है?"

"अकसर तो लोग कव्वालियाँ ही गाते हैं।"

"आपने बिलकुल ठीक फरमाया, पर अगर उन्होंने खयाल गायकी की ईजाद की थी तो रिवाज़ तो इसके उलट होना चाहिए था। तानसेन की कब्र पर आज भी

ध्रुपद गायन का नियमित आयोजन होता है चाहे बाद में खयाल और ठुमरी भी गा ली जाएँ। यदि अमीर खुसरो ने खयाल गायन की शैली ईज़ाद की होती तो उनकी मज़ार पर खयाल गायन का आयोजन ज़रूर होता।''

''आपकी बात लगती तो सही है गुरुजी। तो फिर आपका क्या कहना है?''

''मैंने इस बीच अबुल फ़ज़ल की 'आइने अकबरी' देखी है। वे सम्राट अकबर के नवरत्नों में से थे। उन्होंने मियाँ खुसरो को कौल तथा कलवाना का आविष्कारक तो माना है लेकिन सितार, तबला या खयाल गायकी से उनके संबंध के बारे में कुछ नहीं कहा।''

''तो फिर?''

''मुझे तो ऐसा लगता है कि सितार पर ज़्यादा काम बाद के मुस्लिम वादकों ने किया इसलिए उसकी शुरुआत को भी अमीर खुसरो के साथ जोड़कर देखा जाने लगा। आप तो जानते ही हैं कि 1800 के आसपास मसीत खाँ साहब ने सितार बजाने की विशेष शैली ईज़ाद की थी जिसे मसीतखानी कहा जाता है। इसी तरह लखनऊ में गुलाम रज़ा खां साहब ने भी अपनी शैली खोजी जिसे रज़ाखानी कहा जाने लगा। दोनों ने बड़ी मेहनत से सितार को बीन तथा रबाब के बराबर ला खड़ा किया। अब क्योंकि इसका प्रचार मुसलमान वादकों ने किया तो लोगों ने इसकी उत्पत्ति को भी एक मुस्लिम विद्वान से ही जोड़ दिया।''

''तो आपके जानिब सच क्या है?''

''सच तो ये है कि भारतीय संगीत का इतिहास अभी भी कथा कहानियों से भरा हुआ है। उसमें भी, वाद्यों के विश्लेषण पर तो किसी का ध्यान ही नहीं गया। अब देखिये कि कई लोग सितार को ईरानी वाद्य कह देते हैं। क्यों? क्योंकि ईरान में इकतार, दुतार, चौतार और सहतार या सितार का प्रचार रहा है। लेकिन वे ये बात भूल जाते हैं कि भारतीय वाद्यों की बनावट मूलतः भिन्न है।''

''ज़रा अपनी बात का खुलासा करें तो बात समझ में आए।''

''देखिये सबसे पहली बात है हमारे यहाँ के वाद्यों में घुड़च का चपटा होना। इस प्रकार के चपटे घुड़च की कल्पना सिर्फ भारत में हुई। पहले इसके लिए लोहे या तांबे की पट्टी का प्रयोग होता था पर उसमें जवारी खोलना संभव नहीं था। इसलिए बाद में ऊँट की हड्डी या हाथीदाँत का प्रयोग होने लगा।''

''और कुछ?''

''दूसरी विशेषता है परदों की। भारतीय वीणा में जिस तरह से परदे लगाये जाते हैं वैसी व्यवस्था अन्य देशों में नहीं। तीसरी व्यवस्था है चिकारी के तारों की, जो वादन के समय सिर्फ छेड़े जाते हैं और जिनसे षड्ज की ध्वनि सदैव ध्वनित होती रहती है। ये तीनों व्यवस्थाएँ भारतीय सितार में ही हैं, इसलिए इसे ईरानी वाद्य

कहना गलत होगा।''

''अब आप कह रहे हैं कि न तो ये ईरान से आया और न ही अमीर खुसरो ने इसे बनाया। तो ये आया कहाँ से?''

''देखिये जानकारी के लिए तो हमें संगीत के मूल सोर्सेज़ पर ही निर्भर रहना पड़ेगा। पंडित ओंकारनाथ ठाकुर इसे सप्ततंत्री वीणा का ही विकसित रूप मानते थे। उनका मानना था कि सप्ततंत्री वीणा को ही सप्ततार, सत्तार, सतार और फिर सितार कहा जाने लगा।''

''आपने तो गुरुजी मेरा दिमाग़ ही घुमा दिया। अब कहीं तो पहुंचिये।''

गुरुजी नें इत्मीनान से कहा, ''अच्छा तो चलिए मैं आपको एक अद्भुत कहानी सुनाता हूँ, और ये मैंने इस्लामिक सोर्सेज से ही ली है। इस्तांबूल के प्रसिद्ध राजकीय पुस्तकालय में जिसे पहले मक़तबे सुल्तानियाँ और अब मक़तबे जम्हूरियाँ कहा जाता है, और जो टर्की में ही नहीं बल्कि पूरे पूरब गें विशालतम पुस्तकालयों में से एक है, एक किताब उपलब्ध है। इसे टर्की के राजा सुल्तान सलीम ने 1749 में, किसी और प्राचीन किताब के आधार पर लिखवाया था। यह हरीर यानी रेशमी कपड़े पर बेलबूटे के काम से सजी हुई है। पुस्तक का नाम 'सेजरुल उकील' है। इसका संग्रहकर्ता अब्बू हमीर अब्दुल असमई है, जो इस्लाम के प्रसिद्ध राजा, खलीफा हारून अल रशीद का प्रसिद्ध गायक-वादक और कवि था और जिसे अरबी राज्य का कालिदास भी कहा जाता है। पुस्तक की भूमिका में तो प्राचीन अरब की सामाजिक व्यवस्था का वर्णन है लेकिन आगे चलकर उसमें एक कथा है जिसे मैंने पढ़ा और नोट कर लिया था।''

अब वे उठे और भीतर से एक सुंदर सा रजिस्टर निकाल कर लाये, जिसमें उतने ही सुंदर हस्ताक्षरों में वे नोट्स लेते थे। फिर उन्होंने उसमें से पढ़कर एक कथा सुनाई, ''हजरत मोहम्मद से 165 साल पहले ज़रहम बिनतोई नाम का एक गायक और कवि हो गया है जो ओकाज के मुशायरे में निरंतर तीन साल तक आता रहा था। इसकी तीन कविताएँ सोने के पत्रों पर अंकित करके मक्का के मंदिर में लटकाई गई थीं। उनका सार था कि वे लोग वन्द्य हैं जो राजा विक्रमादित्य के राज्य में रहते हैं, जो बड़ा दानी, धर्मात्मा, प्रजापालक और इल्मे मौसीकी यानी संगीत का ज्ञाता है। उसके सेहतार (सितार) वादन से दिल की कली खिल जाती है। परंतु ऐसे समय में हमारा अरब देश ईश्वर को भूलकर भोग विलास में लिप्त है। हृदय से हम इस अद्भुत कला को भूले हुए हैं। परंतु अब जो सूर्य की प्रातःकालीन किरणों के समान प्रकाश दिखाई देता है, वह कैसे हुआ?

वह उसी धर्मात्मा राजा विक्रमादित्य की कृपा है (जिसे लोग समुद्रगुप्त भी कहते हैं) जिसने हम विदेशियों को भी अपनी दया दृष्टि से वंचित नहीं रखा और

पवित्र धर्म का संदेश देकर अपनी जाति के विद्वानों को यहाँ भेजा जो हमारे देश में सूर्य के समान चमकते हैं। जिन महापुरुषों की कृपा से हमने ईश्वर, संगीत, काव्य और सामाजिक ज्ञान के बारे में जाना और सत्पथगामी होकर तल्लीनता के लिए सेहतारवादन जाना, वे लोग राजा विक्रमादित्य की आज्ञा से हमारे देश में धर्म, विद्या, मौसीकी और सेहतार (सितार) के प्रचार के लिए आये थे।''

इस कहानी को सुनाने के बाद वे फिर मूल विषय पर वापस आये, ''तो खाँ साहब, सितार की उत्पत्ति तो पाँचवीं छठी शताब्दी में हो गई थी। पर ये कहना ग़लत होगा कि जैसा वह आज है वैसा ही तब रहा होगा। यद्यपि इस काल में त्रितंत्री वीणा का प्रचार था, किन्तु वह आज के सितार से बहुत भिन्न थी। भरत के नाट्य शास्त्र तक परदों वाली वीणा का आविष्कार नहीं हुआ था। सबसे पहले किन्नरी वीणा में परदों का प्रयोग हुआ। विद्वानों का मानना है कि मतंग मुनि किन्नरी वीणा के रचयिता तथा पहले वादक थे और उनका काल सातवीं आठवीं शताब्दी का माना जाता है। तो वही काल परदों वाले सितार का भी हुआ।''

अत्रे ताई इस बीच आकर दो बार चाय रख गई थीं। लेकिन नफीस खाँ साहब और अत्रे गुरुजी की बात समाप्त ही नहीं हो रही थी। देवाशीष के साथ और भी कई छात्र वहाँ इकट्ठे हो गये थे और गुरुजी की बात ध्यान से सुन रहे थे। उन्होंने कहा, ''चलिए अब बारहवीं तेरहवीं शताब्दी तक पहुँचते हैं। अमीर खुसरो के एकदम आसपास। उस समय 'संगीत सार' नामक एक ग्रंथ लिखा गया। जो तम्बूरे और सितार के बीच के फर्क को बताता है।''

उन्होंने देवाशीष से कहा–आशीष ज़रा वह ''संगीत सार'' नाम की पुस्तक तो उठाना। देवाशीष के पुस्तक देने पर उन्होंने फ्लैग लगा एक पेज पलटा और कहा–देखिये 'संगीत सार' क्या कहता है, ''अथ तुम्बूर नामक गंधर्व के बजायबे की वीणा को नाम तम्बूर।। ताको लछन लिख्यते।। याकौ लौकिक में तम्बूरा कहत हैं।। यह तुम्बुरा काठ का कीजिये।। एक ओर आधा तोंबा लगाय वाको काठ की पतरी पटुला सों मढ़िये।। वहाँ तार लोह की लगाइये तीन या च्यार, तहाँ एक तार स्वर के सहारे राखिये, बाकी के तार एक स्वर में मीलाइके।। या की धुनि में मिलिकें गान कीजिये। यह तम्बुरा दोय प्रकार का है। एक निबद्ध।। दुसरो अनिबद्ध।। तहाँ जा तम्बूरा राग बरतवेंकों वहाँ स्वर के स्थान में तार बाँधिये।। और उन तारन के बन्धन सों राग बरतिए।। सो निबद्ध तंबूरा जानिये।। यो को लौकिक में सितार कहे हैं।। और जहाँ तांनि के बंधन नहीं कीजिये सो अनिबद्ध जानिये।। याकी धुनि में मिलिकरि राग गाइये।।''

तो यह तय हो जाता है कि सितार तथा तम्बूरा त्रितंत्री वीणा के ही विकसित रूप हैं। त्रितंत्री वीणा के ये दोनों रूप अपने विकास के आरंभिक दिनों में गान के

लिए ही प्रयुक्त होते थे। सेनी घराने के संगीतकारों ने जब अन्य वाद्यों को अपनाया तो एक ओर तो निबद्ध तंबूरा यानी सितार और दूसरी ओर सुरबहार का प्रचार बढ़ा। वीणा का आलाप अंग सुरबहार तथा गीत अंग सितार पर प्रयुक्त होने लगा।''

नफीस खाँ साहब काफी देर से गुरुजी की रिसर्च से रू-ब-रू हो रहे थे। अब उन्होंने कहा, ''आगे की कहानी हमें हमारे वालिद मरहूम, अल्लाह उन्हें जन्नत बख्शे, सुनाया करते थे। वीणा की सामग्री का उपयोग सितार पर अच्छी तरह से नहीं हो सकता था। इसलिए सितार के लिए नई शैली 'गत' का विकास हुआ। मिजराब के प्रयोगों से गत की शैली गान से अलग होती गई। सेनियों ने ही इसका विकास किया था। इनमें निहाल सेन के बेटे अमीर खाँ साहब, जिनके नाम से अमीरखानी चली, मसीत खाँ जिनके नाम से मसीतखानी चली और सेनी घराने के ही शिष्य गुलाम रज़ा खाँ, जिनके नाम पर रज़ाखानी चली का ज़िक्र वे अकसर किया करते थे।''

अत्रे गुरुजी ने कहा, ''आप बजा फरमाते हैं। मुझे भी सैयद सफदर हुसैन खाँ देहलबी की लिखी 'कानूनए सितार' नाम की पुस्तक मिली है। ये 1870 में लिखी गई। खाँ साहब को जब संगीत से प्रेम हुआ तो उन्होंने चार गुणियों को नौकरी पर रखा। कुछ सीखने के बाद उन्हें सितार में रुचि हुई। सितार का गुरु ढूँढ़ते हुए जब वे दिल्ली पहुँचे तो वहाँ उनकी मुलाकात बीबीजान साहिबा से हुई जिनकी इन्होंने बड़ी प्रशंसा की है। ये बीबीजान मसीत खाँ के बेटे बहादुर खाँ की शिष्या थीं। सितार के बारे में उन्होंने लिखा है ''सितार पर दो तरह के परदे होते हैं, पहले बाईस परदे जो हिलते नहीं। इस निश्चलता के कारण वह अचल ठाठ कहलाता है। मुख्य रूप से ये परदे बीन (वीणा) के होते हैं। परंतु कोई-कोई सितार पर भी रखते हैं। दूसरा प्रकार सब सितारों का है। इन पर सोलह परदे लगे होते हैं।''

अब नफीस खाँ साहब ने हँसते हुए कहा, ''मान गये साहब कि वीणा ही सितार की पूर्वज है। तो अब दो-दो हाथ हो जायें। वैसे तबले के बारे में आपका क्या कहना है?''

''तबले का क्या, पुराने ढंग की पखावज या मृदंग के बीच से दो हिस्से किये और बजाने की सुविधा के लिए उन्हें सामने खड़ा कर लिया। बस हो गया तबला।''

''चलिए, अब आपसे क्या बहस करना? यहाँ भी आपने अमीर खुसरो को मात दे ही दी।''

अब दोनों उस्ताद और छात्र भीतर वाले कमरे में बिछी साफ सुथरी दरी पर बैठे। अत्रे गुरुजी ने कपड़े से ढँका अपना सितार निकाला और उसे मिलाया। नफीस खाँ साहब ने भी तबला मिलाया। गुरुजी ने 'मारू बिहाग' में डूबकर पहले आलाप

बजाया फिर गत। तबले पर नफीस खाँ साहब की संगत और सवाल जवाब देखते ही बनते थे। सभी छात्रों ने जमकर उसका आनंद लिया। ये उनके लिए एक अलग तरह का प्रशिक्षण सत्र था।

जैसी कि देवाशीष की आदत थी उसने एक गाना ढूँढ़ निकाला जो 'मारु बिहाग' पर था, ''पायल वाली देखना, यहीं तो कहीं दिल है पग तले आये ना...''

उसने मन ही मन उसे गुनगुनाया। उस दिन वह बादल की तरह हल्का महसूस कर रहा था।

शहर में अत्रे गुरुजी के गुरुकुल के अलावा और भी संगीत और नृत्य सिखाने वाले स्कूल थे। उनमें प्रतिस्पर्द्धा चलती ही रहती थी पर अत्रे गुरुकुल सब पर भारी पड़ता था। हर साल वसंत पंचमी के आसपास वसंतोत्सव का आयोजन होता जिसमें सभी संगीत विद्यालयों के सर्वोत्तम छात्र शिरकत करते थे। इस बार इस संगीत महोत्सव का आयोजन शहर के प्रसिद्ध सभागार में होने जा रहा था।

अत्रे गुरुजी ने देवाशीष और स्मृति को बुलाकर कहा, ''इस बार अपने गुरुकुल की ओर से तुम दोनों जाओगे। तैयारी कर लो।''

महोत्सव के लिए देवाशीष ने चुना अपना प्रिय राग 'हंसध्वनि' और स्मृति ने 'मालकौंस', प्रत्येक कलाकार को पन्द्रह से बीस मिनिट के समय में प्रख्यात संगीतकारों की ज्यूरी को प्रभावित करना था।

नियत तिथि को सभागार में खासी उत्तेजना का माहौल था। गुरुकुल और संगीत विद्यालयों के छात्र, उनके शिक्षक और परिजन, शहर के संगीत प्रेमी, कलाकार बड़ी तादाद में इस संगीत महोत्सव में पहुँचे थे। ज्यूरी में देश के प्रख्यात संगीतकार, एक सरोद वादक, एक सितारिस्ट और एक गायिका उपस्थित थे। अंतिम प्रस्तुति के लिए कुल दस कलाकार चुने गये थे जिनमें से सर्वोत्तम को पुरस्कार के साथ साथ, शहर की ओर से राष्ट्रीय युवा महोत्सव में, प्रतिनिधित्व का मौका भी मिलने वाला था।

शुरुआत आचार्य नंदकिशोर स्कूल के दो कलाकारों की गायकी से हुई। राग यमन कल्याण में उन्होंने साफ सुथरा गायन प्रस्तुत किया। पहले भरा भरा आलाप और फिर द्रुत गत। उनके गायन को पसन्द किया गया। उसके बाद देवाशीष और स्मृति का नंबर था। देवाशीष ने पूरी कुशलता के साथ आलाप, जोड़, द्रुत और झाला में राग 'हंसध्वनि' प्रस्तुत किया। छोटा आलाप लेने के बाद जोड़ में राग का विस्तार और गत में साफ सुथरी तानों की रेंडरिंग। उसे तालियों का प्रसाद तो मिला पर पता नहीं क्यों, ऐसा लगा जैसे कुछ छूट गया हो।

उसके बाद स्मृति मंच पर आई। अव्वल तो उसकी उपस्थिति ही मंच पर

बहुत सुंदर थी। वह चौड़े पाट की साड़ी पहने थी और अपने सादगी पूर्ण परिधान में बहुत सुंदर लग रही थी। फिर उसने बहुत डूबकर मालकौंस बजाया। सितार पर उसका मींड़ और गमक का काम देखकर ज्यूरी के सदस्यों ने कई बार वाह वाह की। तय था कि उसने ज्यूरी के सदस्यों का दिल जीत लिया है।

उसके बाद के परफॉर्मेंस कुछ खास नहीं जमे। बीच में नाथन संगीत विद्यालय के एक छात्र तेजू ने, तबला सोलो प्रस्तुत किया था जिसे सराहना मिली लेकिन बाकी छात्रों ने कोई ज़्यादा प्रभावित नहीं किया।

परिणाम घोषित हुए तो स्मृति को पहला, नंदकिशोर स्कूल के छात्र दीपक शर्मा को दूसरा तथा देवाशीष को तीसरा पुरस्कार प्राप्त हुआ था।

अगले दिन गुरुजी ने स्मृति और देवाशीष को घर बुलाया। पहले तो दोनों को बधाई दी फिर कहा, "देवाशीष, तुम समझे कि तुम्हें प्रथम पुरस्कार क्यों नहीं मिला?"

"जी, स्मृति ने बहुत अच्छा बजाया।"

"वह तो खैर है ही। पर तुम क्या बजा रहे थे?"

देवाशीष कुछ हिचकिचाया फिर बोला, "गुरुजी आपने जो सिखाया था उसके अलावा मैंने भी कुछ नई तानें बनाई थीं। उन्हें भी बजाया।"

गुरुजी ने गंभीर होते हुए कहा, "संगीत कोई गणित नहीं है देवाशीष। तुम राग का स्ट्रक्चर समझ सकते हो, ताल की मात्राएँ समझ सकते हो और बजाते समय गतियों का खेल कर सकते हो। पर फिर भी वह संगीत नहीं होगा। संगीत के लिए तुम्हें स्वरों के पीछे छुपे भाव के पास जाना होगा और तब तुम भाव के पीछे छुपे रस तक पहुँचोगे। वहाँ तक पहुँचने के लिए तुम्हें राग में डूबना पड़ेगा, जैसा कि स्मृति ने किया।"

गुरुजी थोड़ा रुके, फिर उन्होंने कहा, "भारतीय शास्त्रीय संगीत की कल्पना ईश्वर भक्ति के बिना नहीं की जा सकती। तुम्हें उस्ताद बिस्मिल्लाह खान के बारे में तो बताया भी था। वाराणसी, बाबा विश्वनाथ और गंगा नदी उनके संगीत का अटूट अंग थे। तुम अच्छा बजाते हो देवाशीष, पर अगर तुम्हें और अच्छा बजाना है तो रस में डूबना होगा।"

फिर गुरुजी ने भीतर से एक पुस्तिका, जिसका नाम 'संगीत-सुमन' था, लाकर दी। उन्होंने कहा, "मैं कल रात से ही तुम्हारे प्रदर्शन के बारे में सोच रहा हूँ। तुमने सफाई के साथ बजाया, तुम सुर और ताल में थे, तुम्हारे राग का चयन भी ठीक था। फिर भी आनंद क्यों नहीं आया? तुम्हारे प्रदर्शन में क्या छूट गया? तुम इस पुस्तिका को पढ़ो, यह संगीत और रस के बारे में है। मुझे लगता है कि इसमें हमारे प्रश्नों का उत्तर छिपा है।"

स्मृति ने विदा लेते हुए कहा–"तुम पढ़ लो फिर मुझे भी देना।"

देवाशीष के पास इतना धीरज नहीं था कि वह घर जाता और उसे पढ़ता। वह गुरुकुल के उसी बीच वाले मंडप में बैठ गया और उसने पढ़ना शुरू किया। ये अध्याय रस के बारे में था, "ललित कलाओं का सृजन सुंदरता के लिए होता है। उनका प्रस्तुतीकरण भी सुंदरता लिए हुए होता है। सौंदर्य का परिणाम आनंद में है। कला के तत्त्वों में सौंदर्य एक विशेष तत्त्व है एवं सौंदर्य तत्त्वों में आनंद एक लक्ष्य है। तो कला एवं आनंद का एक विशेष संबंध हुआ। जब सुंदरता से आत्मिक आनंद प्राप्त होता है तब उसे 'रस' कहते हैं। इसका अर्थ है सुंदरता की परम अनुभूति।

भरत के नाट्य शास्त्र के छठवें एवं सातवें अध्याय में 'रस' का पूर्ण वर्णन मिलता है। उनका 'रस सिद्धांत' आगे चलकर संस्कृत साहित्य में भी अमर हुआ। भरत ने अपने ग्रंथ में रस, भाव, विभाव, अनुभाव एवं संचारी भाव का विस्तृत विवरण दिया है। हालाँकि भरत ने 'रस' की चर्चा मुख्य रूप से नाटक के संदर्भ में की है, पर वह संगीत और साहित्य पर भी उसी तरह लागू होता है। भरत ने अपने ग्रंथ में कुल उनचास भावों को बताया है–आठ रस के आठ स्थायी भाव, तैंतीस व्यभिचारी भाव और आठ सात्विक भाव।

'रस' के प्रमुख आधार भाव को स्थाई भाव की संज्ञा दी गई है। ऐसे आठ भाव हैं जो मानव हृदय में स्थाई रूप से अर्धचेतन भाग में छिपे रहते हैं। यही छिपे हुए भाव दृश्य एवं श्रव्य माध्यम से चेतन मन में उभरकर सामने आते हैं एवं विभाव, अनुभाव आदि के योग से 'रस' में परिवर्तित हो जाते हैं। इसी से असीम आनंद प्राप्त होता है।

भरत ने आठ स्थायी भाव एवं उनके अनुरूप आठ रस बताये हैं। अभिनव गुप्त ने सर्वप्रथम शांत रस को रसों में स्थान देकर रसों की संख्या नौ बताई। इसके बाद मम्मट आदि विद्वानों ने भी रस की संख्या नौ मानी है। ये हैं शृंगार (रति), हास्य (हँसी), करुण (दु:ख), रौद्र (क्रोध), वीर (उत्साह, ओज), भयानक (भय), वीभत्स (जुगुप्सा, ग्लानि), अद्‌भुत (विस्मय) और शांत (निर्वेग, शांत)। बाद में भक्ति और वात्सल्य को भी रस माना गया पर वे शृंगार के अंतर्गत ही आते हैं।

रस संगीत की आत्मा है। रस की उत्पत्ति में संगीत के अनेक तत्त्व सहयोगी हैं। इनमें सात तत्त्व प्रमुख हैं–नाद, श्रुति, स्वर, राग, रचना, ताल और वाद्य। इनके माध्यम से संगीत में रस की निष्पत्ति संभव है।

संगीत का मूल आधार नाद है। संगीत में शब्दों का बोध हुए बिना ही भाव या रस की प्रतीति हो जाती है। जैसे दरबारी का कोमल गंधार, या भैरव, रामकली

या कलांगड़ा के ऋषभ, एक दूसरे से भिन्न होते हुए भी करुण रस की निष्पत्ति में सक्षम हैं।

स्वर का आवश्यक गुण उसमें निहित रंजकता है। स्वरों के अनेक रूपों से रस प्रक्रिया संभव है। स्वर में वादी, संवादी रूप, स्वरों के प्रस्तुतीकरण की विविध तकनीक जैसे गायन, मींड़, खटका, कण, आंदोलन; स्वरों की संख्या जैसे औड़व, षाड़व, संपूर्ण; स्वरों का स्थान जैसे मंद्र, मध्य या तार भी संगीत के रस को नियंत्रित करते हैं।

भारतीय संगीत का प्रमुख आधार 'राग' है। यदि राग में चित्त को आनंदित करने की या रसानुभूति कराने की क्षमता न हो तो उसे राग नहीं कह सकते। संगीत में प्राचीन काल से विभिन्न 'रचनाओं' का गठन हुआ है जैसे–प्रबंध, ध्रुपद, धमार, ख्याल, टप्पा, ठुमरी, तराना आदि। जो अपनी शब्द रचना एवं गठन से भी विभिन्न रसों की उत्पत्ति करती हैं। जैसे ध्रुपद द्वारा वीर, करुण एवं शांत रस तथा धमार द्वारा श्रृंगार रस की उत्पत्ति होती है। वाद्य अपनी आवाज के आधार पर विभिन्न रसों की उत्पत्ति करते हैं। मोटी आवाज गांभीर्य तथा पतली आवाज श्रृंगार रस उत्पन्न करने में सहायक होती है।

संगीत का अपना एक विशेष प्रभाव होता है। यही उसका रस है। संगीत द्वारा प्राप्त आनंद ही रसानुभूति है। तभी तो संगीत को ब्रह्मानंद सहोदर कहा गया है।''

अब शाम होने वाली थी। 'संगीत सुमन' के उक्त पाठ ने देवाशीष को भीतर से उत्तेजित कर दिया। वह इस पाठ के प्रकाश में अपने वादन के बारे में सोचने लगा। निश्चित ही उसने अपना राग शास्त्रीय नियमों के अनुरूप बजाया, पर उसमें रस नहीं था। उसमें रस नहीं था क्योंकि उसने उन स्वरों का उपयोग कम किया जो राग 'हंस ध्वनि' के भाव तक पहुँचकर रसोद्रेक कर सकते थे। उसने राग को यांत्रिक रूप से बजाया। इसलिए उसका रूप तो ठीक था पर उसमें आत्मा नहीं थी।

चाँदनी की बेल गोलाकार मंडप पर सरसर, सरसर थरथरा रही थी। आम के बौरों की खुशबू पूरे बाग में फैली हुई थी। गुलाब और सीजनल फूल मंडप के आसपास क्यारियों में पूरे आनंद के साथ मुस्करा रहे थे। देवाशीष के मन से पिछली रात अच्छा प्रदर्शन न कर पाने का अवसाद जाता रहा। उसकी जगह एक समझ भरी प्रसन्नता ने ले ली।

वह उठा और गुरुजी के घर पहुँचा। गुरुजी विश्राम कर चुके थे और अब बाहर बरामदे में बैठे चाय पी रहे थे। देवाशीष को देखकर बोले, ''क्यों तुम आज घर नहीं गये?''

''नहीं गुरुजी। आपकी दी हुई 'संगीत सुमन' पढ़ रहा था।''

"तो क्या निष्कर्ष निकाला?"

"गुरुजी, मैं अपनी कल की गलती समझ गया हूँ।"

"मुझे भी तो बताओ!"

"मुझे लगता है कि कल मुझे वादन में राग की प्रकृति के अनुसार मंद्र तथा मध्य स्वरों का ज़्यादा प्रयोग करना चाहिए था। तभी पर्याप्त गंभीरता पैदा होती। और रस भी।"

गुरुजी उसे देखकर प्रशंसा भाव से मुस्कराये। फिर उठे और उन्होंने देवाशीष को गले लगा लिया।

दूसरे दिन गुरुजी ने देवाशीष और स्मृति को फिर बुलाया।

"तुम दोनों को राष्ट्रीय युवा महोत्सव में जाना है। उस दिन के प्रदर्शन के आधार पर तुम्हारे चयन की सूचना आ गई है। मेरा सुझाव है कि तुम लोग इस बार अलग-अलग बजाने के बदले जुगलबंदी प्रस्तुत करो।"

स्मृति ने कहा, "पर गुरुजी दोनों वाद्यों की प्रकृति अलग-अलग है।"

"तभी तो मज़ा आयेगा। तुम मींड़ और गमक का काम करना, आलाप गहरा बजाना, देवाशीष स्ट्रोक्स का काम करेगा। मुझे लगता है ज्यूरी को पसन्द आयेगा।"

"और राग?"

"मारु बिहाग उठाओ। खुशी और प्रसन्नता का राग है।"

दोनों ने कड़ी मेहनत की। राष्ट्रीय महोत्सव देवाशीष के शहर में ही होने जा रहा था। अतः उनकी चर्चा कुछ ज़्यादा थी। महोत्सव के दिन उसने स्मृति से हाथ मिलाते हुए कहा, "आज करके दिखाना है।"

उस दिन का उनका प्रदर्शन स्वर्गिक आनंद से भरपूर था। प्रख्यात सरोद वादक असद अली खाँ साहब सामने ही बैठे थे। पहले स्मृति ने राग उठाया। फिर देवाशीष ने उसका विस्तार किया। बीच-बीच में वह उसे भरने का काम भी करता जा रहा था। फिर द्रुत गत में तो उन्होंने कमाल ही कर दिया। दोनों ने शानदार तानों के माध्यम से पूरे माहौल में युवा वादकों की तरह की चमक पैदा कर दी। संगीत के आनंद की सृष्टि से पूरा सभागार झूम गया। तालियों की गड़गड़ाहट ने उनका स्वागत किया।

परिणाम सबकी अपेक्षा के अनुकूल था। स्मृति और देवाशीष की जुगलबंदी को सर्वश्रेष्ठ माना गया। पुरस्कार देते समय असद अली खाँ साहब ने कहा, "भई क्या खूब बजाते हैं आप दोनों। आपके मारु बिहाग ने तो मेरा दिल जीत लिया। आप संगीत मत छोड़ियेगा। आप बहुत ऊँचाई पर पहुँचेंगे।"

अगले दिन गुरुकुल में स्मृति और देवाशीष को साथ देखकर अत्रे गुरुजी ने

कहा, ''अब तुम दोनों एक जगह पर पहुँचे हो। जैसा मैं चाहता था वैसा बजाने लगे हो। जुगलबंदी की सबसे बड़ी खासियत यही है कि एक वादक दूसरे को डॉमिनेट न करे। दोनों एक दूसरे को सहारा दें, ऐसे कि रस और आनंद की सृष्टि हो। तुम दोनों ने मारू बिहाग में ऐसा ही किया। हालाँकि वह राग सितार का है पर स्मृति ने तुम्हें खूब जगह दी और तुमने उसका भरपूर उपयोग भी किया। असद अली खाँ साहब आसानी से किसी की तारीफ नहीं करते।''

दोनों ने झुक कर गुरुजी के पैर छुए थे। उन्होंने दोनों को अपनी बांहों में भर लिया था। उनकी आँखों में आँसू तैर रहे थे। आँसुओं के पीछे झाँक कर अगर देखा जाता तो शायद वहाँ उनके दोनों प्रिय शिष्यों की छवि बसी हुई मिलती।

गुरुजी के पास से निकल कर दोनों चाँदनी की बेल से घिरे मंडप में आ बैठे। देवाशीष मेस में जाकर दो कप कॉफी ले आया। एक कप स्मृति को पकड़ाते हुए उसने कहा, ''गुरुजी आज प्रसन्न थे। उन्होंने दिल से आशीर्वाद दिया।''

''हाँ। और तुम?''

''मैं भी बहुत खुश हूँ। ये हमारे जीवन की पहली बड़ी जीत है।''

स्मृति 'हमारे' शब्द पर ज़रा मुस्कराई। उसने कहा, ''तुम तो ऐसे कह रहे हो जैसे हम जीवन भर साथ ही रहने वाले हैं?''

अब देवाशीष ने स्मृति को निगाह भर कर देखा। उसकी नज़रों से प्यार, स्नेह और दुलार बरस रहा था। लगा वह आँखों ही आँखों में उस तक पहुँच जाना चाहता है। मौसम में फगुनाहट थी। हल्की-हल्की धूपकी किरणें मंडप की बेलों में से छन-छन कर नीचे आ रही थीं। धूप भी कुछ मीठी सी लग रही थी।

स्मृति वसंतोत्सव की सहचरी के रूप में हल्का पीला कुर्ता और उसके ऊपर हरी चुन्नी डाले हुए थी जो उसके साँवले, सुते हुए बदन पर खूब खिल रहे थे। देवाशीष ने स्मृति के प्रश्न का सीधा जवाब नहीं दिया। उसने कहा, ''अच्छा चलो, मारू बिहाग पर आधारित कोई गाना सुनाओ।''

''पहले तुम सुनाओ, फिर मैं सुनाऊँगी।''

कुछ सोचकर देवाशीष ने कहा, ''अच्छा, पहले मैं ही सुनाता हूँ। ज़रा दिल थाम कर सुनना।''

फिर उसने गाया वही अपना प्रिय गीत, ''पायल वाली देखना, यहीं तो कहीं दिल है, पग तले आये ना। पायल वाली देखना।''

स्मृति ने पूछा, ''किशोर कुमार है ना? कितने आश्चर्य की बात है कि किशोर ने कभी शास्त्रीय संगीत नहीं सीखा, फिर भी कितनी आसानी से उन्होंने इस राग को निभाया है।''

देवाशीष ने कहा, ''चलो, अब तुम्हारी बारी है।''

स्मृति ने गाया, ''तुम तो प्यार हो सजना, तुम तो प्यार हो मुझे तुमसे प्यारा और न कोई, तुम तो प्यार हो।''

देवाशीष ने आगे बढ़ाया, ''कितना है प्यार तुमसे, इतना समझ लो अंबर पे तारे जितने, उतना समझ लो।''

अब दोनों ने गाया, ''चलो जाओ, हटो जाओ, दिल का दामन छोड़ो तुम तो प्यार हो।''

फिर दोनों ठठाकर हँसे। आसपास से गुज़रने वाले छात्र भी उन्हें देखकर मंडप में आ गये। कल रात के परफारमेंस पर बधाईयाँ दी जाने लगीं। दोनों आज अत्रे गुरुकुल की शान थे। फिर बातें अन्य परफार्मर्स के प्रदर्शन की तरफ चली गईं।

इसी बीच देवाशीष ने स्मृति के हाथ से कॉफी का खाली कप लिया। उसकी उंगलियाँ स्मृति की उँगलियों से छू गईं। पहली बार उसे एक अजीब सी झनझनाहट महसूस हुई।

क्या यह दोनों के बीच प्रेम का प्रथम अंकुरण था?

अपने जीवन संगीत की रागमाला का अंतिम चित्र अब देवाशीष के दिमाग में उभरा। उस घटना को करीब तीस साल गुज़र गये थे पर वह अब भी उनके दिमाग़ में वाटर कलर्स की हल्की छाया लिए, तैरती सी विद्यमान थी।

यही आम का पेड़ है। उसके नीचे बना छोटा सा चबूतरा, पिता उस पर कुछ सोचते से बैठे हैं। युवा महोत्सव के उनके प्रदर्शन की शहर भर में धूम है। बसंत पंचमी के बाद का समय, आम के बौर की वही मादक सुगंध। वह चटाई बिछाकर बैठा है जैसे उनके चरणों में बैठा हो।

देवाशीष ने एक निश्चय के साथ शुरुआत की, ''दादा, मैं संगीत में ही रहना चाहता हूँ।''

पिता ने हँसते हुए कहा, ''तो रहो न भाई। मैं तुम्हें कहाँ संगीत से दूर कर रहा हूँ। मैं ही तो तुम्हें अत्रे गुरुजी के पास ले गया था।''

''नहीं उस तरह से नहीं। मेरा मतलब है कि मैं अपना पोस्ट ग्रेजुएशन करने के बाद कोई नौकरी वगैरह नहीं करूँगा। बस संगीत के बल पर ही अपना जीवन चलाऊँगा।''

अब पिता गंभीर हो गये थे, ''बेटा कई चीज़ें समय तय करता है। मेरी ओर से तुम्हें पूरी छूट है। न मैं अपना कोई सपना तुम पर लाद रहा हूँ और न ही कोई अपेक्षा। संगीत में अब जहाँ तुम हो वहाँ से कुछ कन्सर्ट भी तुम्हें मिल सकते हैं। पर क्या ये तुम्हारे जीवन-यापन के लिए काफी होंगे? ये तुम्हें ही देखना है।''

देवाशीष को मालूम था कि उसके पिता ने भी अपने पिता, यानी देवाशीष के बाबा से कहा था कि वे सिर्फ साहित्य के बल पर अपना जीव-यापन करना चाहते हैं। फिर खुद की और बहनों तथा बेटियों की ज़िम्मेदारी ने ऐसा होने नहीं दिया। उन्हें शिक्षक की नौकरी करनी पड़ी जिसमें प्रगति करते हुए अब वे प्राचार्य हो गये थे। पर साहित्य से उनका नाता टूटा नहीं था। उनकी सलाह उनके अपने जीवनानुभव पर आधारित थी। देवाशीष का जीवन अलग भी तो हो सकता था।

उसने धीरज से कहा, ''पर मैं कोशिश तो कर ही सकता हूँ।''

''क्यों नहीं? ज़रूर! जब तक मैं हूँ तुम्हें चिंता करने की कोई ज़रूरत नहीं।''

देवाशीष को एक मुक्ति का एहसास हुआ था। वह संगीत के सुंदर और प्रिय विश्व में रह सकता था।

पर क्या वह ऐसा कर पाया? इस प्रश्न का उत्तर उस कागज़ में छुपा था जो उस वक्त देवाशीष के हाथ में था।

जोड़

पिता के आश्वस्त करने पर देवाशीष ने भीतर से बहुत मजबूत महसूस किया था। उसे लगा था कि वह समय से लोहा ले ही लेगा। पर एक दिन समय अचानक उससे आगे निकल गया।

उस दिन अत्रे गुरुजी अपनी सामूहिक क्लास ले रहे थे कि अचानक उन्हें दिल का दौरा पड़ा। वे गाते गाते ही एक ओर लुढ़क गये। शिष्यों ने उन्हें अस्पताल पहुँचाया पर कोई फायदा नहीं हुआ। उन्हें बचाया नहीं जा सका। उनके जाने से गुरुकुल की रौनक चली गई। अत्रे ताई ने कुछ दिनों तक उसे सम्हालने की कोशिश की, शिष्यों ने भी हाथ बँटाया। पर अत्रे गुरुजी की प्रतिभा, मेहनत और निष्ठा को कोई छू नहीं सकता था। धीरे-धीरे छात्र संख्या घटती गई और गुरुकुल सुनसान रहने लगा। फिर एक दिन ताई ने बचे खुचे शिष्यों के साथ बैठक की। उन्हें बताया कि वे गुरुकुल की जमीन बेचकर पुणे, अपने परिवार के पास जाना चाहती हैं। और वे आभारी हैं कि सबने उनका इतना साथ दिया। शहर ने भरे दिल और नम आँखों से उन्हें विदाई दी।

इस बीच देवाशीष के पिता को भी अचानक ब्रेन हैमरेज हुआ। वे सुबह टहलने गये थे और सड़क किनारे पड़ी एक बेंच पर लेटे पाये गये। कॉलोनी के ही एक दो लोग उन्हें सहारा देकर, लटपटाते कदमों से घर लाये। वे एक दो दिन अस्पताल में एडमिट रहे। फिर क्लॉटिंग दिमाग़ तक पहुँच गई। डॉक्टर निश्चय नहीं कर पा रहे थे कि उनका ऑपरेशन किया जाये या नहीं। फिर उन्हें पक्षाघात हुआ और आवाज बंद हो गई। जिस रात उन्होंने देवाशीष का हाथ अपने थरथराते हाथों में मजबूती से पकड़ने की कोशिश की और अस्फुट शब्दों में उससे कुछ कहने का असफल प्रयास किया, उसी रात उन्होंने आँखें मूँद लीं।

देवाशीष अब लगभग अकेले थे। माँ पहले ही जा चुकी थीं। उनके दोस्त भी ज़्यादातर संगीत वाले ही थे, जो खुद अपने संघर्षों में लगे थे। इस वक्त उसे एक गहरे दोस्त की ज़रूरत थी।

उस समय उसे स्मृति की याद आई। उसने स्मृति से मिलने का निश्चय किया।

स्मृति अपनी माँ के साथ रहती थी। वह देवाशीष की हमउम्र तो थी ही, लंबे समय से उसकी संगीत की साथी भी थी। सितार और जलतरंग की उनकी जुगलबंदी अभी-अभी हिट हुई थी और दोस्त उन्हें प्यार से हिमांशु बिस्वास और दुलाल रॉय की जोड़ी बुलाने लगे थे। लगभग दस साल तक अत्रे गुरुजी के सान्निध्य में संगीत सीखते हुए वे एक दूसरे को अच्छी तरह समझने भी लगे थे।

वह देवाशीष से प्रेम से मिली। हलके रंग की उड़िया साड़ी में वह सादी और सुंदर लग रही थी। देवाशीष ने उससे कहा, ''मैं तुमसे कुछ शेयर करने आया हूँ। नहीं जानता कि और किसके पास जाऊँ। बात यह है कि पिता और गुरुजी के अचानक चले जाने से एक शून्य जैसा पैदा हो गया है। ऐसा लगता है जैसे सर पर आसमान ही न रहा हो। पिता से मैंने वादा किया था कि संगीत के बल पर जीवन गुज़ार कर दिखाऊँगा। वे रहते तो भीतर से बल भी मिलता। पर उनके न रहने से अचानक बहुत अकेला लगने लगा है। थोड़ी बहुत जमा पूँजी है। जल्दी ही खत्म हो जायेगी। समझ नहीं आता क्या करूँ?''

स्मृति ने कहा, ''हम और तुम एक ही नाव पर सवार हैं। मैं भी सितार को अपने जीवन का लक्ष्य मानकर चल रही थी। पर किसी बड़े गुरु का साथ न रहने पर क्या मुझे कन्सर्ट मिलेंगे? क्या मेरी प्रगति होगी? क्या मैं सितार के बल पर जीवन गुजार पाऊँगी, यही सवाल मेरे मन में भी आते हैं। अम्मा चाहती हैं मैं कहीं नौकरी कर लूँ, मैं चाहती हूँ संगीत में ही रहूँ।''

''तो चलो प्रयास तो करते ही हैं। मैं कुछ आयोजकों को जानता हूँ। तुम्हारे भी कुछ प्रशंसक तो होंगे ही। हम लोग चिट्ठी पत्री शुरू करते हैं। अगर महीने में एक या दो कार्यक्रम भी मिले तो काम चल जाएगा। सरकार की फेलोशिप के लिए भी कोशिश कर सकते हैं।''

स्मृति ने हँसते हुए कहा, ''आशा पर आकाश टिका है। हम कोशिश पूरी करेंगे। तब तक रियाज़ तुम्हारे घर पर ही करते हैं। तुम्हें दिक्कत तो नहीं होगी? मैं हफ्ते में दो दिन तुम्हारे घर आ जाऊँगी। कभी कभी संगत के लिए नफीस खाँ साहब को भी बुला लेंगे।''

''ठीक है, तो एक दूसरे को ऑल दे बेस्ट कह लें।''

''बिल्कुल। ऑल द बेस्ट देवाशीष''

''सेम टू यू।''

देवाशीष ने घर लौटकर अपने सभी संपर्कों और आयोजकों के पतों को दुबारा

व्यवस्थित किया। उन्हें पत्र डाले और फोन किये। लोगों के दिमाग़ में युवा महोत्सव के उसके प्रदर्शन की याद अभी ताज़ा थी। उसे इक्का दुक्का कार्यक्रम मिलना शुरू हुए। स्मृति ने भी भारत सरकार की फेलोशिप के लिए आवेदन किया। उम्मीद की एक हल्की सी किरण ने फिर दोनों के जीवन में प्रवेश किया।

दोस्तो, अगर आज का समय होता तो देवाशीष के पास बहुत सी संभावनाएँ होतीं। दुनिया नेट से जुड़ी होती। वह बहुत तेजी के साथ देश और दुनिया से कनेक्ट हो सकता था। उसके वीडियो और प्रोफाइल नेट पर घूमने लगते। वह शीघ्र ही राष्ट्रीय और अंतर्राष्ट्रीय हो सकता था। आज के युवाओं की आकांक्षाओं के प्रतिरूप की तरह, उनके सपनों के फलीभूत होने की तरह, किसी लोकप्रिय फिल्म के चमकते अंत की तरह, वह भी सफल हो सकता था जिसके बनाने के बाद उसका निदेशक सपनों को हवा में तैरता छोड़कर, बहुत सारा पैसा कमाने के बाद छुट्टियाँ मनाने विदेश जा सकता था।

पर वह समय कुछ धीमा समय था। लोग चिट्ठियों और टेलीफोन की भाषा में ही बात करते थे। संदर्भों और संपर्कों का महत्त्व था और व्यक्तिगत प्रमोशन की संभावनाएँ कम थीं। सो स्मृति और देवाशीष के प्रयास हुए, लेकिन एक सीमा तक ही। साल में दो चार कार्यक्रम उन्हें मिलते पर उनसे घर का खर्चा चलना मुश्किल था। वे एक दूसरे से कठिनाइयों का जिक्र करने से बचते कि कहीं संगीत के प्रति उनका समर्पण कमज़ोर न हो जाये। पर करीब दो साल गुज़रने के बाद, जब दोनों की थोड़ी बहुत जमा पूँजी समाप्ति के कगार पर आ गई, तब देवाशीष ने स्मृति से पूछा, "तुम्हारी फेलोशिप का क्या हुआ?"

"नहीं मिली। वहाँ बड़ी सिफारिशें चलती हैं। और तुम्हारे विदेशी संपर्कों से कोई जवाब आया?"

"नहीं। कोई जवाब नहीं।"

कुछ देर दोनों चुप बैठे रहे। फिर देवाशीष ने कहा, "स्मृति स्टेट म्यूजियम में असिस्टेंट क्यूरेटर की जगह निकली है। मेरा पोस्ट ग्रेजुएशन इतिहास में है। संगीत और पुरातत्त्व की भी मेरी जानकारी ठीक ठाक है। ट्राइ करके देखता हूँ।"

स्मृति ने कहा, "मैंने भी गर्ल्स कॉलेज में म्यूजिक के असिस्टेंट प्रोफेसर के लिए एप्लाय करने का सोचा है। देखो शायद हो ही जाये।"

देवाशीष का इतिहास, पुरातत्त्व और संगीत का ज्ञान अच्छा था और सुव्यवस्थित भी। उसने असिस्टेंट क्यूरेटर के लिए इंटरव्यू भी बहुत अच्छी तरह दिया और सिलेक्ट हुआ। स्मृति के संगीत के ज्ञान को लेकर भी कोई दुविधा नहीं थी। वह सितार भी बहुत अच्छा बजाती थी। इस तरह उसे भी गर्ल्स कॉलेज में असिस्टेंट

प्रोफेसर की नौकरी मिली। दोनों के जीवन में कुछ स्थिरता आई।

अपनी अपनी नौकरी को सेलिब्रेट करने जब दोनों शहर के प्रसिद्ध कॉफी हाउस में मिले तो देवाशीष ने पूछा, "अब?"

"अब क्या?"

"स्मृति, तुम समझती तो हो।"

उसने शरारत से कहा, "नहीं। ठीक से नहीं समझती। तुम समझाओ।"

"देखो स्मृति, मुझे लगता है हम लोग सोल मेट्स हैं। हमारा बचपन एक, हमारा युवामन एक, हमारा संगीत एक, हमारे गुरु एक, हमारा शहर एक और अब तो हमारे पास नौकरियाँ भी एक ही शहर में हैं। क्या तुम मुझसे विवाह करोगी? हम संगीत के साथ जीवन गुज़ार देंगे।"

"अच्छा तो मानूं कि तुम मुझे प्रपोज़ कर रहे हो?"

"हाँ।"

उसने मुस्कराते हुए कहा, "सोच कर बताऊँगी।"

हालाँकि उसकी मुस्कराहट से स्पष्ट था कि उसे सोचना ज्यादा नहीं है। उसने बहुत सोचा भी नहीं। देवाशीष उसे प्रिय लगता था। कुछ दिनों बाद दोनों ने विवाह कर लिया। स्मृति देवाशीष के घर आ गई, जहाँ वह पहले रियाज़ के लिए आती रही थी और जहाँ देवाशीष के पिता द्वारा लगाया गया आम का पेड़ था, एक सुंदर सा पुस्तकालय था और बहुत अच्छा तथा आधुनिक म्यूजिक सिस्टम था, दोनों का सुमधुर संगीत था और मीठे स्वभाव वाले कुछ दोस्त थे।

वे हफ्ते में एक दिन नफीस खाँ साहब को बुला लेते, जो उनके साथ रियाज़ करते। नफीस खाँ साहब दोनों को अपने बच्चों की तरह मानते थे। अत्रे गुरुजी का ज़िक्र होता तो उनका गला भर आता। नफीस काँ साहब के न आने पर वे रिकॉर्डेड रिद्म से भी काम चला लेते। स्मृति ने देश के एक प्रख्यात सितारिस्ट से संपर्क साध लिया था जो अगर देश में होते तो उन्हें साल में एक दो बार अवश्य अपने साथ रहने और सीखने के लिए बुलाते जहाँ संगीत की बारीकियों और गहराइयों से उनका परिचय होता। स्मृति उनके साथ एक दो विदेशी दौरे भी कर आई थी जिनसे उसके आत्मविश्वास में वृद्धि हुई। देवाशीष अब भी नारायण राव साहब से मिलने जाता और जलतरंग के कुछ नये गुर उनसे सीख कर आता। दोनों संगीत के प्रमुख उत्सवों में बुलाये जाते। अब उन्हें व्यक्तिगत कन्सर्ट भी मिलने लगे थे। वे एक सफल और गुणी संगीत दंपत्ति के रूप में जाने जाते थे, देशभर में पहचाने जाते थे।

इसी समय संयोग से उन्हें एक ऐसा काम मिला जिसने उनके सांगीतिक क्षितिज का अत्यधिक विस्तार कर दिया।

विलम्बित

अब जब देवाशीष और स्मृति का जीवन नदी में मंथर गति से चल रही नाव की तरह, आसपास के सौंदर्य को निहारते चल ही पड़ा है तो हम भी कुछ देर उनके साथ हो लेते हैं।

विवाह के बाद दोनों ने अपना एक सुंदर और स्थिर रुटीन बना लिया। म्यूज़िक स्कूल के दिनों से ही दोनों को सुबह जल्दी उठने की आदत थी। वे उठते, सामने के पार्क में थोड़ा टहलते, फिर स्मृति हल्का-फुल्का नाश्ता बनाती, जिसमें अकसर देवाशीष का भी हाथ लगा होता। अब देवाशीष सी.डी. प्लेयर पर सुबह का कोई राग या भजन लगाता। दोनों बाहर की बाल्कनी में बैठकर कुरकुरे अखबार के साथ चाय पीते, कुछ हल्की फुल्की बातें करते और काम पर चले जाते।

उनकी बातों में अकसर पिछली रात सुने गये कंसर्ट या देखे गये नाटक की चर्चा होती। अगर कोई घरानेदार गायक या वादक होता तो उसके घराने की विशेषताओं पर चर्चा होती, उसके रेंडरिंग के तरीकों पर बात होती। या किसी उभरते हुए शिष्य या कलाकार के गुण-दोषों पर बात की जाती। शाम को अकसर वे शहर के रंगमंडल सभागार में स्थित रेस्त्रां में मिलने का प्लान बनाते जहाँ एक कप कॉफी और कुछ नाश्ते के बाद कोई न कोई कार्यक्रम उनका इंतज़ार कर रहा होता। पर रियाज़ के लिए निश्चित दिनों में वे घर पर ही रहते और दो से तीन घंटे कड़ा अभ्यास करते। उनके दोस्तों की संख्या सीमित थी और वे सभी कला के किसी न किसी क्षेत्र में ही सक्रिय थे। कभी कभी जब दोस्त उनके घर आते तो कला से संबंधित किसी विषय पर ही अधिक बात होती।

उस समय देवाशीष के भीतर की खुशी उसके चेहरे पर झलकती थी। सुदर्शन तो वह पहले से ही था। अब विवाह के बाद उसके चेहरे पर कुछ और रौनक आ गई थी। वह जैसा चाहता था वैसा जीवन गुज़ार पा रहा था। स्मृति ने घर को सुघड़ता के साथ सजा लिया था और बहुत से सुंदर और आनंदमय क्षण वह उसके साथ गुज़ार पा रहा था। उनके शयनकक्ष में भी एक अच्छा म्यूज़िक सिस्टम था जिस पर, कमरे

में अँधेरा करने के बाद, अमीर खाँ या कुमार गंधर्व या किशोरी अमोनकर को सुनना एक अद्‌भुत सुकून भरा अनुभव था। उसके बाद देर तक प्यार करना न सिर्फ संभव, बल्कि आनंदपूर्ण भी था।

देवाशीष को अपने म्यूज़ियम का काम भी बहुत अच्छा लगता था। पुरातत्त्व और इतिहास की दृष्टि से प्राप्त संपदा का वर्गीकरण, उनमें छिपी कला का विश्लेषण, उनका सुरुचिपूर्ण प्रदर्शन, कभी कभी किसी क्षेत्र विशेष पर आधारित प्रदर्शनी और विचार विमर्श का आयोजन, म्यूज़ियम के सुंदर सभाकक्ष में संगीत या वैचारिक गोष्ठियों का आयोजन, नये पुरातात्विक स्थानों का दौरा, देश के अन्य संग्रहालयों में आवाजाही उसके ज्ञान और सौंदर्यबोध में सतत वृद्धि करते थे। इस सबके दौरान उसे अपने देश के लोक और शास्त्रीय संगीत को जानने के कुछ नये अवसर मिल ही जाते थे। उसके काम से म्यूज़ियम के क्यूरेटर डॉ. चक्रवर्ती भी प्रसन्न रहते थे और उसे नयी नयी ज़िम्मेदारियाँ देते रहते थे। उसे म्यूज़ियम में आये हुए दो साल हो चुके थे तभी एक दिन डॉ. चक्रवर्ती ने उसे बुलाकर कहा, ''देवाशीष तुम्हारे लिए एक विशेष काम है।''

''सर, बतायें।''

''हमारे म्यूज़ियम में राग रागिनियों के कुछ ध्यान चित्र आये हैं। मैं चाहता हूँ उनकी एक अलग चित्र वीथिका बनाई जाये। उनकी शैलियों पर कुछ बात हो। संगीत से उनके संबंध को स्थापित किया जाये। ये काम तुमसे बेहतर और कौन कर सकता है?''

''सर मुझे बहुत खुशी होगी।''

देवाशीष ने अगले दिन से ही काम शुरू कर दिया। सबसे पहले उसने उन चित्रों को साफ सफाई करा के उन्हें फ्रेम करवाया, वे उसे आश्चर्य और जिज्ञासा से भर देते थे। उनमें से कुछ राग और कुछ रागिनियों के नाम ऋतुओं के नाम पर थे। रागिनी तोड़ी, रागिनी बसंती, रागिनी आसावरी, रागिनी बिलावल, राग मेघ, राग गौड़ मल्हार जैसे चित्र थे जो अलग अलग शैलियों में बनाये गये थे। ऐसा लगता था जैसे रागिनियों को स्त्री और रागों को पुरुष मान लिया गया हो और उनके माध्यम से राग-रागिनी के भावों को चित्रित किया गया हो। सभी चित्र अठारहवीं, उन्नीसवीं शताब्दी के थे और अपने रंग संयोजन में अद्‌भुत थे। ऐसा लगता था जैसे रीतिकालीन नायक नायिका भेद को संगीत पर भी आरोपित कर दिया गया हो।

देवाशीष ने निश्चय किया कि वह संगीत और चित्रों के संबंध में एक पुस्तिका तैयार करेगा। प्रत्येक चित्र की रागात्मक पृष्ठभूमि पर एक छोटी सी टिप्पणी भी होगी जो उसका देश काल निर्धारित करेगी। पर इसके लिए उसे

भारतीय संगीत में और गहरे उतरना होगा। शायद कुछ यात्राएँ भी करना पड़ें। यह सब सोचकर वह एक सुखद उत्तेजना से भर गया।

जिज्ञासा से भरा देवाशीष म्यूज़ियम के पुस्तकालय पहुँचा। लाइब्रेरियन निधि वर्मा से उसकी अच्छी दोस्ती हो गई थी। वह एक अच्छी सुलझी हुई लड़की थी जो पुस्तकालय की लगभग सभी किताबों को जानती थी और उनके रख-रखाव में गहरी रुचि रखती थी। देवाशीष ने कहा, ''निधि मुझे पंद्रहवीं से उन्नीसवीं शताब्दी के बीच संगीत के इतिहास पर कुछ किताबें चाहिए। विशेषकर वे जो शास्त्रीय संगीत और देवालयीन संगीत तथा संगीत और चित्रकला पर केंद्रित हों।''

निधि ने तत्काल कहा, ''सर, कुछ क्लासिक्स भी हैं और अभी-अभी कुछ नई रिसर्च पर बेस्ड किताबें भी आई हैं। मैं 'संगीत सुधा' और 'संगीत सार' तो निकाल ही देती हूँ साथ ही दक्षिणी और कांगड़ा शैली पर भी हमारे यहाँ कुछ किताबें हैं। हाल ही में राजपूत, मुग़ल और दखिनी शैलियों के कुछ फोटो एलबम्स भी आये हैं। आप उन्हें देखें, आपको मदद मिलेगी।''

''बढ़िया, तुम निकाल कर रखना। शाम को ले लूंगा।''

अब देवाशीष की जिज्ञासा को एक नया वितान मिला। वह जानना चाहता था कि आखिर इन चित्रों का ध्यान से, ध्यान का भक्ति से और भक्ति से संगीत का क्या संबंध है? संगीत का ऋतुओं और काल से क्या रिश्ता है? क्या संगीत चित्रकला की भावभूमि तैयार कर सकता है वैसे ही जैसे कविता संगीत की भावभूमि तैयार करती है? यह समझना कितना रोचक और दिलचस्प होगा?

अगले दो महीनों तक वह पुस्तकों और संदर्भ ग्रंथों में डूबा रहा। इस दौरान उसका भारतीय संगीत के कई आयामों से परिचय हुआ, पर फिर भी उसका मन भर नहीं रहा था। वह जानकारों के साथ जीवंत संवाद करना चाहता था। उसने अपने डायरेक्टर डॉ. चक्रवर्ती से बात की, ''सर, आपने जो काम दिया था उसके लिए मैंने कई संदर्भ ग्रंथों का अध्ययन किया है। पर मेरा मन भर नहीं रहा है। कुछ सवाल भी हैं जिसके लिए विशेषज्ञों से बात करना चाहता हूँ। शायद कुछ यात्राएँ भी करनी पड़ें। क्या आप मुझे गाइड कर सकेंगे?''

डॉ. चक्रवर्ती ने कहा, ''देखो देवाशीष, जहाँ तक मैं जानता हूँ हम भारतीय संगीत को तीन चार पड़ावों पर रुक कर देख सकते हैं। पहला है वैदिक पीरियड और सामवेद, जहाँ से सामगान उपजा। फिर वह कई अन्य प्रबंधों और शैलियों में बदल गया। मातंग मुनि आठवीं शताब्दी के आसपास आते हैं और उनके पहले कई प्रबंध आ चुके थे। दूसरा प्रमुख पड़ाव ध्रुपद और कीर्तन संगीत का है जो मध्य काल तक प्रचलित हो चुका था। और तीसरा पड़ाव है भक्ति संगीत से होते हुए ख्याल

आधारित आधुनिक रागों के निर्माण का। इस यात्रा को जानने वाले वैसे तो कई लोग हैं पर, मेरा ख्याल है कि तुम तीन लोगों से मिलो। वैदिक संगीत और सामगान के प्रमुख अध्येता हैं पणिक्कर गुरुजी, जो केरल में रहते हैं। ध्रुपद और भक्ति संगीत के सबसे बड़े जानकार हैं पंडित वासुदेव कृष्ण चतुर्वेदी जिनसे मिलने तुम्हें मथुरा जाना होगा। वे द्वारकाधीश के मंदिर में ही रहते हैं। और ख्याल गायकी के इतिहास को जानने के लिए तुम उस्ताद रियाज़ुद्दीन खां साहब से मिलो। वे कलकत्ते में रहते हैं। मैं उन्हें जानता हूँ, फोन कर दूँगा। अगर देश में होंगे तो ज़रूर मिलेंगे।''

''ठीक है सर, मैं प्लान बनाता हूँ।''

''और हाँ अपने साथ ये दो किताबें रख लो। 'भारत का इतिहास' और 'भारत का सांस्कृतिक इतिहास।' ये तुम्हारे बहुत काम आयेंगी।''

उन्होंने शेल्फ से दो किताबें निकालकर देवाशीष को दीं।

''धन्यवाद सर। मैं जल्दी ही यात्रा पर निकलता हूँ।''

डॉ. चक्रवर्ती से हुई इस बातचीत को देवाशीष ने स्मृति से शेयर किया। फिर पूछा–मैं यात्रा पर जाने का सोच रहा हूँ। क्या तुम चलोगी?

स्मृति की बहुत सारी छुट्टियाँ इकट्ठी हो गई थीं और यह प्रोजेक्ट उसे बहुत आकर्षित भी कर रहा था। उसने तत्काल हामी भरी।

अगले कुछ महीनों तक देवाशीष और स्मृति अपनी इस यात्रा पर रहे। यात्रा की समाप्ति पर उन्होंने एक पुस्तिका लिखी जिसका नाम था 'भारतीय संगीत की यात्रा' जिसकी बौद्धिक विश्व में बहुत चर्चा रही। बाद में म्यूज़ियम ने उसे प्रकाशित करने का निर्णय भी लिया।

अगर आप देवाशीष के संग्रहालय में जायें तो चित्र वीथिका के सामने लगे काउंटर पर आपको एक भली सी महिला मिलेंगी जिनसे आप 'भारतीय संगीत की यात्रा' नामक ये मोनोग्राफ खरीद सकते हैं। लेकिन मैं जानता हूँ कि आप व्यस्त आदमी हैं, पता नहीं आपका वहाँ जाना हो या न हो, इसलिए मैं ही आपको इसके कुछ हिस्से सुना देता हूँ। इससे आपको भारतीय संगीत के साथ साथ देवाशीष को जानने समझने में भी मदद मिलेगी।

भारतीय संगीत की यात्रा

आप रागों पर आधारित ध्यान चित्रों की कला वीथिका में प्रवेश करने जा रहे हैं। अगर आप मेरे और स्मृति के साथ भारतीय संगीत की यात्रा करने के बाद इस वीथिका को देखें तो वह ज्यादा संतोषजनक और आनंददायक होगा। भारत में संगीत की उत्पत्ति और विकास को जानने की यह यात्रा मेरे लिए खुद को पहचानने, अपने उद्‌गम तक जाने की यात्रा की तरह थी। इसके बाद मैं अपने आपको और भरापूरा,

संवेदनशील तथा संगीतमय पाता हूँ।

ये पूरी सामग्री, ये पूरा ज्ञान जो इस मोनोग्राफ में है, ये मेरा नहीं है। इसमें संगीत के उन क्लासिक्स का बड़ा योगदान है जिनका मैंने अध्ययन किया और उन महानुभावों का भी जिनसे मैं मिला। मैं बहुत आभारी हूँ केरल के छोटे से गाँव मल्लपुरम् में रह रहे पणिक्कर गुरुजी का जिन्होंने सामगान और वैदिक गान की परंपरा से मेरा परिचय कराया, मथुरा के पंडित वासुदेव कृष्ण चतुर्वेदी का जिनके बिना भक्ति संगीत और ध्रुपद का मेरा ज्ञान अधूरा ही रहता और कलकत्ते के उस्ताद रियाज़ुद्दीन खां साहब का, जिन्होंने ध्रुपद से ख्याल गायकी में हुए ट्रांज़िशन के बारे में मुझे बताया। और मैं खुनखुन गुरु को कैसे भूल जाऊँ जिन्होंने मुझे गाँवों की और लोक शैलियों की सैर कराई? इन गुणीजनों के साथ की गई मेरी यात्रा मेरे जीवन का अद्‌भुत अनुभव थी। यहाँ प्रस्तुत सामग्री उन्हीं की देन है। मैंने इसे तरतीब से जमा भर दिया है। बीच में देवगिरि के अप्पा औरंगाबादकर और ग्वालियर के डॉ. मोहन दीक्षित से भी मुलाकात हुई जिसने मेरी समझ को विस्तारित करने का काम किया। तो उनका भी बहुत-बहुत धन्यवाद।

मेरे इस मोनोग्राफ का पहला हिस्सा सामगान के बारे में है। दूसरा गायन शैलियों के बारे में, तीसरा ध्रुपद और देवालयीन संगीत के बारे में और चौथा रागों तथा ख्याल गायकी के बारे में है जिन पर आज का आधुनिक शास्त्रीय संगीत टिका है। यहाँ प्रदर्शित ध्यान चित्र इन्हीं रागों के रस और भाव को चित्रित करते हैं। आपकी सुविधा के लिए मैंने प्रत्येक खंड के पहले उस व्यक्ति और स्थान का परिचय भी दिया है जहाँ से मुझे यह सामग्री मिली। शायद इससे आपकी कल्पना का प्रदेश कुछ विस्तृत हो सके, शायद उन लोगों का चित्र आपके दिमाग में बने जो हमारी संगीत परंपरा को इतनी गहराई के साथ सहेजे हुए हैं। कहीं मैंने संवादों और संस्मरणों का सहारा लिया है कि आपकी रुचि बनी रहे तो कहीं निबंध की शैली अपनाई है कि बात सघनता से कही जा सके। तो आइये चलें इस यात्रा पर।

पणिक्कर गुरु से मुलाकात और सामगान

केरल के समुद्र तट के पास एक छोटा सा कस्बा मलप्पुरम। नारियल, कठहल और अनन्नास के पेड़ों से घिरा एक सुंदर सा घर। छोटी सी पहाड़ी पर खड़ा, कुछ-कुछ अलग-थलग सा मकान। सफेद लुंगी और हाफ कुर्ते में पणिक्कर गुरुजी। दमकता चेहरा, माथे पर गोल चंदन का टीका। साफ हिन्दी बोल लेते हैं। खुद भी सामगान करते हैं और छात्रों का एक समूह भी है जो वैदिक ऋचाओं का पाठ करता है। उनके साथ उनकी पत्नी सुधा। साँवले मगर तीखे नाक नक्श, चेहरे पर एक सौम्य मुस्कराहट। मलयाली स्त्रियों की तरह घुँघराले, काले लंबे बाल जिन्हें पीठ पर

खुला छोड़ दिया गया था। चेहरे पर बौद्धिकता का तेज। दक्षिण भारत के संगीत पर पीएचडी। कर चुकी थीं। गुरुजी के घर के सामने, अँग्रेजी कबेलुओं से ढँका, ढालू छत वाला बरामदा।

सुधाजी की बनाई मुलायम और स्वादिष्ट इडलियों के साथ नारियल की चटनी और दोसे का नाश्ता करने के बाद हम चारों कॉफी का गिलास लेकर, उसी बरामदे में पड़ी आरामकुर्सियों पर बातचीत करने के लिए बैठे। मैंने बातचीत की शुरुआत करते हुए कहा, "गुरुजी आप तो वैदिक परंपरा के गहन अध्येता हैं। आप वैदिक संगीत के बारे में हम लोगों को कुछ बतायें।"

"देखिये भारतीय ज्ञान परंपरा में चारों वेद अपना विशिष्ट स्थान रखते हैं। वे भारत के ही नहीं विश्व के भी सबसे प्राचीन ग्रंथों में से हैं। चारों वेदों में सामवेद ही पूर्णतः संगीतमय है। इस वेद के द्वारा उस समय के संगीत को नियम और विधान में आबद्ध किया गया। वेदों में केवल सामवेद में ही गान एवं संगीत के उपकरणों का प्रयोग होता था। सामवेद में गेय छंद हैं और इन छंदों में स्वर मिश्रण से संगीत की सृष्टि होती थी।"

"तो क्या उस समय भी सात स्वर ही होते थे?"

"नहीं, सामगान में पहले केवल तीन स्वरों का प्रयोग होता था, जिन्हें उदात्त, अनुदात्त और स्वरित कहते थे। लेकिन वैदिक समय में ही सामगान सात स्वरों का हो गया। उदात्त से निषाद और गांधार, अनुदात्त से ऋषभ और धैवत तथा स्वरित से षड्ज, मध्यम और पंचम की उत्पत्ति हुई। स्वर के अलावा संगीत में छंद और ताल का भी महत्त्व है।"

"मगर 'साम' शब्द का भी तो कोई अर्थ होगा।"

अब पणिक्कर गुरुजी ने कहा, 'साम' शब्द का मूल अर्थ ही 'गान' है। जो मंत्र गाये जा सकते हैं वही साम कहलाते हैं। साम का गान ऋग्वेद की ऋचाओं से ही किया जाता था। उस समय के संगीतज्ञों के लिए ऋग्वेद के छंद गाने के लिए बहुत उपयुक्त थे। ये छंद गाने के लिए भी प्रयुक्त किये गये और देव आराधना के लिए भी। इन्हीं गेय ऋचाओं से सामवेद की उत्पत्ति मानी गई है। सामवेद गाने वाले ऋषियों का एक स्वतंत्र वर्ग बन गया जिन्हें उद्‌गाता कहते थे।"

सुधाजी का इस विषय पर बड़ा अध्ययन था। उन्होंने बात का विस्तार करते हुए कहा, "असल में वेद तो बहुत दूरी तक प्रकृति की पूजा और उसका गान हैं। साम गान भी इसी तरह है। इसके गायन की चार विधियाँ हैं। ग्राम गेय गान, आरण्यक गान, उह गान तथा उह्य गान। ग्राम गेय गान प्रकृति का गान है। आरण्यक गान भी प्रकृति का ही गान है, पर इसे रहस्य गान भी कहा जाता है। इसका आधार वन्य संगीत है। उह गान ग्राम गान का ही परिवर्तित रूप है तथा उह्य गान आरण्यक

का परिवर्तित रूप है। यह रहस्य तंत्र में पाया जाता है।''

स्मृति ने, जो अब तक सारी बात सुन रही थी कहा, ''असल में हम लोगों के मन में राग की वर्तमान गायन पद्धति इस तरह स्थापित हो चुकी है कि कोई और तरीका दिमाग में आता ही नहीं। क्या साम गान भी राग की तरह ही गाया जाता है?''

पणिक्कर गुरुजी ने कहा, ''नहीं-नहीं। उस समय में राग की परिकल्पना तो थी ही नहीं। साम गान के पाँच खंड होते हैं-प्रस्ताव, उद्गीत, प्रतिहार, उपद्रव तथा निधन। 'प्रस्ताव' साम का प्रारंभिक भाग है। इसे गाने वाला प्रस्तोता कहलाता है। यह भाग हुम से प्रारम्भ होता है जो हिंकार का ही रूप है। साम के प्रारम्भ में सभी ऋत्विज एक साथ इसका गान करते हैं। हिंकार का व्यवस्थित एवं सुरीला गायन प्रस्ताव को गति और उत्साह प्रदान करता है। यह सामगान को रसमय बना देता है।''

''कुछ कुछ आलाप की तरह?''

''हाँ, पर कुछ अधिक शक्ति के साथ। 'उद्गीत' को साम का प्रधान गायक उद्गाता ही गाता है। आरंभ में ऊँ ... का गान किया जाता है। 'प्रतिहार' गान के दो विभागों को जोड़ता है। इसे गाने वाले को प्रतिहर्ता कहते हैं। 'उपद्रव' का गान मुख्य साम गायक या उद्गाता ही करता है। प्रतिहर्ता द्वारा प्रतिहार का गान करने के बाद उसी का अंश गायन मुख्य उद्गाता फिर से करता है। यही उपद्रव कहलाता है। 'निधन' में प्रतिकार का शेष अंश ऊँ को जोड़कर विभिन्न विभागों के रूप में गाया जाता है। इस खंड को प्रस्तोता, उद्गाता, प्रतिहर्ता एक साथ मिलकर गाते हैं। 'निधन' साम का अंतिम भाग होता है।''

''इसमें सभी स्वरों का प्रयोग करते हैं?''

''जैसा मैंने कहा, शुरू में तो साम गान तीन स्वरों का ही था। फिर आगे चलकर यह सात स्वरों का हुआ। ये स्वर थे-प्रथम, द्वितीय, तृतीय, चतुर्थ, मंद्र, क्रुष्ट एवं अतिस्वार्य। एक स्वर का गान यार्चिक, दो स्वरों का गान गाथिक तथा तीन स्वरों का गान सामिक कहलाता था। इन तीन स्वरों से अगले सात स्वरों का विकास हुआ। गंधर्व वेद में इनके नाम थे। षड्ज, ऋषभ, गांधार, मध्यम, पंचम, धैवत, निषाद।''

हवा हल्की बयार का रूप ले चुकी थी। उसमें समुद्र के आसपास उगने वाले वृक्षों और वनस्पतियों की मादक गंध बसी हुई थी। पणिक्कर गुरुजी के प्रांगण में लगे केले तथा नारियल के पेड़ भी हरहराते हुए हमारा स्वागत कर रहे थे। धीरे-धीरे उनके शिष्यों ने भी आकर हमारे पास बैठना शुरू किया। गुरुजी ने कहा, ''आइये, आपको गान सुनाते हैं।''

फिर उन्होंने और उनके शिष्यों ने जो सामगान प्रस्तुत किया वह एक विरल और अद्भुत अनुभव था। वह आज के समय की रागों को सुनने के अनुभव से बिल्कुल अलग था। उसने हमें वनों और उनके बीच बहती कल-कल नदियों, पत्तों के बीच से छन-छन कर आती सूर्य की किरणों, सुबह की ताजगी और प्रकाश के बीच पहुँचा दिया, वैसी पवित्रता, वैसी ऊर्जा का अनुभव हमने पहले कभी नहीं किया था।

गान की समाप्ति के बाद हमारे मुंह से एक ही शब्द निकला, ''अद्भुत।''

शाम का समय हमने समुद्र तट पर घूमने और केरल के व्यंजनों का आनंद लेने में गुजारा। रात्रि विश्राम पणिक्कर गुरुजी के घर पर ही था। स्मृति और सुधा अब तक दोस्त बन चुकी थीं। उनकी चर्चा रात एक बजे तक चलती रही। अगले दिन का प्रारम्भ उस चर्चा के संदर्भ में ही हुआ।

पणिक्कर गुरुजी और सुधा ने गीत, गान और प्रबंध के बारे में बताया

शुरुआत पणिक्कर गुरुजी के गुरुकुल से हुई। गुरुकुल क्या था एक छोटा सा बाग था जिसमें एक बड़ा सा हॉल, एक छोटी सी लाइब्रेरी, वीणा जैसे कुछ दक्षिण भारतीय वाद्य और शिष्यों के रहने के लिए एक डॉरमीटरी और एक साफ सुथरा किचन था। बीच में बैठने के लिए लगभग वैसा ही गोलाकार शेड जैसा अत्रे गुरुजी के गुरुकुल में हुआ करता था। आज बातचीत की शुरुआत स्मृति ने की, ''गुरुजी आपने कल वैदिक साम गान पद्धति के बारे में बताया था। गान सुनकर तो मजा ही आ गया। पर हमारी गाथाओं और हमारे पुराणों में भी तो संगीत का जिक्र होगा। मैंने वाल्मीकि रामायण पढ़ी है। उसमें वाल्मीकि जी ने लव-कुश से रामायण गान करवाया है जो वे राम के यज्ञ के समय करते हैं। फिर महाभारत में तो कृष्ण को बाँसुरी वादक बताया ही गया है और हमारे आधुनिक संगीतकार भी उन्हें अपना आदिगुरु ही मानते हैं। तब तक शायद कुछ वाद्य भी प्रचलन में आ गये थे।''

गुरुजी ने कहा, ''गाथा काल वेदों के पहले का है और पुराण वेदों के बाद आये। वेदों के साथ उनके उपनियमों की रचना हुई जिसमें संगीत की चर्चा अधिक विस्तार से है। ''छांदोग्य उपनिषद्'' में देवकीपुत्र कृष्ण को आंगिरस ऋषि का शिष्य बतलाया गया है। छांदोग्य सामवेद का उपनिषद् है। इससे श्रीकृष्ण के सांगीतिक ज्ञान का जुड़ाव सामवेद से और आचार्य आंगिरस से होना सिद्ध होता है। उस समय में श्रीकृष्ण का वंशी वादन, अर्जुन का वीणा वादन, विशाखा का मृदंग वादन और राधा का लास्य प्रसिद्ध है।

सुधा जी ने बात आगे बढ़ाई, ''पर सबसे प्रामाणिक पुस्तक तो भरत के नाट्य शास्त्र को ही माना जाना चाहिए। वैसे तो भरत मुनि ने नाट्य शास्त्र में नाट्यकला को

विषद विवेचन किया है पर उसमें संगीत पर भी काफी बात की गई है। भरत ने संगीत के जिस रूप पर चर्चा की है उसे 'मार्गी संगीत' कहा जाता है। इसके अंतर्गत ग्राम, स्वर, श्रुति, मूर्च्छना और जाति आदि का भी विवरण मिलता है किन्तु उसमें राग रागिनियों का उल्लेख नहीं है। स्पष्ट है कि नाट्य शास्त्र के लिखे जाने के काफी समय बाद राग-रागिनियों का निर्धारण हुआ।''

पणिक्कर गुरुजी ध्यान से सुधा की बात सुन रहे थे। उन्होंने कहा, ''सुधा नाट्य शास्त्र में वर्णित जाति ही राग का पूर्व रूप है। वैसे तो ग्राम तीन माने गये हैं– षड्ज, मध्यम और गांधार पर भरत ने षड्ज और मध्यम ग्रामों का ही उल्लेख किया है। उनके अनुसार स्वर सात थे और श्रुतियाँ बाईस। मूर्च्छना की आश्रित तान है जिनकी संख्या चौरासी मानी गई थी। 'जाति' की कल्पना एक विशिष्ट स्वर निवेश की तरह की गई थी जो राग की उत्पत्ति का आधार बनी। भरत ने अठारह प्रकार की जातियाँ मानी थीं, षड्ज ग्राम की सात और मध्यम ग्राम की ग्यारह। यह 'मार्गी संगीत' मौर्य काल से गुप्त काल तक प्रचलित रहा। करीब एक हजार सालों तक। भरत के संगीत सिद्धांत को उनके पुत्रों दत्तिल और कोहल ने व्यवस्थित किया। कोहल के नाम से 'कोहल रहस्यम्' और 'कोहल मतम्' नाम की दो रचनाएँ भी मिलती हैं। इसी संदर्भ में अगस्त्य मुनि का भी नाम लिया जाना चाहिए जिन्होंने धुर दक्षिण में, द्रविड़ भाषा में संगीत का प्रचार प्रसार किया।''

मुझे गुरुजी की बात में बहुत आनंद आ रहा था। अब मैंने पूछा, ''गुरुजी भरत के मार्गी संगीत से लेकर ध्रुपद तक की भारतीय संगीत की यात्रा बहुत लंबी यात्रा लगती है। इसमें बीच में और भी तो पड़ाव आये होंगे?''

''क्यों नहीं? वैदिक संगीत के बाद भारतीय संगीत में प्रबंध या गीत शैलियों के विभिन्न प्रकार प्रचलित हुए। वैदिक समय में ऋक, पणिका और गाथा जैसे गीतों का प्रचार था। इसके बाद सात तरह के गीतों का प्रचलन भरत से पूर्व ही हो गया था। ये थे भद्रक, उपरांतक, उल्लेषक, प्रकरी, ओपेणक, गोविंदक, उलर और वर्धमानक। ये गीत स्वर तथा ताल के विशिष्ट क्रम पर आधारित थे। भरत काल में 'ध्रुवा' गीतों का सर्वाधिक महत्त्व था जो चार स्वरों पर आधारित होते थे। इन गीतों में स्वर, पद एवं लय इन तीनों का यथोचित महत्त्व था। यह भरत के काल से लेकर नौवीं-दसवीं शताब्दी तक बराबर बनी रही। दक्षिण के नृत्य नाट्यों में तो यह 'दारु' (दरु) के नाम से अभी तक बनी हुई है।''

सुधा जी ने हस्तक्षेप करते हुए कहा, ''पर हमें इस कालखंड में आई मातंग मुनि की 'बृहद् देसी' को नहीं भूलना चाहिए जो भारतीय संगीत में मील का पत्थर मानी जाती है। जैसा कि नाम से ही स्पष्ट है एक तो यह बृहद् है और दूसरे देसी यानी लोक में प्रचलित संगीत की बात करती है, जहाँ भरत मुनि ने मार्गी या गंधर्व

संगीत का विवेचन किया है जो मोक्ष प्राप्ति के लिए आवश्यक था वहीं मातंग मुनि ने देसी यानी धरती के संगीत की बात की है। इस ग्रंथ में पहली बार 'राग' शब्द आया है। मातंग सात तरह की 'गीति' का उल्लेख करते हैं जो इस प्रकार थीं– शुद्ध, भिन्नक, गौड़िका, राग गीति, साधारणी, भाष-गीति एवं विभाष गीति। इस सूची में राग गीति चौथे नंबर पर आती है। राग गीतियों को भी आठ भागों में विभक्त किया गया है जो पुरातन राग ही हैं। पर ज्यादा जरूरी बात ये है कि मातंग मुनि ने पहली बार गीति को इससे और इस तरह नाट्य के उस क्रम से, जहाँ उस रस की वर्षा होनी है, जोड़ा। इस तरह प्रत्येक गीति का नाट्य के एक विशिष्ट क्रम से जुड़ाव हुआ। मराठी नाट्य संगीत में यह आज भी स्पष्ट नजर आता है।''

पणिक्कर गुरुजी ने बताया, ''मातंग मुनि के काल तक, यानी आठवीं शताब्दी के आते आते देसी संगीत के अनेक प्रबंधों का निर्माण हो चुका था जैसे छंद, आर्या, गाथा, द्विपदी, त्रिपदी, चतुरंग, गजलीला, केवार आदि। ये प्रबंध संस्कृत के अतिरिक्त कर्नाटक, गौड़, आंध्र एवं द्रविड़ भाषाओं में थे।

बहुत देर से गंभीर बातचीत चल रही थी। मैंने उसे कुछ हल्का करने की गरज से कहा, ''इस पूरी सैद्धांतिक बातचीत के बीच ये जानना कितना दिलचस्प है कि राजाओं के लिए भी संगीत को जानना बहुत जरूरी था नहीं तो उनकी गिनती सुसंस्कृत व्यक्तियों में नहीं होती। स्मृति ने लव-कुश और श्रीकृष्ण अर्जुन की बात की थी। पर बाद में भी पुष्यमित्र शुंग या समुद्र गुप्त या हर्षवर्धन बाकायदा प्रशिक्षित संगीतकारों में शुमार किये जाते हैं। यहाँ तक कि रावण को भी 'रावणीयम्' ग्रंथ का श्रेय दिया जाता है तथा नर्मदा के तट पर उसके 'शंकर स्तोत्र' का गान जग प्रसिद्ध है। आगे चलकर राजा भोज भी बड़े संगीतकार बने। मुझे लगता है आज के 'राजाओं' को भी इससे कुछ सीख लेनी चाहिए।''

सब लोग ठठा कर हँसे। पणिक्कर गुरुजी किसी भी बात में पीछे नहीं रहने वाले थे। उन्होंने कहा, ''राजाओं में सिर्फ एक अशोक ही था जिसने ऐसे संगीत पर प्रतिबंध लगा दिया था जिससे जनता का चारित्रिक ह्रास हो। आपको मथुरा की गणिका वासवदत्ता की कथा मालूम है न? वह गान वाद्य में काफी निपुण थी। मथुरा के अनेक रूपवान, गुणवान एवं संगीत प्रेमी युवक उसके आसपास मंडराते थे। पर वह खुद एक बौद्ध भिक्षु उपगुप्त पर आसक्त हो गई थी, जिसके कारण वह खुद भी भिक्षुणी बनी। लेकिन अशोक के प्रतिबंध के बावजूद विश्वविद्यालयों में संगीत पढ़ाना जारी रहा, विशेषकर तक्षशिला विश्वविद्यालय में। वाद्यों में मृदंग, वीणा, दुंदुभि, ढप जैसे वाद्य आ गये। शक और कुषाण काल की सैकड़ों मूर्तियाँ हैं जिनमें गायन वादन कला का प्रदर्शन किया गया है या पूजा के साथ साथ गायन को मूर्तिमान किया गया है।''

बात अब इतिहास के क्षेत्र में आ गई थी जहाँ मैं आधिकारिक हस्तक्षेप कर सकता था। मैंने कहा, "समुद्र गुप्त तो अपने समय के बड़े वीणा वादक और संगीतज्ञ थे। जहाँ कालिदास संस्कृत में अपनी रचनाएँ कर रहे थे वहीं जनभाषा प्राकृत में भी काफी रचनाएँ हो रही थीं। मुझे लगता है कि इनसे संगीत को भी मदद मिली। ये निर्माण और मूर्ति कला का भी स्वर्ण युग था। बीच में हूणों के आक्रमण से जरूर बड़ा व्यवधान पड़ा पर हर्षवर्धन के आते आते फिर राष्ट्र सुदृढ़ हो गया।"

स्मृति ने भी अब बातचीत में प्रवेश किया, "बाणभट्ट का 'हर्ष चरित' हम सबने पढ़ा है। हर्ष का समय संगीत के साथ-साथ साहित्य, विशेषकर नाटकों के लिए बड़ा उर्वर था। हर्षवर्धन खुद एक संगीतकार-नाटककार थे। पर भट्ट नारायण (वेणी संसार), भवभूति (मालती माधव), (उत्तर राम चरित) और (महावीर चरित) तथा राजशेखर (काव्य मीमांसा, कर्पूरमंजरी) उस समय के नाटकों का पता देते हैं, और संगीत, नाटक का आवश्यक हिस्सा था।"

पणिक्कर गुरुजी फिर अपनी मूल बात पर लौटे, "इस पृष्ठभूमि में मातंग मुनि की 'बृहद् देसी' का आना आश्चर्यजनक नहीं लगता। वह पहला प्रयास था जब संगीत के 'देसी' स्वरूप को परिभाषित किया गया और राग-रागिनियों का आगे का रास्ता खुला।"

इस बिंदु पर सुधाजी ने भोजन को घोषणा कर दी।

भोजन के दौरान हल्की-फुल्की चर्चा के बीच पणिक्कर गुरुजी ने पूछा कि हम उनसे मिलने के बाद कहाँ जा रहे हैं? हमने उन्हें बताया कि हम ध्रुपद-धमार के बारे में जानने के लिए पंडित वासुदेव कृष्ण चतुर्वेदी से मिलने मथुरा जा रहे हैं। सुनकर वे बहुत खुश हुए। बोले-एकदम सही व्यक्ति से मिलने जा रहे हैं, पर मेरा एक सुझाव है, आप देवगिरि और ग्वालियर रुकते हुए जाइये। मैं दो व्यक्तियों के नाम आपको बताता हूँ जो बहुत गुणी हैं और जिनसे मिलना बहुत फायदेमंद रहेगा। पहले हैं अप्पा साहेब यानी अप्पा औरंगाबादकर, देश के सर्वोत्तम हारमोनियम वादक है. और सगीत के बड़े ज्ञानी, और दूसरे हैं डॉ. मोहन दीक्षित, ग्वालियर स्थित संगीत विश्वविद्यालय के कुलपति हैं और इतिहास तथा संगीत के बड़े ज्ञाता। मैं दोनों को फोन कर दूँगा। उनसे मिलकर अगर आप मथुरा जायेंगे तो पूरा इतिहास आपके साथ होगा और पूरा चित्र भी बनेगा।

मुझे अचानक याद आया कि मैं संगीत और चित्रों के अंतःसंबंधों की खोज में ही निकला था। दीक्षित जी से मेरा परिचय था। अप्पा साहेब से मिलना भी दिलचस्प होगा। पर वे रहते कहाँ हैं? मैंने गुरुजी से पूछा। उन्होंने हँसते हुए कहा, "औरंगाबाद में, और कहाँ? देवगिरि को ही औरंगाबाद कहते हैं।"

दो दिन में ही हमारी पणिक्कर दंपत्ति से अंतरंगता हो गई थी। उन्हें छोड़ने

का मन नहीं कर रहा था। लेकिन शाम को कृतज्ञता भाव से हमने विदाई ली। सुधाजी स्मृति को साड़ी तथा मुझे अंगवस्त्रम भेंट देना न भूलीं। वह एक बहुत भावभीना क्षण था।

"आपका मोनोग्राफ पूरा हो जाये तो हमें ज़रूर भेजियेगा।"

"जी अवश्य।"

पणिक्कर गुरुजी ने मेरी पीठ थपथपाई। सुधा और स्मृति गले मिले। दोनों की आँखों में आँसू थे।

देवगिरि

हमने जब अप्पा साहेब को फोन किया तो उन्होंने कहा, "हाँ, गुरुजी का फोन मेरे पास आ गया था। ऐसा करिये आप नासिक तक आ जाइये। मैं एक प्रोग्राम के सिलसिले में नासिक में रहूँगा। वहाँ मेरे पास गाड़ी रहेगी। हम लोग उसी से औरंगाबाद आ जायेंगे। रास्ते में कुछ गपशप भी रहेगी।"

त्रिवेंद्रम से नासिक तक का रास्ता हमने ट्रेन से तय किया। इस बीच मुझे स्मृति से बात करने का खूब समय मिला। हम दक्षिण से उत्तर की ओर बढ़ रहे थे और ये याद आना स्वाभाविक था कि हर्षवर्धन का साम्राज्य नर्मदा नदी के उत्तर में फैला हुआ था और लगभग छठी-सातवीं शताब्दी में वह समाप्त हो गया था। देवगिरि या औरंगाबाद या दौलताबाद नर्मदा के दक्षिण में थे तो इस बीच उनका क्या हाल था? वहाँ राजनीति, कला और संगीत की क्या स्थिति थी? हमारा मन उत्सुकता से भर गया। मुझे डॉ. चक्रवर्ती द्वारा दी गई 'भारत का इतिहास' और 'भारत का सांस्कृतिक इतिहास' नामक पुस्तकें याद आईं। अब मैंने उन्हें खोला।

हर्षवर्धन असल में तो राज सिंहासन सम्हालना ही नहीं चाहते थे। उनके पहले हूणों का उत्तर भारत में आक्रमण हो चुका था और उनके पिता प्रभाकर वर्धन ने उनसे डटकर लोहा लेते हुए उन्हें उत्तर-पश्चिम की ओर धकेल दिया था। वे स्वयं थानेश्वर और कन्नौज से राज्य करने लगे थे। पर फिर वे बहुत बीमार पड़े और इस बीच हूणों ने भी उत्तर पश्चिम में उपद्रव मचाना शुरू किया, पिता की बीमारी को देखते हुए हर्ष के बड़े भाई राज्यवर्धन ने राजकाज सम्हाला और हूणों को परास्त करने गया। उसने उन्हें परास्त तो किया पर इस बीच कन्नौज को कमजोर देख मालवा ने उस पर चढ़ाई कर दी। मालवा के देवगुप्त ने हर्ष की बहन राज्यश्री का अपहरण भी कर लिया तथा मालवा के देवगुप्त और बंगाल के गौड़ राज्य के शशांक ने मिलकर कन्नौज पर हमला कर दिया। राज्यवर्धन ने देवगुप्त को पराजित कर दिया पर शशांक ने धोखे से उसकी हत्या कर दी। ऐसी विषम परिस्थितियों में हर्ष को अपना राज्य मिला था। उसने न सिर्फ राज्य श्री को कैद से छुड़ाया बल्कि उत्तर-

पश्चिम से लेकर बंगाल तक और दक्षिण में नर्मदा तक अपने राज्य का विस्तार किया। बाणभट्ट ने 'हर्ष चरित' में हर्ष के राज्य, उसके मंदिरों और उसकी कला का विषद विवरण दिया था। चीनी यात्री ह्वेनसांग भी हर्ष के काल में आये थे और उनसे मिले भी थे। ह्वेनसांग का वृत्तांत भी उपलब्ध है। हर्ष और उनके परवर्ती सम्राट यशोवर्धन के काल में ही भट्ट नारायण, भवभूति और राजशेखर हुए जिनके नाटकों से पूरा सांस्कृतिक विश्व परिचित था। हर्ष स्वयं लेखक और संगीतकार थे और शायद इसीलिए राजसिंहासन से विरक्त भी थे। हर्ष के परवर्ती सम्राट यशोवर्धन के बाद हूणों के हमले बढ़े और हर्ष का साम्राज्य छोटे-छोटे टुकड़ों में बँट गया। पर उसके काल में साहित्य और संगीत की अभूतपूर्व उन्नति हुई। मातंग मुनि के बारे में पणिक्कर गुरुजी हमें बता ही चुके थे।

हर्ष के बाद आठवीं-नवीं शताब्दी में भारत में दो ऐसी अभूतपूर्व घटनाएँ हुईं जिनका प्रभाव देश में अगले एक हजार वर्षों तक रहना था तथा देवगिरि के इतिहास से भी उसका कुछ संबंध था। उनमें से पहली थी राजपूतों का अभ्युदय। विदेशों से आई अनेक जातियों ने अपने आपको क्षत्रियों में समाहित करना चाहा और ऋषियों ने यज्ञ होम द्वारा उन्हें शुद्ध करते हुए क्षत्रिय जाति में प्रवेश को मान्यता भी दी। इनमें से प्रमुख थे गुर्जर-प्रतिहार, गहलोत, चालुक्य, राष्ट्रकूट, परमार, चंदेल, चौहान और तोमर। उनमें गुर्जर-प्रतिहारों का शासन मारवाड़ में, गहलोतों का मेवाड़ में, चालुक्यों का गुजरात में, राष्ट्रकूटों का विंध्याचल के दक्षिण में, परमारों का मालवा में चंदेलों का बुंदेलखंड में, चौहानों का पूर्वी राजस्थान में और तोमरों का हरियाणा में शासन स्थापित हुआ। इनमें से राष्ट्रकूट थे जो विंध्य से दक्षिण में पहुँचे और देवगिरि, महिष्मति, प्रतिष्ठान के क्षेत्र में पश्चिमी समुद्र से लेकर पूर्वी आंध्र तक अपना शासन स्थापित किया।

दूसरी घटना थी मध्यपूर्व में इस्लाम का उदय। अरब देश से आगे बढ़ते हुए उसने बहुत तेजी से एशिया, यूरोप और अफ्रीका में अपने पाँव पसारे और नवीं-दसवीं शताब्दी तक उसने उत्तर पश्चिमी भारत के द्वार खटखटा दिये। उत्तर पश्चिम के सिंध प्रांत के राजा दाहर ने और अन्य हिन्दू शाही राजाओं ने उन्हें दो तीन शताब्दियों तक रोके रखा पर सन् 1000 के बाद सुबुक्तगीन के बेटे महमूद गजनवी ने इस प्रतिरोध पर कड़ा प्रहार किया, और कन्नौज, मथुरा तथा गुजरात तक जा पहुँचा। उसकी भयानक मारकाट और लूट के किस्से इतिहास में दर्ज थे। पर ज्यादा ज़रूरी ये समझना था कि उसने भारत की उत्तरी पश्चिमी सीमा की कमज़ोरी को सिद्ध कर दिया और उसके बाद मुस्लिम आक्रमणकर्ता अरब, तुर्क, पठान-अगली दो तीन शताब्दियों तक भारत में गहरे प्रवेश करते हुए लूटमार करने आते रहे, जब तक दिल्ली के आसपास के प्रदेश में खिलजी वंश की स्थापना नहीं हो गई। यह

कोई तेरहवीं शताब्दी की बात है।

देवगिरि में तब राजपूत यादव राजा रामचंद्र का राज्य था और खिलजी के सेनापति मलिक काफूर ने उन्हें पराजित कर वहाँ खिलजी वंश का अधिकार स्थापित किया था। राजा रामचंद्र के काल में भारतीय संगीत की काफी प्रगति देवगिरि राज्य में हो चुकी थी। काफूर ने राजा रामचंद्र को खिलजी के दरबार में हाजिरी देने पर मजबूर किया और इसी के साथ साथ जैसे भारतीय संगीत ने भी उसके दरबार में दस्तक दे दी। उपरोक्त बातों को जान लेना मेरे और स्मृति के लिए अच्छा रहा क्योंकि अप्पा साहेब ने जहाँ से बात शुरू की वह इसी इतिहास की पृष्ठभूमि में थी।

हमारे नासिक पहुँचने की अगली सुबह अप्पा साहेब खुद ही हमें लेने होटेल आ गये थे। अप्पा साहेब बहुत सादे लेकिन गरिमापूर्ण व्यक्ति थे। सफेद कुर्ता-पाजामा, आँखों पर चश्मा और ओठों पर मीठी मुस्कराहट। गाड़ी में बैठते बैठते बताया, "कल यहाँ पंडित जी का कार्यक्रम था। उनके साथ संगत मैं ही करता हूँ।"

"पंडितजी मतलब?"

"पंडित भीमसेन जोशी। संगत के लिए वे मुझे ही याद करते हैं।"

अप्पा साहेब वाकई बड़े आदमी थे।

प्रारंभिक परिचय के बाद गाड़ी चली तो बातचीत भी चल पड़ी। हमने उन्हें अपने काम और प्रोजेक्ट के बारे में बताया।

"आपका प्रोजेक्ट इंटरेस्टिंग है।" उन्होंने कहा। "तो पणिक्कर गुरुजी से क्या बातचीत हुई?"

हमने गुरुजी और सुधाजी से हुई बात का संक्षिप्त ब्यौरा उन्हें दिया। उन्हें बताया कि ये गुरुजी का ही सुझाव था कि हम लोग देवगिरि और ग्वालियर होकर मथुरा जाएँ और देवगिरि में उनसे मिलें।

"ये उनका बड़प्पन है। वरना वे ही संगीत के बड़े ज्ञाता हैं।"

गाड़ी नासिक-चालीस गाँव-औरंगाबाद सड़क पर शानदार गति से उड़ी चली जा रही थी। अब अप्पा साहेब ने कहा, "हमारा औरंगाबाद चार पाँच चीजों के लिए प्रसिद्ध है। सबसे पहले तो एलोरा की गुफाएँ। दुनियाभर में इस तरह का धार्मिक स्थल नहीं मिलेगा। जहाँ बौद्ध, हिंदू एवं जैन तीनों धर्मों की झलक देखी जा सकती हो। दूसरा है देवगिरि फोर्ट, जो बाद में मलिक काफूर के अधिकार में आया जिसने उसे दौलताबाद नाम दिया। तीसरा है घृष्णेश्वर का प्राचीन शिव मंदिर जो प्राचीन ज्योतिर्लिंगों में शामिल है। चौथी है वह प्रसिद्ध घटना जिसमें मुहम्मद तुगलक ने अपनी राजधानी दिल्ली से दौलताबाद शिफ्ट की थी और फिर भारी

कठिनाइयों के बीच दुबारा दिल्ली पहुँचा था। और आखिरी घटना औरंगजेब की दक्खिन में दुर्दशा की है जिसमें लंबी लड़ाई के अंत में उसने थक हार कर औरंगाबाद में रहना तय किया, जहाँ उसकी कब्र अब भी है और जो अब सूनी तथा उजाड़ पड़ी रहती है।''

अप्पा साहेब जैसे हजार साल का इतिहास बयान कर रहे थे। उन्होंने बहुत विस्तार से राष्ट्रकूटों द्वारा प्रारम्भ तथा अन्य राजाओं द्वारा निर्मित एलोरा केव्स के बारे में बताया। उन्होंने बताया कि चट्टानों को काट कर बनाई गई गुफाओं का सबसे बड़ा और सबसे सुंदर क्लस्टर एलोरा में है, कि कैलाश की मूर्ति विश्व में अपने तरह की सबसे बड़ी मूर्ति है, कि बौद्ध जैन और हिंदू धर्म तीनों वहाँ साथ साथ मिलते हैं और इस तरह वह धार्मिक सामंजस्य का भी बड़ा उदाहरण है, कि देवगिरि फोर्ट इस चतुराई के साथ बनाया गया है कि वह सदा अविजित रहा, कि आदिलशाही राज्य का बीबी का मकबरा भी वहाँ है जो लगभग ताजमहल की तरह दिखता है, कि औरंगजेब की कब्र औरंगाबाद के बाहर ही है पर वहाँ कोई नहीं जाता।

गाड़ी अब औरंगाबाद की घूमती हुई, सर्पिल चढ़ाइयों पर चढ़ रही थी। अचानक चढ़ाई खत्म हुई और हम एक पठार पर निकल आये। यह आश्चर्यजनक था कि कैसे मैदान में से सीधे हजारों फीट ऊँचा पठार निकल आया था। हम डेकन के पठार पर थे।

अप्पा साहेब बता रहे थे कि हजारों सालों से यह स्थान उत्तर और दक्षिण का संधि स्थल रहा है, व्यापार, कला, संस्कृति का केंद्र रहा है तथा संगीत का भी।

आखिर में कुछ अफसोस के साथ उन्होंने कहा, ''यहाँ के इतिहास पर तो बहुत बात होती है पर एक बहुत बड़े व्यक्ति पर शायद उतनी बात नहीं होती जितनी होनी चाहिए। वे संगीत के मध्य काल के सबसे महान आदमी थे।''

''कौन?''

''पंडित शारंगदेव। उनकी 'संगीत रत्नाकर' संगीत के मैग्नम ओपस की तरह है। उसके बाद लिखी गई कोई किताब नहीं है जो उससे प्रभावित न हो। कल हम लोग उस पर बात करेंगे।''

अप्पा साहेब का घर आ गया था। घर क्या था एक बड़ी हवेली जैसी थी, जिसका मुख्य द्वार बड़े बड़े ऊँचे लकड़ी के दरवाजों का था, जो एक आँगन में खुलता था, उसके तीनों ओर कमरे बने हुए थे और प्रवेश द्वार के एक ओर संगीत कक्ष और दूसरी ओर छोटा पुस्तकालय तथा बैठक थी। हमें प्रवेश करता देख एक भद्र महाराष्ट्रियन महिला नीचे आईं जिनका परिचय कराते हुए अप्पा साहेब ने कहा, ''मंजरी, मेरी पत्नी।''

स्मृति और मैंने नमस्ते किया। स्मृति ने पूछा, ''आप वही मराठी नाट्य संगीत

वाली मंजरी हैं न? आपका अभी अभी एक एल्बम भी आया है।''

मंजरी ने मुस्कराते हुए कहा, ''जी हाँ। आपको एल्बम कैसे मिला?''

''हमारे शहर में भी बहुत से महाराष्ट्रियन हैं। नाट्य संगीत वहाँ चाव से सुना जाता है।''

चाय वगैरह के बाद हमने उठने का उपक्रम किया। तभी अप्पा साहेब ने कहा, ''आप लोग होटेल में कहाँ ठहरेंगे? ये इतनी बड़ी हवेली खाली तो पड़ी है। अतिथि हमारे यहाँ आते ही रहते हैं। हमारे दो लड़कियाँ थीं दोनों की शादी हो गई। अब हम दोनों ही हैं। आप लोग यहीं ठहर जाइये। कंपनी रहेगी।''

हमने कृतज्ञतापूर्वक उनका ये ऑफर स्वीकार किया।

शारंगदेव, गोपाल नायक और अमीर खुसरो

अगले दिन सुबह पोहा जलेबी के सुस्वादु नाश्ते के बाद हम लोग अप्पा साहेब के पुस्तकालय में बिछे साफ सुथरे दरी और गद्दे पर, बातचीत करने बैठे। मंजरी जी भी अपना काम निबटाकर हम लोगों के साथ आ बैठीं। मैंने बातचीत की शुरुआत करते हुए कहा,''कल आप शारंग देव के बारे में बता रहे थे!''

अप्पा साहेब ने कहा, ''शारंगदेव भारतीय संगीत पर मध्यकाल की सबसे बड़ी अथॉरिटी माने जाते हैं। उनका लिखा ग्रंथ 'संगीत रत्नाकर' अपने समय के सबसे महान ग्रंथों में से एक है। वे तेरहवीं शताब्दी के पूर्वार्द्ध में यानी लगभग 1201 से 1250 के बीच देवगिरि के यादव नरेश के दरबार में थे। वे मूलतः कश्मीरी पंडित थे पर समय के प्रवाह में देवगिरि आ गये थे जो उस समय की बौद्धिक गतिविधियों का सबसे बड़ा केंद्र था और जो उत्तर तथा दक्षिण भारत के बीच पुल का काम करता था।''

स्मृति ने कहा, ''आज हम लोग एकेडेमिक रिगर की इतनी बात करते हैं। मुझे तो लगता है कि उस समय के सीमित साधनों में भी, लोग कितने बड़े बड़े काम कर जाते थे।''

अप्पा साहेब अब उत्साहित हो चुके थे, उन्होंने कहा, बिल्कुल। ''संगीत रत्नाकर'' शोध और गहराई का ज्वलंत उदाहरण है। सबसे पहले तो शारंगदेव अपने से पहले लिखे गये ग्रंथों की सैद्धांतिक विवेचना करते हैं जिनमें भरत, दत्तिल, कोहल, मातंग और नारद शामिल हैं। ऐसा लगता है जैसे वे उत्तर और दक्षिण के संगीत के बीच किसी यूनीफाईड थ्योरी की तलाश कर रहे हैं। उसके बाद वे जातियों का विस्तृत विवरण देते हैं, ग्राम रागों के बारे में बताते हैं और उनके वास्तविक नोटेशन भी देते हैं।''

''पर जातियाँ तो तब तक समाप्ति पर रही होंगी?''

"हाँ जातियों का उनका विश्लेषण एक आधार की तरह है। आगे चलकर वे रागों पर आ जाते हैं। 'राग विवेकाध्याय' एवं 'प्राक् प्रसिद्ध देसी राग' मार्गी और देसी के विमर्श को तो आगे बढ़ाते ही हैं जाति और रागों के संबंध की भी विवेचना करते हैं। फिर वे यास्तिक और मातंग मुनि के आधार पर रागों का वर्गीकरण प्रस्तुत करते हैं। उनके अनुसार आठ उप रागों की प्रारंभिक सूची इस प्रकार थी–तिलक, शक, टक्का सैंधव, कोकिला, पंचम, रेवागुप्त एवं पंचम शाड्व। उसके बाद वे 20 रागों की एक बड़ी सूची देते हैं। उनके समय में, पहले भाषा की श्रेणी में आने वाले उपराग, अब प्रमुख रागों में शामिल हो जाते हैं। शारंग देव ऐसी 15 मेलोडीज के बारे में बताते हैं जो अब प्रमुख रागों में शुमार मानी जाती थीं। सौबीर, ककुभ, पंचम, भिन्न पंचम, हिंडोलका, मालव कैसिका, भिन्न षड्ज ऐसे ही कुछ राग थे।"

"इनमें से कुछ नाम तो आज भी प्रचलित हैं?"

"जी बिल्कुल। शारंग देव आगे चलकर उन 'भाषा' यानी उपरागों का भी विवरण देते हैं जो मूल रागों से निकले। इन्हें राग-अंग या भाषांग या क्रियांग कहा जाता था। वे ऐसी चौतीस रागों का जिक्र करते हैं। उसके बाद उनके पास एक और सूची है जिसमें दो सौ चौसठ राग हैं।"

"ये सब बहुत दिलचस्प है।"

"पर सबसे महत्त्वपूर्ण ये है कि शारंग देव प्रत्येक राग को एक कैरेक्टर, एक चरित्र, एक स्थानिकता प्रदान करते हैं। जैसे वे बताते हैं कि राग भैरव असल में पुरातन राग भिन्न षड्ज से ही निकला है जिसमें 'ध' वादी स्वर है, 'म' उसका संवादी स्वर है और जो 'रि' तथा 'प' का निषेध करता है। यह प्रार्थना के लिए बहुत उपयुक्त है।"

"मुझे तो इस बात का आश्चर्य है कि आपको इतनी बातें कैसे ज्ञात हैं?"

अब वे उठे। पुस्तकालय में से एक पुरानी सी दिखती पुस्तक निकाली और उसे मेरे हाथ में देते हुए कहा, "सरल है। मेरे पास 'संगीत रत्नाकर' की एक प्रति है। बहुत मुश्किल से प्राप्त हुई थी।"

"आपको कैसे मिली?"

"बहुत प्रयासों के बाद पंडित भातखंडे के व्यक्तिगत पुस्तकालय से मैंने ये कॉपी प्राप्त की थी। उन्होंने इस पर एक लंबी टीका भी लिखी है।"

ब्रेक के लिए उपयुक्त अवसर जान मंजरी जी उठीं और किचन में जाकर चाय का प्रबंध कर आईं। फिर उन्होंने लौटते हुए कहा, "इन्हें वह गोपाल नायक और अमीर खुसरो वाली कथा भी तो सुनाइये।"

हम लोग उत्सुकता से अप्पा साहेब की तरफ देखने लगे, "गोपाल नायक तेरहवीं शताब्दी में अलाउद्दीन खिलजी के काल में सुप्रसिद्ध दाक्षिणात्य संगीतज्ञ

और विख्यात गायक थे। एक अनुमान के अनुसार उनका जन्म सन् 1250 के आसपास हुआ था। वह अपने समय में भारतीय संगीत शैलियों के सबसे बड़े और महान गायक थे। कहते हैं कि देशभर में उनके करीब 1200 शिष्य थे जो उन्हें पालकी से नीचे पैर नहीं रखने देते थे। उन्हें नायक की पदवी अपनी इस महानता के कारण ही मिली थी। अमीर खुसरो भी उस समय खिलजी के दरबार में ही थे। हालाँकि उन्होंने 72 वर्ष की लंबी उमर पाई और कई सुलतानों के दरबार में रहे...।''

स्मृति ने कहा,''अमीर खुसरो को तो इधर सूफी गायकों ने बड़ा लोकप्रिय बनाया है।

खुसरो रैन सुहाग की, जागी पी के संग।
तन मेरौ मन पीव कौ, दोऊ भए एक रंग।।
गौरी सोवै सेज पर, मुख पर डारै केस।
चल खुसरो घर आपने, रैन भई चहुँ देस।।

ब्रज भाषा में उनके दोहों, मुकरियों और पहेलियों को तो हम लोग अपने छात्रों को बहुत दिलचस्पी के साथ सुनाते हैं।

अम्मा मेरे बाबा को भेजो री
कि सावन आया सावन आया री
अम्मा मेरे...
यह भी तो उन्हीं का है।''

अप्पा साहेब ने कहा, ''वाह भई वाह। आपने तो खुसरो की याद ही ताजा कर दी। खुसरो के ब्रज भाषा में लिखने का बड़ा कारण ये है कि वे ब्रज क्षेत्र में ही पैदा हुए थे। उनके पिता सैफुद्दीन महमूद तुर्क जातीय मुसलमान थे जो अपने जन्म स्थान को छोड़कर भारत आ गये थे और वर्तमान जिला एटा के पटियाली गाँव में बस गये थे, जो ब्रज क्षेत्र में ही था। उन्होंने एक हिन्दू महिला से निकाह किया जिसने सन् 1260 के आसपास एक बालक को जन्म दिया जिसका नाम अबुल हसन रखा गया, जो बड़ा होकर अमीर खुसरो के नाम से प्रसिद्ध हुआ। दिल्ली के गुलाम वंशीय सुल्तान गयासुद्दीन बलबन के समय उसे सरकारी सेवा में लिया गया और उसने गुलाम, खिलजी तथा तुगलक वंश के ग्यारह सुलतानों की हुकूमतें देखीं। सूफी संत हजरत निजामुद्दीन उसके आध्यात्मिक गुरु थे, खुसरो कई भाषाओं का विद्वान, फारसी का महाकवि और ब्रज भाषा का बड़ा लेखक था जो उसे हिंदवी कहता था। वह एक बड़ा संगीतज्ञ भी था। उस समय तक भारत में ईरानी पद्धति का संगीत आ चुका था। भारतीय और ईरानी संगीत पद्धति के मिश्रण से जो नवीन गायन पद्धति प्रचलित हुई उसे ही हिन्दुस्तानी संगीत कहा गया। उसने भारतीय रागों का

वर्गीकरण ईरानी 'मुकाम' पद्धति के अनुसार किया। उसने जिस गायन शैली का प्रचार किया उसे 'कौल' कहा गया और धार्मिक गीतों को 'कव्वाली'। तो इस तरह अमीर खुसरो ईरानी पद्धति के बड़े संगीतकार के रूप में उभरे।''

स्मृति बहुत दिलचस्पी के साथ खुसरो की कहानी सुन रही थी। उसने कहा, ''तो गोपाल नायक और खुसरो की प्रतिस्पर्द्धा हुई?''

''वह होना लाजमी था। अलाउद्दीन के सेनापति मलिक काफूर ने देवगिरि पर आक्रमण कर यहाँ के राजा रामचंद्र राय को पराजित किया था। यादव राजा ने दिल्ली जाकर अलाउद्दीन की अधीनता स्वीकार की। उसी समय देवगिरि राज्य के अनेक विद्वानों, गुणियों और कलाकारों को भी दिल्ली आना पड़ा। कहते हैं कि गोपाल नायक भी इसी समय दिल्ली आये।''

किस्सा अब रोमांच पर पहुँच रहा था, अप्पा साहेब ने कहा, ''तो किस्सा यों है कि सुल्तान को जब मालूम पड़ा कि गोपाल नायक देश के सबसे बड़े गायक हैं तो उसने गोपाल नायक और अमीर खुसरो की प्रतिस्पर्द्धा कराने की ठानी। पर खुसरो ने सुझाव दिया कि पहले सुलतान गोपाल नायक की गायकी सुन लें और जब वे ऐसा करेंगे तो वह भी छुपकर दरबार या संगीत सभा में उपस्थित रहेगा। प्रतिस्पर्द्धा उसके बाद कराई जाये। सुलतान इस बात से सहमत हो गया। जब गोपाल नायक ने पहली बार गाया तो दरबार में खुसरो भी उपस्थित थे पर छुपकर। ऐसा गोपाल नायक की छः सभाओं में हुआ। अब खुली प्रतिस्पर्द्धा हुई। इसमें खुसरो भी अपने शिष्यों के साथ उपस्थित थे। उसने कहा–मैं तो मुगल हूँ, मुझे हिंदुस्तानी संगीत का बहुत ज्ञान नहीं है। पहले कुछ आप गाकर सुनाइये। गोपाल नायक ने गाना शुरू किया। अभी उन्होंने शुरू ही किया था कि खुसरो ने वहाँ से राग उठा लिया और पूरा गाकर सुना दिया। बोला ये राग तो मैंने ही बहुत पहले बनाया था। फिर गोपाल नायक ने दूसरा राग सुनाना शुरू किया। खुसरो ने उसके साथ भी वही किया। फिर तीसरा, फिर चौथा... हर बार खुसरो ने राग पहचान लिया और उसे आगे गाकर सुना दिया। उसके बाद सुलतान ने खुसरो से स्वतंत्र रूप से गाने का आग्रह किया। खुसरो ने कहा– आपने जो राग गाये वे आम बाजारू किस्म के थे। अब मैं आपको अपने कुछ राग सुनाता हूँ। फिर उसने ईरानी पद्धति के कुछ राग सुनाये जिन्हें सुनकर गोपाल नायक आश्चर्यचकित रह गये। खुसरो को विजयी घोषित किया गया।''

''ये कहानी आपको कहाँ से मिली?''

''खुसरो की जीवनी शिबली ने शेर-उल-आज़क के नाम से लिखी है। ये कथा उसी में है। इसे आगे विलार्ड तथा भातखंडे जी ने भी उद्धृत किया है। मुझे लगता है कि ये कथा प्रतीकात्मक है। ये तो तय है कि भारत पर मुस्लिम विजेताओं का शासन हो गया था और गोपाल नायक खिलजी के दरबांर में गये थे। पर उनकी

हार दर्शाना एक तरह से विजेता संस्कृति की विजित संस्कृति पर विजय दिखाने जैसा है। ज्यादा संभव ये है कि दोनों संगीत पद्धतियों ने मुलाकात की हों और उससे कुछ नया निकला हो। यह भी संभव है कि गोपाल नायक ने भारतीय संगीत की शुद्धता को बचाने के लिए पीछे हटना ठीक समझा हो। जो भी हो गोपाल नायक के हार मान लेने के बाद उत्तर भारत में हिंदुस्तानी संगीत का प्रचलन बढ़ता गया पर अकबर के समय तक ध्रुपद ने अपना स्थान नहीं खोया था। वह तो मुहम्मदशाह रंगीले के समय पिछड़ा, और ये खुसरो के करीब तीन चार सौ साल बाद की बात है।''

मंजरी जी ने कहा कि खुसरो का संगीत पर लिखा भारत में तो कम मिलता है पर सौभाग्य से पर्शियन में उसका अनुवाद मिल जाता है। उसी में बताया गया है कि खुसरो ने जो कुछ प्रमुख राग तैयार किये वे थे साजगिरी जो पूरवी, गोरा, कांगली और एक ईरानी राग को मिलाकर बनाया गया था, ईमान जो हिंडोल और नवरोज को मिलाकर बना था, उषा-शक जो सारंग, बसंत और नवा को मिलाकर बना था, सरपरदा जो सारंग, पटावल और रस्त के सम्मिश्रण से बना था, फिरदोस्त जो कानरा, गौड़ी, पूरवी और एक ईरानी राग को लेकर बनाया गया और मानम जो एक ईरानी राग को कल्याण से मिलाने पर बना था। ये सभी आगे चलकर मुख्य रागों का स्वरूप ग्रहण करते गये।

अप्पा साहेब ने जैसे निष्कर्ष निकालते हुए कहा, ''खुसरो ने बाकी रागों में भी गाने के तरीके बदले। जैसे कौल, तराना, ख्याल, नक्श, निगार, बासित, तलाना, सुहला आदि की खोज का श्रेय भी खुसरो को ही जाता है। वैसे भारतीय संगीत की खूबसूरती उसके लचीलेपन में ही रही है और पहले भी शक तथा पुलिंद राग तथा तुर्कों से प्रभावित तुरुस्क तोड़ी हमारे संगीत में शामिल हुए थे पर ये तय है कि अमीर खुसरो के बाद उत्तर भारतीय संगीत वैसा नहीं रहा जैसा वह पहले था। वह हिंदुस्तानी संगीत की शुरुआत थी।''

अगले दो दिन हमने ऐलोरा की गुफाएँ, घृष्णेश्वर मंदिर, दौलताबाद का किला तथा बीवी का मकबरा देखने में गुजारे। स्मृति मंजरी जी के साथ एक चक्कर औरंगाबाद विश्वविद्यालय का भी लगा आईं जिसका पुस्तकालय बहुत समृद्ध था। शाम को एक आत्मीय गोष्ठी में भाग लेने के बाद, जिसमें अप्पा साहेब हारमोनियम बजाने वाले थे और मंजरी जी नाट्य संगीत प्रस्तुत करने वाली थीं, हमने आगे बढ़ना तय किया।

हमारा मन उस प्रिय संगीतमय विश्व से निकलने का नहीं हो रहा था पर ग्वालियर हमें अपनी ओर बुला भी रहा था।

बहुत गर्मजोशी के साथ, फिर आने का वादा करते हुए हमने अप्पा साहेब

और मंजरी जी से विदा ली। अपनी चिर परिचित मुस्कराहट के साथ उन्होंने कहा,

"हम भी आएँगे, आपका म्यूज़ियम देखने।"

ग्वालियर, ध्रुपद और मानसिंह तोमर

औरंगाबाद से ग्वालियर तक यात्रा में देवाशीष लगातार ये सोचता रहा कि क्या संगीत भी स्थानिक और समय सापेक्ष होता है? अभी तक के अनुभव से लग तो ऐसा ही रहा था। उन्होंने अभी अभी सामगान के माध्यम से वैदिक समय की प्रकृति, उसकी ऊर्जा उसकी नदियों की कल कल उसके अरण्यों का गान सुना था। उसकी शक्ति एक आदिम शक्ति की तरह थी। फिर देवगिरि में उसने गोपाल नायक के रूप में एक ऐसे नायक को पाया जो भक्ति संगीत और आधारभूत रागों को उन्नति के शिखर पर ले गया था और पंडित शारंग देव को भी जो अपने 'संगीत रत्नाकर' में पिछले दो हजार वर्षों की शैलियों का विश्लेषण कर रहे थे और शायद आगे की दिशा भी निर्धारित कर रहे थे। उनके यहाँ भी रागों का निर्धारण स्वरों के साथ-साथ स्थान के आधार पर भी हो रहा था। तभी एक नई चुनौती अमीर खुसरो के रूप में उभरी जो एक नई संस्कृति, नई कला, नये छंद के प्रतीक थे। ये जानना बहुत दिलचस्प होगा कि कैसे इस नई चुनौती को परंपरा ने स्वीकारा, संगीत का नया स्वरूप क्या बना?

तभी स्मृति ने पूछा, "तुम्हें क्या लगता है, गोपाल नायक और अमीर खुसरो की प्रतियोगिता हुई होगी?"

देवाशीष को लगा कि स्मृति भी वही सोच रही थी जो स्वयं उसके मन में था। उसने कहा, "कौन जानता है? हुई हो या नहीं, पर उसका एक प्रतीकात्मक महत्त्व तो है। मैं अभी इसी बारे में सोच रहा था। अमीर खुसरो एक उभरती हुई शक्ति के प्रतीक थे जिसके अपने छंद, अपने ईश्वर अपने गीत थे। उनकी विजय को तो राजनीतिक रूप से होना ही था। पर संगीत ने संगीत को किस तरह से लिया, आगे चलकर उसका क्या हुआ ये जानना बहुत दिलचस्प होगा।"

"पर हर्षवर्धन के बाद के वे राजपूत भी तो रहे होंगे जो पूरे देश पर, टुकड़ों टुकड़ों में राज कर रहे थे।"

"हाँ, राजस्थान में चौहान, हरियाणा में तोमर, बुंदेलखंड में चंदेल, मालवा में परमार, बंगाल में सेन और दक्षिण में राष्ट्रकूट थे। पर ये सब अलग अलग थे। और अपने आप में डूबे हुए। वे पहले से ही सफल और संपन्न थे। सम्पन्नता की तलाश में आये आक्रमणकारी उन पर भारी पड़े।"

"तो निकालें अपना इतिहास का खजाना? देखें आगे क्या हुआ। ग्वालियर अभी दूर है।"

देवाशीष, ने अब अपने सफर की साथी 'भारत का इतिहास' नामक पुस्तक निकाली। हर्षवर्धन के बाद के करीब पाँच सौ वर्षों तक राजपूत सरदारों और सामंतों का दबदबा कायम रहा था। उन्होंने अपने छोटे बड़े राज्यों की स्थापना कर ली थी, जो आपस में लड़ते रहते थे। इसी समय विदेशी मुसलमान कबीलों ने पश्चिम उत्तर से भारत में प्रवेश किया। इनमें से पहला था सन् 1000 के आसपास आने वाला महमूद गजनवी। पश्चिम उत्तर में स्थापित हिंदू शाही राजाओं की कमर तो पहले ही टूट चुकी थी और सिंध तक मुस्लिम राज्य कायम हो चुका था। राजपूतों की सत्ता का केंद्र कन्नौज नगर था और धार्मिक सत्ता का केंद्र मथुरा। महमूद गजनवी को मेरठ होते हुए मथुरा पहुँचने में कोई बड़ी दिक्कत नहीं हुई। पर मथुरा में उसको यादव राजा कुलचंद्र ने कड़ी टक्कर दी। कुलचंद्र की पराजय और मृत्यु के बाद उसने मथुरा को बीस दिनों तक लूटा। मथुरा उस समय बड़ा समृद्धिशाली नगर था जो यमुना नदी के किनारे पत्थर के मजबूत परकोटे के अंदर बसा हुआ था। नगर के दोनों ओर सुंदर मकान थे, मंदिर थे और थी अपार धन संपत्ति। सदियों से ये हीरे जवाहरात, धन संपत्ति यहाँ जमा होती रही थी। नगर के बीचोबीच था भगवान वासुदेव का मंदिर जिसे करीब छह सौ वर्ष पूर्व चंद्रगुप्त विक्रमादित्य ने बनाया था और जो भव्यता, आस्था और अपार वैभव का प्रतीक था। स्वयं गजनवी ने उसके बारे में लिखा था कि अगर कोई व्यक्ति इस प्रकार की इमारत बनवाना चाहे तो उसे दस करोड़ दीनार खर्च करने पड़ेंगे और फिर भी उसके निर्माण में दो सौ साल लगेंगे चाहे जितने भी योग्य कारीगर क्यों न लगा दिये जायें।

तो नगर के साथ साथ महमूद ने सभ्यता, संस्कृति, आस्था और कला के प्रतीक उस मंदिर को तोड़ा और उसे लूटा। गुप्तकाल में चंद्रगुप्त विक्रमादित्य द्वारा बनाये गये इस मंदिर को छह सौ वर्षों तक सजाया सँवारा बनाया गया था। इस अवधि में वहाँ अतुलनीय संपत्ति और स्वर्ण इकट्ठा हो चुके थे। महमूद के सचिव अल-उत्बी के हवाले से बताया गया था कि बीस दिन तक चली इस लूट में पाँच सोने की प्रतिमाएँ मिलीं जिनमें माणिक्य की आँखें जड़ी हुई थीं और जिनका मूल्य 50,000 दीनार था। एक और सोने की मूर्ति मिली जिसका वजन 68,300 मिश्कल यानी 14 मन के करीब था, उसमें करीब डेढ़ सेर का एक नीलम जड़ा था। चाँदी की सौ भारी-भारी मूर्तियाँ सौ ऊँटों पर लाद कर ले जाई गई थीं। उस समय के अनुसार लूट का सामान करीब तीस लाख रुपये मूल्य का होगा। महमूद ने मथुरा के बाद कन्नौज को लूटा, जहाँ के राजा राज्यपाल ने कोई प्रतिरोध नहीं किया, फिर वह करोड़ों की संपत्ति लेकर गजनी वापस चला गया।

मथुरा के विध्वंस ने जिन हिंदू राजाओं को मर्मांतक चोट पहुँचाई थी इन्हीं में से एक थे गंडदेव। वे इस हार का कारण कन्नौज के राजा राज्यपाल को मानते थे।

अगर उसने मथुरा नरेश कुलचंद्र का साथ दिया होता तो उनकी सम्मिलित शक्ति से महमूद को हराया जा सकता था। तो अब गंडदेव ने राज्यपाल पर हमला कर उसे हराया और कन्नौज पर कब्जा कर लिया। यह सुनकर महमूद ने दोबारा भारत पर हमला किया। उसने गंडदेव को तो हराया ही, इस बार वह गुजरात में सोमनाथ तक पहुँचा। सोमनाथ का महत्त्व भी मथुरा की तरह ही था। मंदिर में भगवान सोमनाथ की भव्य लिंग-मूर्ति थी जिसकी पूजा के लिए 2000 ब्राह्मण नियुक्त थे। मूर्ति के निकट 200 मन सोने की साँकल में रत्नजड़ित घंटे लगे हुए थे। मंदिर में सोने चाँदी की अनेक देव मूर्तियाँ थीं और चारों दिशाओं में चंदन के फाटक भी रत्नों से जड़े हुए थे। महमूद की लूट के लिए वह एक आकर्षक जगह थी।

सन् 1026 में महमूद ने सोमनाथ पर आक्रमण किया। अन्हिलवाड़ा के चालुक्य नरेश भीमदेव ने बड़ी सेना और मंदिर के रक्षकों के साथ उसका कड़ा प्रतिरोध किया। प्रारम्भ में भीमदेव की सेना ने महमूद को पीछे धकेल भी दिया था और उसके हजारों सैनिक मारे गये थे। पर उसने अपने सैनिकों को उत्साहित करते हुए दुबारा आक्रमण किया। इस बार भीमदेव पराजित हो गये। महमूद ने शिवलिंग पर गदा से प्रहार किया। पुजारी भगवान सोमनाथ के चमत्कार दिखाने की प्रतीक्षा में थे। पर ऐसा कुछ नहीं हुआ। महमूद ने उनका कत्लेआम करा दिया।

इतिहास में सोमनाथ की लूट का विवरण कुछ इस प्रकार था-सोमनाथ मंदिर के मुख्य द्वार के दोनों विशाल पट ठोस चाँदी के थे जिन्हें महमूद गजनी ले गया था। वह सोमनाथ से 50 हाथियों और 200 ऊँटों पर स्वर्ण और हीरे जवाहरात ले गया था। सोने चाँदी की अनेक मूर्तियाँ भी वहाँ उसके हाथ लगी थीं। सोमनाथ मंदिर से जो धन महमूद लूट कर ले गया उसका सौवाँ भाग भी किसी नरेश के यहाँ न था। 20 लाख दीनार से भी ज्यादा का सोना चाँदी महमूद ने सोमनाथ से लूटा।

सारी लूटमार और धन की तृष्णा के बीच महमूद के अंत की कथा भी रोचक थी। वह अपने अंतिम समय में असाध्य रोगों से पीड़ित, बिस्तर पर पड़ा कराहता रहता था और शाही हकीम वगैरह भी कुछ न कर पाते थे। जब उसको अहसास हो गया कि अब उसका अंतिम समय निकट है तो उसने अपने मंत्रियों को आदेश दिया उसके खजाने में जितने हीरे जवाहरात, सोने चाँदी की सिल्लियाँ आदि हैं उन्हें उसके सामने करीने से सजा दिया जाये। वह इस सारी दौलत को हसरत भरी निगाहों से देखता हुआ मरा।

मजे की बात ये कि इस सारी लूटमार के बीच उसका सचिव महमूद अलउत्बी साहित्य रच रहा था, सैनिकों के मनोरंजन के लिए संगीत के आयोजन होते थे और इमाम बेहाकी 'तारीख-ए-अरब-ए सुबुक्तगीन' लिख रहे थे।

महमूद गजनवी के लौट जाने के बाद राजपूत फिर अपने अपने राज्यों पर

काबिज हो गये। उत्तर में हरियाणा के तोमर वंशीय राजाओं ने पांडव कालीन प्राचीन इंद्रप्रस्थ के स्थान पर दिल्ली बसाकर उसे अपनी राजधानी बनाया था। पश्चिम में चाहमान (चौहान) राजाओं का प्रभुत्व था जिनकी राजधानी अजमेर थी। दक्षिण में कछवाहे तथा चंदेल राजाओं के राज्य थे जिनकी राजधानी क्रमशः ग्वालियर तथा खजुराहो और महोबा थीं। पूर्व में गाहड़वाल वंशी राजाओं का अधिकार था जिनकी राजधानी कन्नौज थी। सुदूर पूर्व में पाल और फिर सेन राजाओं का राज्य था जो बिहार-बंगाल पर राज्य करते थे। इनके बीच लगातार युद्ध होते रहते थे।

धीरे-धीरे इनमें कन्नौज राज्य शक्तिमान होकर उभरा। जयपाल ने इसकी स्थापना की जो मूलतः आगरा का राजा था और उसके पास उस समय भी ईंट चूने का बना एक सुदृढ़ दुर्ग था। उसके बाद गोविंदचंद्र, विजयचंद्र और जयचंद्र कन्नौज के राजा बने। विजयचंद्र ने जिसे विजयपाल भी कहा जाता है मथुरा के वासुदेव मंदिर का पुनर्निर्माण कराया जो संवत् 1212 में पूर्ण हुआ था। उसके बाद जयचंद्र कन्नौज का राजा बना और दूसरे मुसलमानी आक्रमण के समय, यानी मोहम्मद गौरी के आक्रमण के समय वही कन्नौज का राजा था।

उधर चौहानों के राजा पृथ्वीराज चौहान थे जिन्होंने दिल्ली को अपनी राजधानी बनाया था और दिल्ली से अजमेर तक जिनका शासन था। पृथ्वीराज ने मोहम्मद गौरी को कई बार पराजित किया। मोहम्मद गौरी ने महमूद गजनवी के राज्य पर कब्जा किया था और वह उसके करीब 250 साल बाद भारत में आया। सबसे पहले उसने मुलतान पर आक्रमण कर वहाँ के मुसलमान शासक को पराजित किया पर फिर गुजरात के बघेल राजा भीम द्वितीय ने उसे कड़ी शिकस्त दी। दूसरी बार उसने मार्ग बदल कर हमला किया। अब वह पेशावर से पंजाब होते हुए आगे बढ़ा। अपनी स्थिति को सुदृढ़ करने के बाद उसने पृथ्वीराज चौहान पर आक्रमण किया। किंवदंती थी कि पृथ्वीराज ने उसे सत्रह बार पराजित किया पर अठारहवीं बार खुद पराजित हो गये। जो भी हो, कम से कम दो युद्ध जरूर हुए थे जिनमें पहले में पृथ्वीराज जीते थे और गौरी बुरी तरह घायल होकर भाग गया था पर दूसरे युद्ध में वह जीता। पृथ्वीराज या तो दिल्ली ले जाये गये या गजनी। उनके दरबारी कवि, ब्रजभाषा के पहले लेखक चंदबरदाई ने पृथ्वीराज रासो में उनके शासन का विशद वर्णन किया है। एक कहानी के अनुसार चंदबरदाई ने पृथ्वीराज के द्वारा गौरी का संहार कराया फिर गौरी के सैनिकों ने दोनों को मार गिराया। मैं इस दोहे से परिचित था।

चार बाँस चौबीस गज अंगुल अष्ट प्रमान
ता ऊपर सुलतान है मत चूके चौहान।

पृथ्वीराज की चंदेल राजाओं से लड़ाई का विवरण जगनिक के आल्ह खंड में

है जो लोकप्रिय आल्हा-ऊदल की कथाओं में अब भी जीवित था।

गौरी भारत में मुस्लिम राज्य स्थापित करने का इरादा रखता था। वह अपने गुलाम कुतुबुद्दीन को भारत में छोड़कर स्वदेश चला गया। कुतुबुद्दीन ने राज्य का विस्तार करने की कोशिश की, और हिंदू राजाओं के विद्रोह को दबाने के लिए यहाँ वहाँ दौड़ता ही रहा। पर सबसे दुखद था उसके सेनापति बख्तियार द्वारा बिहार और बंगाल को बर्बाद करना। बिहार मे उसने नालंदा और विक्रमशिला के विख्यात विश्वविद्यालयों का सर्वनाश किया, वहाँ के छात्रों और शिक्षकों की हत्या की और ग्रंथालयों को जला डाला। सदियों का एकत्र ज्ञान विज्ञान उसके साथ ही नष्ट हो गया।

उससे भी दुखद था बंगाल के राजा लक्ष्मण सेन का पतन जो विद्या व्यसनी था और जिसके राज्य में महाकवि जयदेव, विद्यापति, शरण, धोयी और गोवर्धन जैसे विद्वान थे। लक्ष्मण सेन की पराजय के साथ उनकी विद्यासभा भी बिखर गई। कुमारिल भट्ट और शंकराचार्य के प्रयत्नों से स्थापित वैदिक धर्म भक्ति योग और ज्ञान योग तथा गीता के कर्मयोग से होते हुए पूरे देश में फैल चुका था पर राजपूतों की पराजय तथा मुलतान से बंगाल तक मुसलमानी शासकों की विजय ने भारत में मुस्लिम शासन की नींव रख दी।

और इस पूरी उथल-पुथल के बीच संगीत की यात्रा अपनी गति से जारी थी। 13वीं शताब्दी में महामुनि नारद ने 'संगीत मकरंद' की रचना की। लगभग इसी समय शारंगदेव अपनी संगीत रत्नाकर की महान रचना कर चुके थे। और कवि लोचन ने ईरानी मुकाम पद्धति पर आधारित राजतरंगिणी की रचना की थी। इतना ही महत्त्वपूर्ण ग्रंथ था जयदेव मिश्र का गीत गोविंद जो संस्कृत भाषा में रचा गया था 'गीत गोविंद' एक ऐसी गेय रचना थी जिसके पद रागों में निबद्ध थे, संगीत के माधुर्य से ओतप्रोत थे और उन्हें प्रबंध शैली में गाया जाता था। भावपूर्ण गीतों को लय, छंद, ताल और स्वर में गाना ही 'प्रबंध' शैली थी। इसकी रचना हालाँकि पूर्वांचल में हुई थी पर इसकी अतिशय मधुरता के कारण इसे पूरे भारत में, उत्तर और दक्षिण के मंदिरों में गाया जाता था। हालाँकि इनकी स्वरलिपि उपलब्ध नहीं है पर पद स्वयं राग बसंत, मालव, गुर्जरी, केदार आदि रागों के नामोल्लेख के साथ मिलते हैं।

इस सबके बीच उभरी थी राग संगीत की एक विशिष्ट गान शैली जिसे ध्रुपद कहा जाता है। इसका श्रेय ग्वालियर के नरेश राजा मानसिंह तोमर को दिया जाता है।

गाड़ी ग्वालियर स्टेशन पर प्रवेश कर रही थी।

हमारे ठहरने का प्रबंध डॉक्टर दीक्षित ने विश्वविद्यालय के गेस्ट हाउस में ही कर

दिया था। हमारे पहुँचने की खबर सुनकर वे खुद मिलने आये। वे थोड़े साँवले रंग के, सुनहरी कमानी का चश्मा पहने, बड़ी आँखों और तीखी नाक वाले व्यक्ति थे। बालों से एक सफेद पट्टी झांकने लगी थी। चेहरे पर एक सौम्य मुस्कराहट थी जो अकसर ठहाके में बदल जाती थी। उन्होंने गर्मजोशी से हाथ मिलाते हुए कहा, ''राजा मानसिंह के नगर में आपका स्वागत है। या कहें कि तानसेन के शहर में आपका स्वागत है।''

फिर वे ठठाकर हँसे। उन्होंने अब स्मृति से कहा, ''आई होप यू आर कम्फर्टेबल।''

''जी बिल्कुल।''

''और कैसी रही आपकी यात्रा?''

''जी बहुत बढ़िया। हम लोगों ने इस बीच भारतीय इतिहास की भी यात्रा कर डाली।''

''कैसे?''

देवाशीष ने उन्हें रास्ते में हुई रीडिंग और चर्चा के बारे में बताया। उन्होंने कहा, ''देखता हूँ कि आप अच्छे अध्येता हैं। आपसे बात करने में मजा आयेगा।''

डॉ. दीक्षित के आने के बाद विश्वविद्यालय के गेस्ट हाउस में उस तरह की गति और उत्तेजना फैल गई थी जैसी किसी वाइस चांसलर के अपने गेस्ट हाउस में आने पर फैल जाती है। कैंटीन में अचानक चाय और खाने आदि का प्रबंध होने लगा, सुपरवाइजर बार-बार आकर कुछ पूछने लगे, अटेंडेंट अति व्यस्त होकर इधर-उधर घूमने लगे, डाइनिंग हॉल में बर्तनों को जमाने की खटपट होने लगी, इस तरह लगा कि कुछ महत्त्वपूर्ण लोग गेस्ट हाउस में आ गये हैं। पहले चाय आई। फिर डॉ. दीक्षित ने कहा, ''आइये भोजन कर लेते हैं। थोड़ी गपशप भी रहेगी।''

गेस्ट हाउस के लॉन में खाने का प्रबंध किया गया। खाने के साथ साथ थोड़ी बातचीत भी चली। डॉ. दीक्षित ने कहा, ''असल में हमारे यहाँ राजनीतिक इतिहास पर इतना जोर रहा है कि हम अपने सांस्कृतिक इतिहास का अध्ययन ही नहीं कर पाते।''

देवाशीष ने हल्का प्रतिवाद करते हुए कहा, ''जी, मैं तो करता हूँ।''

''इसीलिए तो आप यहाँ आये हैं। अब देखिये हमारे यहाँ राजा का संपूर्ण नायक होना अच्छा माना जाता था। राजा मानसिंह तोमर अद्‌भुत कला मर्मज्ञ, वास्तु शिल्पी और विद्वान थे। इतिहासकार फकीरुल्ला ने उनके दरबार के गुणी कलाकारों को तानसेन आदि से भी ऊपर बताया है। और वे अकेले नहीं थे। उनके समय में मेवाड़ के राणा कुंभा भी वास्तु निर्माता होने के साथ साथ, साहित्य और संगीत के आचार्य, प्रवीण गायक और वीणा वादक थे। उनके पहले हमीर और अल्लराज भी

ऐसे ही नरेश हुए हैं।''

''मानसिंह को ध्रुपद शैली का प्रवर्तक माना जाता है?''

''मुझे लगता है कि ध्रुपद शैली तो पहले से विद्यमान थी। उन्होंने उसे व्यवस्थित रूप दिया और उसका प्रचार प्रसार किया। उनके प्रोत्साहन से ग्वालियर में बहुत से संगीतकार इकट्ठा हो गये थे और वह संगीत का केंद्र बन गया।''

कुछ देर चुप रहने के बाद उन्होंने कहा, ''असल में मानसिंह की ख्याति एक और कारण से भी है। वह है संगीत पर लिखा उनका ग्रंथ 'मान-कुतूहल'। कथा कुछ इस प्रकार है कि उनके समय में दक्षिण के कुछ प्रसिद्ध संगीतकार जिनमें नायक पांडवीय भी शामिल थे कुरुक्षेत्र स्नान के लिए आये और लौटते हुए ग्वालियर में रुके। मानसिंह के दरबार में उस समय नायक बख्शू, नायक महमूद, नायक कर्ण और लोहंग जैसे संगीतकार उपस्थित थे। इस अवसर पर संगीत पर गोष्ठी, विचार विमर्श, वाद-विवाद का आयोजन किया गया जो कई दिनों तक चला। कई विवादग्रस्त समस्याओं का समाधान किया गया और ध्रुपद को व्यवस्थित रूप दिया गया। उस चर्चा के निर्णयों और निष्कर्षों के आधार पर राजा मानसिंह ने एक संगीत ग्रंथ की रचना की और उसे 'मान-कुतूहल' का नाम दिया गया।''

मैंने पूछा, ''तो क्या उसकी प्रति अभी भी उपलब्ध है?''

''दुर्भाग्य से नहीं। पर एक अच्छी बात ये है कि उसका फारसी अनुवाद 'राग दर्पण' के नाम से प्राप्त हो गया है। इस अनुवाद की रचना औरंगजेब के काल में उनके कश्मीरी सूबेदार फकीरुल्ला ने सन् 1675 के आसपास की थी। फारसी से उसका हिंदी अनुवाद 'मानसिंह और मान कुतूहल' के नाम से हुआ है। वह हमारे पुस्तकालय में है। यदि 'राग दर्पण' उपलब्ध न होती तो मानसिंह गुमनामी के अँधेरे में ही रह जाते।''

स्मृति ने कहा, ''आपको उसकी क्या खासियत लगती है? अप्पा साहेब ने हमें शारंगदेव के बारे में बताया था। उससे मान कुतूहल किस तरह से अलग है?''

''देखिये सबसे बड़ी बात तो ये है कि मानसिंह तोमर के पहले जयदेव आदि उच्च कोटि के संगीतज्ञ हुए थे पर वे संस्कृत में लिखते थे और प्रबंध शैली में उसका गायन करते थे। लेकिन मानसिंह तोमर और उनके दरबारी गायकों ने ग्वालियर जनपद की लोकबोली यानी ब्रजभाषा में रचनाएँ लिखीं और उन्हें ध्रुपद शैली में प्रस्तुत किया। यह प्राचीन संगीत की 'मूर्च्छना' पद्धति और आधुनिक संगीत की 'मुकाम' पद्धति के समन्वय का काल था। राजा मानसिंह ने सावंती, लीलावती, मानशाही और कल्याण जैसी रागों की रचना की।

स्मृति ने कहा, ''तो ध्रुपद से संगीत में ब्रजभाषा का प्रवेश माना जाये?''

''नॉट एक्जैक्टली। ध्रुपद या 'ध्रुव पद' से पहले 'विष्णु पद' भी प्रचलित थे

और ब्रजभाषा गीतों की परंपरा चली आती थी। शायद पुरानी लोकभाषा और फारसी के मेल से ब्रजभाषा अलग उभर रही थी। पर ध्रुपद ज्यादा लोकप्रिय हुए। फिर उनका ही प्रचार हो गया।''

भोजन समाप्ति पर था। डॉ. दीक्षित ने अब उठते हुए कहा, ''कल मैं आपको विश्वविद्यालय घुमाऊँगा। कुछ और बातें भी होंगी। सुबह मेरी एक बैठक है। आप दोपहर के भोजन के बाद आ जायें। सुबह चाहें तो ग्वालियर का किला देख लें। मैं अपने सहयोगी रामदास को आपके साथ कर दूँगा। वो आपको किला घुमा देंगे।''

''जो बहुत बढ़िया। थैंक यू सो मच।''

डॉ. दीक्षित से विदा लेते हुए हमने एक बार फिर देखा। ग्वालियर का किला पूरी भव्यता के साथ हमारे सामने था।

बैजू, बख्शू और तानसेन

अगले दिन नाश्ता खत्म होते न होते रामदास आ गये। उनके साथ एक गाड़ी भी थी। आते ही बोले, ''चलिए आपको किले की सैर करा लायें।''

हम और स्मृति तो तैयार ही थे। बाहर निकलते ही दुर्ग दिख जाता था। शहर के किसी भी कोने से आप दुर्ग को देख सकते थे। उसका सुदृढ़ स्थापत्य, उसके बुर्ज और उसकी विशाल प्राचीर इस तरह आपके मन को घेरते थे कि लगता था कि अगर किला न हो तो ग्वालियर का अस्तित्त्व ही न रहे।

रामदास ने किले की ओर चढ़ते हुए बताया, ''ये किला कोई एक बार में नहीं बना था। यह हजार सालों तक बनता रहा है। कुछ इमारतें तो एक हजार साल से भी पुरानी हैं। मैं आपको अधिकतर उन इमारतों से परिचित कराऊँगा जो स्वयं मानसिंह ने बनवाईं या उनके पहले बन गई थीं।''

किले के द्वार के पहले ही उन्होंने एक मंदिर के सामने गाड़ी रोकी और बताया, ''ये चतुर्भुज मंदिर है, विष्णु भगवान का मंदिर। इसे पहाड़ी चट्टान को काटकर बनाया गया है। यहाँ पर एक शिलालेख भी है जिससे मालूम पड़ता है कि इसे गुर्जर प्रतिहार वंश के राजा रामदेव के शासनकाल में किसी अल्ल नामक व्यक्ति ने संवत् 632 में बनवाया था। इसकी दीवारों पर कृष्ण की बाल लीलाओं का वर्णन है।''

मैं और स्मृति काफी देर तक वे भित्ति चित्र देखते रहे। फिर रामदास ने हमें पूरा किला घुमाया। तेली का मंदिर किसी तेली द्वारा बनवाया गया मंदिर नहीं था पर 'तेलंगाना' के स्थापत्य के आधार पर बना था और तेलंग अथवा तैलप या तेली के नाम से उसकी प्रसिद्धि थी। वह भी विष्णु का ही मंदिर था और ग्वालियर दुर्ग का सबसे ऊँचा मंदिर था। उसके स्थापत्य में दक्षिण और उत्तर की कलाओं का अद्भुत

समन्वय था।

दुर्ग की पूर्वी प्राचीर के निकट विष्णु के दो और मंदिर थे जिन्हें सास बहू का मंदिर कहा जा रहा था। इनके शिखर नष्ट हो चुके थे पर अब भी वे काफी भव्य नजर आते थे। इनका निर्माण कछवाहा राजा महिपाल के जमाने में संवत् 1150 के आसपास हुआ था।

दुर्ग के ग्वालियर दरवाजे के भीतर पहुँचते ही दाहिनी ओर था गूजरी महल जो मानसिंह ने अपनी प्रेयसी गूजरी रानी के लिए बनवाया था जिसमें बीच में एक विशाल खुला आंगन था और वहाँ अब पुरातत्त्व विभाग का संग्रहालय था जहाँ प्राचीन मूर्तियाँ, चित्र और सिक्के व्यवस्थित रूप से रखे गये थे।

पर किले का सबसे बड़ा आकर्षण था 'मान मंदिर' महल। इस महल के साथ ग्वालियर दुर्ग 300 फुट की ऊँचाई तक पहुँचता था। इसके परकोटे पर छः मीनारें थीं जिनमें गुम्बद भी थे। इन पर ताँबे की कलई थी, रामदास जी ने बताया, जिन्हें मुगल सम्राट बाबर ने देखा था। बाहरी भाग पर हरे, नीले और पीले रंग से प्राकृतिक दृश्यों और जानवरों के टाइल्स तथा चित्र थे जो मीनारों का साथ सूर्य के प्रकाश में अद्‌भुत दृश्य प्रस्तुत करते थे। कई टाइल्स उखड़ चुके थे, पर जो थे वे सुंदरता का मान कराने के लिए काफी थे। मान मंदिर का मुख्य द्वार हथिया पौर कहलाता था जो कारीगरी का अच्छा नमूना था। उसमें प्रवेश करने पर हमारा ध्यान महल के दक्षिणी भाग की ओर गया जिसमें तीन सुंदर मीनारें थीं। महल के भीतरी भाग में दो कलापूर्ण खुले दीवान बने थे जिनसे लगे हुए पार्श्व गृह भी थे। कुल मिलाकर कमरों और दीवान खानों की संख्या 40 से 50 होगी। रामदास ने बताया कि मान मंदिर की विशेषता वहाँ लगे हिन्दू शैली के चित्र थे जिन्हें बाद में अकबर ने सीकरी और आगरा में प्रयुक्त किया। 'गूजरी महल' और 'मंदिर' के अलावा और भी महल मंदिर थे, पर दोपहर हो चली थी और हमें डॉ. दीक्षित से भी मिलना था हमने रामदास के साथ एम.पी. टूरिज्म के होटल में हल्का भोजन लिया और विश्वविद्यालय आ गये।

डॉ. दीक्षित की बैठक समाप्त हो चुकी थी और वे हमें विश्वविद्यालय घुमाने के लिए तैयार थे। सभी विभागों का दौरा करने के बाद हमने उनके विशाल पुस्तकालय में प्रवेश किया जहाँ पुस्तकों, विशेषकर पुरानी पुस्तकों की गंध बसी हुई थी। हम खिड़की के पास वाली एक कोने की टेबल पर बैठे। शाम होने को थी और किले पर सूर्य की किरणें टकराकर अद्‌भुत नजारा प्रस्तुत कर रही थीं। एक अटेंडेंट आकर कॉफी रख गया, डॉ. दीक्षित ने बात शुरू की।

"असल में राजा मानसिंह के योगदान को जानने के लिए हमें उनके दरबारी संगीतकारों के बारे में भी जानना होगा। उनमें सबसे प्रमुख था बैजू।"

स्मृति ने कहा, "बैजू बावरा? मैंने उस पर बनी फिल्म देखी है।"

"हाँ वही। आश्चर्य की बात है कि अबुल फजल की आईने अकबरी में या फकीरुल्ला की किताब में उसका जिक्र नहीं मिलता पर हमारे पुस्तकालय में एक किताब है जिसमें जनश्रुति के आधार पर उसकी जीवनी लिखी गई है। उसका जन्म गुजरात के किसी ब्राह्मण परिवार में संवत् 1500 के आसपास हुआ था। कुछ लोग उसे बावरिया जाति का बताते हैं इसलिए शायद उसे बैजू बावरा कहा जाता है। एक अन्य जनश्रुति के अनुसार क्योंकि वह संगीत में इतना तल्लीन रहता था कि दुनिया में बावरे या विक्षिप्त, व्यक्ति की तरह घूमता था इसलिए उसका नाम बैजू बावरा पड़ा।"

"मुझे दूसरी बात ज्यादा सच लगती है।"

"हो सकता है। फिर उसकी माँ उसे लेकर ब्रज में आ गई। भगवान कृष्ण में उसकी रुचि हुई और वह भक्ति संगीत का प्रसिद्ध गायक हो गया। कहते हैं स्वामी हरिदास उसके गुरु थे। पहले पहल वह चंदेरी के शासक राजसिंह कछवाहा के आश्रम में रहा फिर मानसिंह की ख्याति सुनकर वह राजा मानसिंह के दरबार में आ गया। यहाँ उसे ध्रुपद गायकी को निखारने का उचित अवसर मिला। उसका लिखा एक ध्रुपद सुनिये,

"कहा तुम गावत हौ गायन, नाद विद्या यह अपरंपार
गीत, प्रबंध, धारु, ध्रुपद कौ कहौ कौन प्रमान, केते गुनि गये रचि पचिहार
सप्त सुर, तीन ग्राम, इकईस मूर्छना, बाईस सुरति, उनचास कूटतान की कसौटी कलान की सँभार
कहत 'वैजू बावरा' ताकी ढुरन मुरन, आरोही अवरोही, अलाप, अस्थाई संचाई, प्रथम ओंकार।"

"इसका अर्थ भी तो बताइये।"

"देखिये छंद की दृष्टि से यह थोड़ा ढीला ढाला लगता है। पर यह बताता है कि बैजू अपने समय में प्रचलित गीत, प्रबंध, धारु, ध्रुपद आदि सभी गान पद्धतियों से परिचित था। उसे संगीत के सभी अंगों सात स्वर, तीन ग्राम, इक्कीस मूर्च्छना, बाईस श्रुतियाँ, उनचास कूट तान, ढुरन-मुरन, आरोही-अवरोही, स्थायी संचारी, आलाप आदि का भी पूरा ज्ञान था।"

"वाकई, ये ध्रुपद तो उस समय के संगीत का पूरा परिचय है।"

"बिल्कुल। शायद उसके इस ज्ञान को देखते हुए ही राजा मानसिंह ने अपनी कलाप्रिय गूजरी रानी का उसे शिक्षक नियुक्त किया था। जिसके लिए उसने कई रागों की भी रचना की जिनमें 'गूजरी तोड़ी' और 'मंगल गूजरी' अधिक प्रसिद्ध हैं। बाद में उसे मानसिंह तोमर द्वारा नायक की पदवी प्राप्त हुई।"

"इसका मतलब ये हुआ कि स्वर, ग्राम, जाति, स्थान के साथ-साथ व्यक्तियों के नाम से भी रागों का निर्माण हुआ है?"

"क्यों नहीं? बैजू के नाम से सौ से अधिक ध्रुपद मिलते हैं। वे संगीत शास्त्र की दृष्टि से सुंदर हैं। वे पूरी तरह मूल रूप में ही हैं ये नहीं कहा जा सकता पर जैसे भी हैं, सुबद्ध हैं। विषयों में ईश्वर वंदना, ज्ञान भक्ति, संगीत विवेचन, नायिका भेद, कृष्ण लीला आदि हैं। गणेश, दुर्गा, शंकर, विष्णु ब्रह्मा, सूर्य, राम, कृष्ण आदि अनेक देवताओं की स्तुति की गई है। हरिस्मरण, नाम-महिमा, चेतावनी जैसे विषय भी हैं।"

"तो क्या वे मानसिंह के दरबार में ही रहे?"

"नहीं मानसिंह के बाद उनके पुत्र विक्रमाजीत से राज्य सँभला नहीं, छिन गया। बैजू के साथ-साथ अनेक संगीतज्ञ निराश्रित होकर ग्वालियर छोड़ने को विवश हुए। संभघत: वह रीवा के राजा रामचंद्र के दरबार में चला गया था, जहाँ की एक और रोचक घटना बताई जाती है।"

"कौन सी?"

"बैजू बावरा के समकालीन थे एक और गायक, गोपाल नायक। नहीं नहीं, ये वह गोपाल नायक नहीं थे जिनका मुकाबला अमीर खुसरो से हुआ था। उनमें और इनमें करीब तीन सौ साल का फर्क था। पर ये भी दक्षिणात्य थे और संगीत के उद्‌भट विद्वान और विख्यात गायक थे। उनके ध्रुपदों में सिकंदर शाह और राजाराम के नाम मिलते हैं जिससे सिद्ध होता है कि वे पहले सिकंदर लोदी के दरबार में और फिर रीवा के राजा रामचंद्र के दरबार में रहे होंगे। वह उत्तर भारत की प्रबंध और छंद पद्धति के भी रुपायन कारी थे। उनका एक ध्रुपद है-

गीत, छंद, धारू, ध्रुपद, झूमर, प्रबंध को, बखान समझायत जिये
कहत नायक गोपाल बहु विधि खरज साध, याकों सुनवे कीजै कान दिये।

तो बैजू बावरा और गोपाल नायक का सामना हुआ।"

"अच्छा! बहुत दिलचस्प है। ये सामना कहाँ हुआ होगा?"

"मेरे विचार में रीवा के राजा रामचंद्र के दरबार में। गोपाल नायक तो वहाँ पहले से ही थे। बैजू बावरा भी ग्वालियर से वहीं पहुँच गये थे।"

"तो कौन जीता?"

"गोपाल लाल तब युवा थे और उनका अभ्युदय अभी हुआ ही था। बैजू अपनी ढलती आयु में था। कुछ लोग कहते हैं गोपाल लाल बैजू का दामाद था और उनका शिष्य भी। खैर, तो उसने बैजू को चुनौती दी। उस प्रतियोगिता में बैजू ने अपने अलौकिक संगीत ज्ञान का परिचय दिया। कहते हैं कि उसने अपने संगीत से जंगल से हिरनों को बुला लिया और पत्थरों को पिघला कर दिखा दिया। गोपाल को

तो पराजित होना ही था।''

कुछ देर तक पुस्तकालय में शांति छा गई। डॉ. दीक्षित जनश्रुति के अच्छे ज्ञाता थे। उन्हें जाने कितने पद और ध्रुपद जुबानी याद थे। वे अभी भी छात्रों से बातचीत करना पसन्द करते थे। अब मैंने पूछा, ''और बख्शू, उनका क्या हुआ।''

''बख्शू भी मानसिंह तोमर के दरबार में था। अबुलफजल ने तानसेन की अत्यधिक प्रशंसा करते हुए लिखा है कि बख्शू तानसेन के अलावा अपने समय का सबसे प्रसिद्ध गायक था। वह पहले मानसिंह के दरबार में और फिर कालिंजर के राजा कीरत के आश्रय में चला गया था। वहाँ से उसे गुजरात के संगीत प्रिय सुल्तान बहादुर शाह ने बुला लिया। बख्शू ध्रुपद शैली का प्रसिद्ध गायक था और उसके नाम से कई ध्रुपद भी मिलते हैं। उसने तीन नई रागों का आविष्कार भी किया। वे हैं बहादुरी तोड़ी, नायकी कल्याण और नायकी कानड़ा।''

''उसके ध्रुपद मिलते हैं?''

''हाँ शाहजहाँ के काल में ध्रुपदों का संग्रह किया गया था उनमें बख्शू के ध्रुपदों को सर्वोत्तम माना गया था। उनके एक हजार ध्रुपदों का संकलन किया गया, उन्हें चालीस राग रागिनियों में विभक्त किया गया और 'राग-ए-हिंद', 'सहस्र रस', 'राग माला' इत्यादि के नाम से ग्रंथ तैयार किया गया। वह इंग्लैंड के इंडिया ऑफिस में अब भी उपलब्ध हैं।''

हम लोग काफी देर से पुस्तकालय में बैठे थे। अब डॉ. दीक्षित ने प्रस्तावित किया कि हम लोग बाहर चलकर लॉन में बैठ सकते हैं, जहाँ चाय का एक और दौर हो सकता है। हमने इसका स्वागत किया।

बाहर चाँदनी छिटक आई थी। आसमान पर छिटपुट तारे भी नजर आने लगे थे। अब हमने लॉन पर एक गोल टेबल के आसपास डेरा जमाया। डॉ. दीक्षित ने कहा,

''पर उस युग की सबसे बड़ी घटना थे तानसेन।''

''वे तो सम्राट अकबर के दरबार में थे?''

''नहीं। वे भी ग्वालियर के ही थे। प्रसिद्धि है कि उनका जन्म ग्वालियर के निकट के ग्राम बेहट में हुआ था। वे ब्राह्मण कुल के थे और उनके पिता का नाम मकरंद पांडे बताया जाता है पहले उनका नाम तन्ना, त्रिलोचन, तनसुख अथवा रामचन्द्र बताया जाता है। तानसेन उनका नाम नहीं था, उपाधि थी जो उन्हें बांधवगढ़ के राजा रामचंद्र ने दी थी। वह इतनी प्रसिद्ध हुई कि मूल नाम गुम सा गया। जन्म संवत् 1563 के आसपास का है, अतः वे लगभग अकबर के समकालीन हुए। वे पहले मानसिंह तोमर के दरबार में थे और वहीं पर किसी संगीतकार से उन्हें संगीत की शिक्षा मिली। गौस मोहम्मद पर उनकी श्रद्धा जरूर थी पर वे उनके गुरु

भी थे यह प्रामाणिक रूप से सिद्ध नहीं हुआ है।"

"तो वे अकबर के दरबार में कैसे पहुँचे?"

"मानसिंह तोमर के पतन के बाद वे वृंदावन चले गये थे जहाँ स्वामी हरिदास से उन्होंने संगीत की शिक्षा प्राप्त की। वल्लभ संप्रदाय की परंपरा बताती है कि उन्होंने अष्टछाप के कवि गोविंदस्वामी से भी कीर्तन पद्धति का गायन सीखा था। तब तक शेरशाह सूरी राजनीतिक पटल पर आ चुके थे। तो पहले तानसेन उनके बेटे इस्लामाबाद सूर के स्नेह पात्र दौलत खाँ के आश्रय में रहे। फिर वे मुहम्मद आदिलशाह सूर के संपर्क में आये, जो खुद भी बड़ा संगीतज्ञ था। सूरी सल्तनत की समाप्ति के बाद वे बांधवगढ़ के राजा रामचंद्र के यहाँ चले गये। वहाँ उन्हें विपुल धन वैभव और आदर सम्मान प्राप्त हुआ। संवत् 1620 में सम्राट अकबर ने उन्हें अपने दरबार में बुला लिया था, जहाँ वे अनिच्छा से गये थे। कहते हैं कि उन्हें लाने के लिए अकबर ने अपने उच्च पदाधिकारी जलाल खाँ कूर्ची को शाही सेना तथा फरमान लेकर बांधवगढ़ राजा रामचंद्र के पास भेजा। तानसेन खुद अकबर के दरबार में जाना नहीं चाहते थे, न ही राजा रामचंद्र उन्हें छोड़ना चाहते थे। पर अंततः सम्राट अकबर का ही फरमान चला और वे अकबर के दरबार में आगरा पहुँच गये।"

"तो वहाँ से संगीत में उन्होंने विशेष योगदान दिया?"

"तानसेन ग्वालियर परंपरा की 'मूर्च्छना पद्धति' एवं ध्रुपद शैली का विख्यात गायक तो था ही, उसे ब्रज की कीर्तन पद्धति का भी पर्याप्त ज्ञान था और वह ईरानी संगीत की 'मुकाम पद्धति' से भी परिचित था। इनके समन्वय से उसने कई नई रागों की रचना की जिनमें 'मियाँ की मल्हार' अधिक प्रसिद्ध है। वह गायक होने के साथ-साथ कवि भी था और उसके नाम से 'संगीत सार' तथा 'रागमाला' नाम से दो ग्रंथ भी मिलते हैं। वह खुद अपने गायन के लिए ध्रुपद रचता था।"

स्मृति ने कहा, "आपको जरूर कुछ याद होगा!"

"मेरे पास तो खजाना है। चलिए आपको तानसेन का एक ध्रुपद सुनाता हूँ,

हमारे लला के सुरंग खिलौना, खेलत, खेलत कृष्ण कन्हैया।
अगर चंदन को पलना बन्यो है, हीरा-लाल-जवाहर जड़ैया।।
भंवरी-भंवरा, चट्टा-बट्टा, हंस चकोर अरु भोर चिरैया।
तानसेन प्रभु जसोमति झुलावै, दोऊ कर लेत बलैया।।"

"वाह वाह डॉ. दीक्षित, आपने तो मजा ही ला दिया। फिर तानसेन की परंपरा का क्या हुआ?"

"तानसेन के कई पुत्र थे, एक पुत्री थी और अनेक शिष्य थे। तानसेन खुद करीब सत्ताईस सालों तक अकबर के दरबार में रहा पर उसने इस्लाम कुबूल नहीं किया था। दरबार में उसके रहने, उसके खान पान आदि से ये धारणा बनी थी।

अबुल फजल ने उसकी शवयात्रा का विवरण दिया है जिससे ज्ञात होता है कि वह अंतिम समय तक हिंदू ही रहा। ग्वालियर में गौस मोहम्मद के मकबरे के पास उसकी भी समाधि है।''

''उसके पुत्र-पुत्रियों का भी योगदान रहा होगा?''

''पुत्रों में तानतरंग खाँ, सुरत सेन और विलास खाँ के नाम प्रसिद्ध हैं। पुत्रों में तानतरंग खाँ और शिष्यों में चाँद खाँ अकबर के दरबार में रहे। वे प्रमुख संगीतज्ञ थे। अबुल फजल ने अकबर के दरबार में 36 प्रमुख कलावंतों की उपस्थिति बताई है।''

डॉ. दीक्षित ने पुस्तकालय से 'आइने-अकबरी' की प्रति मँगवाई। सूची इस प्रकार थी–

1. मियाँ तानसेन 2. बाबा रामदास 3. सुबहान खाँ 4. सुरज्ञान खाँ 5. मियाँ चाँद 6. विचित्र खाँ 7. मुहम्मद खाँ दाढ़ी 8. वीरमंडल खाँ 9. बाज बहादुर 10. शहाब खाँ 11. दाऊद दाढ़ी 12. सरोद खाँ 13. मियाँ लाल 14. तानतरंग खाँ 15. मुल्ला इसहाक 16. उस्ता दोस्त 17. नायक चरजू 18. प्रवीन खाँ 19. सूरदास 20. चाँद खाँ 21. रंग सेन 22. शेख दावन 23. रहमतुल्ला 24. मीर सैयद अली 25. उस्ता यूसुफ 26. कासम 27. ताश बेग 28. मीर सैयद अली 29. बहराम कुली 30. सुलतान हाशिम 31. उस्ता शाह मुहम्मद 32. उस्ताद मुहम्मद अमीन 33. हाफिज ख्वाजा अली 34. मीर अब्दुल्ला 35. मीरजादा 36. उस्ता मुहम्मद हुसैन।

इस सूची में तानसेन सहित 15 का संबंध अकेले ग्वालियर से था। कोई आश्चर्य नहीं कि आगे चलकर आगरा घराना करीब करीब ग्वालियर घराने का ही विस्तार मालूम पड़ता है। इन संगीतज्ञों की 7 श्रेणियाँ बनाई गई थीं और प्रत्येक श्रेणी के कलाकार सप्ताह में एक दिन सम्राट के सामने गायन वादन करते थे।

''ये सूची ही अकबर के बारे में काफी कुछ कह जाती है। उसमें हिंदू भी हैं और मुस्लिम भी। उनकी गायन पद्धतियाँ भी होंगी। पर गायन शैली क्या ध्रुपद ही रही?''

''जी, आगरा ब्रज भाषा और ध्रुपद का केंद्र था और मथुरा भक्ति का। लाख चाहते हुए भी कोई संगीतकार इनसे बहुत दूर नहीं जा सकता था। फिर अकबर खुद भी ब्रज भाषा का प्रशंसक और कवि था। उसका एक कवित्त सुनिये,

''साही अकब्बर एक समै, चले कान्ह विनोद विलोकन बालहिं।
आहट तें अबला निरख्यौ, चकि चौंध चली करि आतुर चालहिं।।
त्यों बलि वेनि सुधारि धरी, सु भई छबियों ललना अरु लालहिं।
चंपक चारु कमान चढ़ावत, काम ज्यों हाथ लिए अलि बालहिं।।''

उनके दरबार में ब्रजभाषा के कई प्रसिद्ध कवि थे।''

"अकबर का ये स्वरूप मेरे लिए तो बिल्कुल नया है।"

"असल में हम अपने राजाओं को राजाओं की तरह ही देखने के आदी हैं। भूल जाते हैं कि वे भी मनुष्य ही थे और साहित्य तथा संगीत उनकी भी ज़रूरत रहे होंगे। "शिव सिंह सरोज" में अकबर के दरबारी कवियों का उल्लेख किया गया है। वह मुझे याद है,

"पूषि, प्रसिद्ध पुरंदर, ब्रह्म, सुधारस, अमृत अमृत बानी।
गोकुल, गोप, गोपाल, गनेस, गुनी, गुनसागर, गंग सुज्ञानी।।
जोध, जगन्न, जमै, जगदीस, जगामग, जैत, जगन्त है जानी।
कोरे अकब्बर सों न कथी, इतने मिलिकैं कविताजु बखानी।।"

तो अकेले अकबर ही नहीं, ये सब भी थे। पूषी, प्रसिद्ध, ब्रह्म (बीरबल), अमृतराय, गोकुल, गोप, गोपाल, गणेश, गंग, जोध, जगन, जमै, जगदीश, जगमग और जैतराम–ये पन्द्रह दरबारी कवि थे। फिर सारे नवरत्न भी कविता करते थे।"

स्मृति ने कहा, "रहीम जो अकबर के नवरत्नों में से थे, के दोहे तो मुझे भी याद हैं–

"एकै साधे सब सधै, सब साधै सब जाय।
'रहीमन' मूलहि सींचियौ, फूलत फलत अघाय।।
ओछो काम बड़े करें, तो न बड़ाई होय।
ज्यों रहीम हनुमंत को, गिरिधर कहे न कोय।।
जैसी परै सो सहि रहै, कहि 'रहीम' यह देह।
धरती ही पै परत है, सीत घाम अरु मेह।।"

डॉ. दीक्षित कहाँ पीछे रहने वाले थे? उन्होंने कहा, "रहीम तो खैर बड़े कवि थे ही पर आप राजा टोडरमल्ल का ये छंद सुनिये–

"जार कों विचार कहा, गनिका कों लाज कहा,
गदहा कों पान कहा, आँधरे को आरसी।
निर्गुणी को गुण कहा, दान कहा दालिद्री कों,
सेवा कहा सूम की, अरंड की सी डार सी।
मधपी को सूचि कहाँ, साँच कहा लंपटी कों,
नीच को वचन कहा, स्यार की पुकार सी।
टोडर सुकवि ऐसे हठी तें न टार्‌यो टरैं,
भावे कहौ सूधी बात, भावे कहौ फारसी।।"

तो ये थी नैतिकता की पुकार और उस समय का भाषाई विमर्श। अब ज़रा सौंदर्य बोध को भी देख लें। ज़रा बीरबल का ये कवित्त सुनिये,

"गोरे से गाल फूलैल चुचात, भरी अंगिया रंग केसरि बोरे।

बेनी बड़ी अरु छोटी सी आयु, छई छवि सौं गुदना मुख गोरे।।
नैननि की अरुनाई कहा कहौं, अंजन है दृग खंजन जोरे।
"ब्रह्म" मनै यह को ही तिया, जु चली गई आंगन अंग मरोरे।।"

बातचीत में ब्रज भाषा के रस की सृष्टि हो गई थी। डॉ. दीक्षित अपनी गंभीर खरज की आवाज में कवित्त और सवैये सुनाये जा रहे थे। इस आखिरी कवित्त पर स्मृति के चेहरे पर हल्की सी संकोच की छाया देखते हुए उन्होंने बात समाप्त की।

"बीरबल की मृत्यु पर अकबर को अपार दुख हुआ था। उनका एक छंद है–
पीथल सों मजलिस गई, तानसेन सों राग।
हंसियो मन बहलाइबो, गयौ बीरबल साथ।।"

रात काफी हो चुकी थी। डॉ. दीक्षित हमें गेस्ट हाउस तक छोड़ने आये। चलते चलते हमें 'आइने अकबरी' की प्रति भेंट की। फिर कहा, "सुबह आप ताज एक्सप्रेस से मथुरा निकल जाइये। इस तरह दिन भी बच जाएगा। मैंने खुनखुन गुरु को फोन कर दिया है वे आपको ट्रेन पर ले लेंगे। वे पंडित चतुर्वेदी को भी अच्छी तरह जानते हैं। आपको उनसे मिलने में कोई मुश्किल न होगी। अपने मोनोग्राफ की कॉपी मुझे जरूर भेजियेगा। और डॉ. चक्रवर्ती को मेरा नमस्कार कहिये।"

मैंने कहा, "हम आपका कैसे शुक्रिया करें? आपने इतनी सारी रोचक बातें बताईं। आपके पास तो जानकारी का खजाना था। हम लोग वाकई एनरिच्ड महसूस कर रहे हैं।"

उन्होंने ठहाका लगाया और कहा, "यू आर वेलकम।"

अगली सुबह हमने मथुरा के लिए प्रस्थान किया।

खुनखुन गुरु और मथुरा

खुनखुन गुरु के नाम से हमारे मन में एक दुबले-पतले पिनपिने आदमी की छवि उभरती थी, जो शायद जीन्स टी-शर्ट में चप्पल फटकारते हुए हमें मिलता पर मथुरा स्टेशन पर जिस आदमी ने हमें ढूँढ़कर प्रणाम किया वह इस छवि से बिल्कुल अलग था। एक लहीम शहीम व्यक्ति जो देखने में पहलवान जैसा था पर चेहरे पर रुआबदार मूँछें, बड़ी बड़ी आँखें और चेहरे पर एक सौम्य मुस्कराहट उसे एक अलग ही व्यक्तित्त्व प्रदान कर रहे थे। उन्होंने हमें पहचान लिया, "देवाशीष जोशी जी?"

"जी। आप..."

"खुनखुन। प्रणाम करता हूँ।"

हमने चेहरे पर आश्चर्य का भाव न आने देने की पूरी कोशिश की। उन्होंने

कहा, "मैं आप ही को लेने आया हूँ। लाइये अपना बैग मुझे दीजिये।"

स्मृति ने लाख कहा कि वह अपना बैग खुद उठा लेगी पर वे कहाँ मानने वाले थे?

"अब आप खुनखुन के शहर में हैं। ये छोटे मोटे काम तो हमें ही करने दीजिये।"

हमने सकुचाते हुए अपने बैग उन्हें सौंपे। वे बोले, "हम लोग द्वारकाधीश की धर्मशाला में चल रहे हैं। गुरुजी ने आपके ठहरने का प्रबंध वहीं किया है।"

मथुरा की गलियों से होते हुए ऑटो रिक्शा द्वारकाधीश मंदिर पहुँचा। धर्मशाला साफ सुथरी थी और खुनखुन गुरु की वहाँ विशेष प्रतिष्ठा थी। सामान रखवाने एक लड़का दौड़ा। फिर वह दौड़कर तीन चाय ले आया। अब खुनखुन ने आराम से बैठते हुए कहा, "आइये चाय पी लें। फिर आप बतायें, क्या कार्यक्रम है।"

मैंने पूछा, "पंडित वासुदेव चतुर्वेदी से आज मुलाकात नहीं हो सकेगी क्या?"

"वे शाम को मिलेंगे। दिन में आज भगवान द्वारकाधीश की विशेष पूजा है। वे वहीं रहेंगे। तब तक आप मेरे जिम्मे हैं।"

"तो थोड़ा मथुरा घूमा जाये?"

खुनखुन ने चहक कर कहा, "क्यों नहीं। आप लोग तो मुझे तैयार से ही लग रहे हैं। या थोड़ा आराम करेंगे?"

मैंने कहा, "नहीं नहीं, हम लोग तो आगरा से ही तैयार होकर ट्रेन में बैठे थे। बस एक घंटे का सफर था, थकान कैसी?"

"चलिए तो फिर देर क्यों?"

हमने दरवाजा फेरा और बाहर निकल आये। पास ही नाश्ते की दुकान पर बेंड़ई कचौड़ी और आलू की सब्जी के साथ इमरती का नाश्ता करते समय स्मृति ने पूछा, "खुनखुन जी बुरा न मानें तो एक बात पूछूँ? आपका नाम बड़ा अलग सा है, इसका कोई मतलब?"

"आपका मतलब है मेरा नाम अजीब सा है। है न?"

स्मृति ने बात को सम्हालते हुए कहा, "नहीं नहीं ऐसी बात नहीं। मेरा मतलब था ऐसा नाम होता नहीं है।"

"नहीं नहीं आप संकोच मत करिये। मैंने बिल्कुल बुरा नहीं माना। असल में हमारा नाम है नरेंद्र चौबे और हम मूलतः पहलवान हैं। लेकिन पूरे मथुरा में हमारे बराबर का पखावजिया नहीं। सो इस पखावज बजाने के कारण हमारा नाम खुनखुन पड़ गया, और गुरु तो हम हैं ही।"

अब हम सब ठठा कर हँसे। मैंने कहा, "पहलवान और संगीतज्ञ। ये बड़ा

जोरदार कॉम्बिनेशन है।''

''जी मथुरा की तो ये परंपरा है। मथुरा के चौबे विख्यात संगीतज्ञ हुए और ख्यात पहलवान भी। तो सबसे पहले आपको अपने अखाड़े पर ही लिए चलते हैं।''

''चलिए, मगर मथुरा के मंदिर दिखाना मत भूलिएगा।''

अब खुनखुन गुरु अपने अखाड़े के बारे में बताते चले, ''हमारे अखाड़े का नाम है 'चौकी अखाड़ा', मथुरा के बड़े बड़े नामी पहलवान इसी अखाड़े से निकले। खंगू सिंह, अलीस्त-कुलीस्त, जगन्नाथ, धीतू सिंह, जीवानंद, भगवंता, विलासा, माखन, बूंदीसिंह, बंदर-सिकंदर, बायभक्क जैसे पहलवान यहीं के थे। खंगू सिंह मथुरा का नामी पहलवान था, उसी ने इस अखाड़े की स्थापना की। ये किशोरी रमण के पास स्थित है। समझिये हम आ ही गये।''

एक शेड से ढँका बड़ा सा अखाड़ा था जो एक पुरानी सी इमारत के बीचो-बीच स्थित था। मिट्टी के अखाड़े में छोटी बड़ी उम्र के अनेक पहलवान जोड़ बनाकर कुश्ती लड़ रहे थे। खुनखुन गुरु को देखकर आवाज लग गई-गुरु आय गये, गुरु आय गये। अखाड़े के बाहर खड़े कई छोटे बड़े पहलवानों ने आकर उनके पैर छुये। 'खुशी रहो बेटा' उनका प्रिय आशीर्वाद था। उसे देते हुए वे एक तखत पर विराजे। हमें भी पास बिठा लिया। एक लड़का पास में तीन लस्सी के गिलास रख गया। अब गुरु शुरू हुए, ''तो अलीस्त-कुलीस्त दो भाई थे वे यहीं पर कुश्ती कसरत करते थे उनकी भारी खुराक और पौरुष भरा बदन कोई देख ले तो पहले ही डर से हार मान ले। जगन्नाथ कुश्ती कला के उस्ताद होने के साथ साथ चमत्कारी पुरुष भी थे। उन्होंने बनखेड़ी स्थित हनुमान टीले के अखाड़े की स्थापना की। उनके शिष्यों में उद्धव नाम का एक प्रसिद्ध पहलवान था जिसने अपने से काफी बड़े पहलवान सुखदेव को अलवर के दंगल में पटखनी दी थी। धीतू सिंह कुश्ती कला के साथ साथ स्वांग का उस्ताद था और खयाल गायकी का भी। उसने भूतेश्वर के नामी अखाड़े की स्थापना की। उसने कई मैथिल और सनाढ्य ब्राह्मण युवकों को इस अखाड़े में प्रशिक्षित किया जिसमें चंद्रसेन ने अच्छा नाम कमाया था। जीवानंद ने श्री रंगेश्वर महादेव के निकट एक प्रसिद्ध अखाड़े की स्थापना की थी। जब स्वामी दयानंद दंडी विरजानंद से शिक्षा प्राप्त करने मथुरा आये तो वे पहले इसी अखाड़े पर रहे थे। भगवंता ने भगवंतगढ़ अखाड़े की स्थापना की और विलासा ने 'विलासा वाली बगीची' अखाड़े की। इन अखाड़ों में चतुर्वेदी जाति के बहुत से पहलवान कुश्ती किया करते थे।''

अब हमें खुनखुन गुरु की बातों में रस आने लगा था। मैंने कहा, ''तो चतुर्वेदियों के बारे में भी तो कुछ बताइये।''

"इस अखाड़े के माखन मल्ल विद्या के विशेषज्ञ थे। उसने इस संबंध में एक पुस्तक भी लिखी। बूंदी सिंह गायत्री टीला के अखाड़े पर कुश्ती, कसरत के साथ साथ गायत्री का जाप भी किया करते थे। बंदर-सिकंदर दोनों भाई बड़े डीलडौल के पहलवान थे। नृसिंह लीला में नृसिंह के सवा मन के भारी मुखौटे को धारण कर उछलते कूदते फिरते थे। वे कई घंटों तक बिना थके वीर नृत्य कर सकते थे। बायभक्क ने सरस्वती कुंड के अखाड़े की स्थापना की थी। वह पहलवानी के साथ स्वांगबाजी भी करता था।"

"शायद पहलबानी से काम न चलता हो तो दूसरे काम भी करते हों?"

"मुझे ऐसा नहीं लगता। पहलवानों को जागीरदारों, जिसमें उत्तरप्रदेश, बनारस, कलकत्ता और गुजरात के धनी जागीरदार शामिल थे, जीवनवृत्ति मिल ही जाती थी। फिर कुछ जजमानी का काम भी रहता था। संगीत उनका शौक था। अभी हाल के बरसों में चूं चूं, दंगी, मट्ठो, देविया, भोंदू, महादेव जैसे चतुर्वेदी प्रसिद्ध हुए। चूं चूं, महादेव और इसके पुत्र छोटू को अमेठी के तालुकेदार से अनुदान मिलता था। दंगी बनारस के रईस दामूजी पर आश्रित था। देविया को दरभंगा के राजा पंडित रमेश्वर सिंह से मदद मिलती थी। बड़ौदा के गायकबाड़ नरेश भी कई चतुर्वेदी पहलवानों को वृत्ति देते थे। फिर बाद के वर्षों में द्वारा, रतना, तपियाँ, खुशहाला, गुलबी, सोंखे, लंगड़ और नीता नामी पहलवान हुए। उनमें से द्वारा चौबे ने बड़ी प्रसिद्धि प्राप्त की। उनके साथ साथ अब्दुल गनी, मुहम्मद ताशेवाला, चुनचुन भड़भूंजा, मंगल घुना भी अच्छे पहलवान थे। धूजी चौबे अच्छे डील डौल के नामी पहलवान थे और कंस लीला में पार्ट लिया करते थे। बलदेव पहलवान संस्कृत के अच्छे ज्ञाता थे। अब आपको कहाँ तक बताऊँ, मथुरा में पहलवानी और कला संगीत का गहरा संबंध रहाँ"

"तो आपके परिवार में भी तो ये रहा होगा।"

"क्यों नहीं मथुरा के गणेश चौबे अच्छे गायक और तबला वादक थे। गणेशजी होली तथा डोल के उत्सवों में रूपक और स्वांग का आयोजन कर खुद नृत्य भी किया करते थे। इसके कारण उनका नाम 'छैया-नचकैया' भी पड़ गया था। पर वे किसी से भी कुश्ती में दो दो हाथ कर सकते थे। फिर चंदन चौबे थे जो ध्रुपद, धमार और कीर्तन की परंपरा से आते थे। उनके पितामह बोली बाबा, पिता अम्बा जी और भाई रत्ना सभी ध्रुपदिये और कीर्तनकार थे। वे खयाल, टप्पा, ठुमरी और गजल भी खूबी से गाते थे। लखनऊ की ऑल इंडिया म्यूजिक कांफ्रेंस में सन् 1930 के आसपास उन्होंने अपने गायन से संगीतज्ञों को चकित कर दिया था। उन्हें गवर्नर का स्वर्ण पदक मिला। फिर लक्ष्मण प्रसाद चौबे थे जिन्होंने चंदन जी से ध्रुपद की शिक्षा प्राप्त की और आगे चलकर ग्वालियर के राजाभैया पूँछवाले से ख्याल सीखा। चंदन

चौबे के सुपुत्र बालजी चौबे भी अच्छे गायक हैं।''

पहलवानी और संगीत की बातें काफी हो चुकी थीं। अब हम लोग मथुरा नगर के मंदिर घूमने निकले। खुनखुन गुरु बड़े जानकार आदमी थे। उन्होंने बताया कि मथुरा नगर आज एक छोटा शहर लग सकता है पर हजारों सालों तक वह देश की सांस्कृतिक और धार्मिक राजधानी रहा। वहाँ की कला, वहाँ के मंदिर, वहाँ की संस्कृति और समृद्धि जग प्रसिद्ध थी। उसे कम से कम पाँच बार लूटा गया और हर बार वह उठकर खड़ा हुआ।

सबसे पहले छठवीं शताब्दी में हूणों ने उसे बरबाद किया। पर उन्होंने सिर्फ संपत्ति लूटी, मंदिरों को नहीं तोड़ा। वे धार्मिक विद्वेष नहीं रखते थे। उनका लक्ष्य संपत्ति लूटना था। मिहिरकुल उनका बड़ा राजा था। आज भी मथुरा में एक मुहल्ला मिहारी मुहल्ला कहाता है और कुछ चतुर्वेदी अपने आगे मिहारी लगाते हैं। चंद्रगुप्त विक्रमादित्य द्वारा बनवाया गया वासुदेव भगवान का भव्य मंदिर करीब 600 बरसों तक वैसा ही खड़ा रहा। पर महमूद गजनवी ने उसे सन् 1000 के आसपास तोड़ा और लूटा। राजा विजयपाल ने उसे दुबारा बनवाया और खिलजी ने तेरहवीं शताब्दी में उसे फिर तोड़ा। अबकी बार उसे ओरछा के वीरदेव सिंह ने बनवाया और फिर औरंगजेब ने तोड़ा। मराठों के प्रयासों से उसके पुनरुद्धार की कोशिश हुई ही थी कि फिर अब्दाली ने उसे भयानक रूप से बरबाद किया और लूटा।

तो अब जो मंदिर आप देख रहे हैं वे पिछले दो सौ तीन सौ सालों के ही निर्माण हैं। इनके स्थल अति प्राचीन हो सकते हैं पर मंदिर हाल ही के हैं। फिर उन्होंने भरतपुर दरवाजे के निकट श्री दीर्घविष्णु का मंदिर दिखाया जो रामानंदी संप्रदाय का करीब 400 साल पुराना मंदिर था जो औरंगजेब काल में नष्ट होने के बाद काशी के राजा पटनीमल ने दुबारा बनवाया था, श्री वीरभद्रेश्वर का मंदिर जिसे राजा पटनीमल ने ही बनवाया था, श्री गोविंद देव का मंदिर, श्री नारायण का मंदिर जो संगीत कला का भी केंद्र था, दशभु गणेश का मंदिर, श्री लक्ष्मीनारायण जी का मंदिर जिसे रामचंद्र शर्मा 'मूंग जी' ने बनवाया और जो संगीतज्ञ भी थे, श्री विजय गोविंद जी का मंदिर, श्री बलदाऊ जी का मंदिर, बाटीवाली कुंज का मंदिर, कालिंदीश्वर महादेव का मंदिर, श्री भूतेश्वर महादेव का मंदिर जो पश्चिम के क्षेत्रपाल थे, श्री गोकर्णेश्वर महादेव का मंदिर जो उत्तर दिशा के क्षेत्रपाल थे, चतुर्वेदियों की देवियों महाविद्या और चर्चिका के मंदिर, अंबिका, कंकाली और चामुंडा माता के मंदिर...।।

मथुरा अखाड़ों और मंदिरों का शहर था और उन्हीं में उसका संगीत बसता था।

श्री द्वारकाधीश जी का मंदिर

शाम के समय हम लोग श्री द्वारकाधीश के मंदिर में पहुँचे।

पंडित वासुदेव कृष्ण चतुर्वेदी श्री द्वारकाधीश जी के मंदिर में ही रहते थे। मथुरा नगर के वर्तमान मंदिरों में श्री द्वारकाधीश जी का मंदिर प्रमुख था। यह द्वारका के अधिपति भगवान श्रीकृष्ण को समर्पित था। इस मंदिर के बनने से पहले श्रीकृष्ण के लीला स्थल वृंदावन, गोवर्धन आदि में अनेक छोटे बड़े मंदिर थे पर श्रीकृष्ण जन्मस्थान मथुरा में उनका कोई बड़ा मंदिर नहीं था। औरंगजेब द्वारा श्री केशवराय जी का विशाल मंदिर तोड़े जाने, उसके बाद की घोर अव्यवस्था और अहमदशाही के भीषण संहार के कारण उसके बाद कोई बड़ा मंदिर बनाया भी नहीं जा सका था। तब ग्वालियर राज्य के कोषाध्यक्ष गोकुलदास पारिख ने यह मंदिर बनवाया। इसकी भी एक रोचक कथा थी।

गोकुलदास पारिख ग्वालियर के राजा दौलतराव सिंधिया के कोषाध्यक्ष थे। उन्होंने राजा के आदेश से उज्जैन के सशस्त्र नागा साधुओं के भीषण विद्रोह को समाप्त कर उनके मठ से करोड़ों की संपत्ति प्राप्त की थी। उस विपुल धनराशि को उन्होंने सरकारी खजाने में जमा करना चाहा किन्तु धर्मभीरू सिंधिया नरेश ने इसकी स्वीकृति नहीं दी। उन्होंने साधुओं की उस धर्मार्थ संपत्ति को राजकीय कोष में जमा न कर उसे पारिख जी को ही इस आदेश के साथ सौंप दिया कि वे उसे ब्रज में अपनी इच्छानुसार धार्मिक कार्यों में व्यय कर दें।

पारिखजी उस विपुल राजकीय धनराशि के साथ अपनी निजी संपत्ति को भी छकड़ों में लाद कर ब्रज की ओर चल दिए। करोड़ों रुपये की संपत्ति के साथ उनके उपास्य श्री द्वारकाधीश जी की देवमूर्ति भी थी और मनीराम मुनीम सहित अनेक कर्मचारी और सैकड़ों सैनिक थे। वे अपने दल के साथ संवत् 1870 में ब्रज में आये और मथुरा वृंदावन के निकट डेरा डाला। वहीं उन्होंने एक बाग का निर्माण करा के उसमें श्री द्वारकाधीश की पूजा की अस्थायी व्यवस्था की थी। वह बाग आज भी 'श्री द्वारकाधीश जी का बाग' कहलाता है। उसके पश्चात् उन्होंने मथुरा में द्वारकाधीश का यह मंदिर बनवाया। पारिखजी के कोई संतान नहीं थी, अतः अपने जीवन काल में ही उन्होंने अपने मुनीम मनीराम और उनके ज्येष्ठ पुत्र लक्ष्मीचंद को अपनी समस्त संपत्ति का उत्तराधिकारी बना दिया।

मथुरा नगर के वर्तमान मंदिरों में यह सबसे बड़ा, सबसे अधिक प्रसिद्ध और वैभवशाली है। श्रीकृष्ण के जन्मस्थान मथुरा में उनकी दर्शन-झाँकी, सेवा पूजा, कथा-वार्ता, कीर्तन-रास आदि की व्यवस्था कहीं है तो इसी मंदिर में है। ब्रज की धार्मिक परंपरा से आकर्षित होकर देश के कोने कोने से लाखों यात्री प्रतिवर्ष जब मथुरा आते हैं तो उनके आकर्षण का सबसे बड़ा केंद्र यही मंदिर होता है। इस मंदिर

के लिए उपयुक्त स्थान प्राप्त करने में भी बड़ी कठिनाई हुई थी। फिर बहुत प्रयत्न करने और उस समय में प्रचुर धन खर्च करने के बाद असिकुंडा घाट के पास जमीन खरीदी जा सकी। लाखों रुपये खर्च करने के बाद संवत् 1871 में इसे बनवाया जा सका। इसे 'राजाधिराज का मंदिर' या 'सेठ जी का मंदिर' भी कहते हैं।

मंदिर बन जाने के बाद इसका पाटोत्सव संवत् 1871 में सम्पन्न हुआ। इसमें ठाकुरजी की सेवा-पूजा वल्लभ संप्रदाय के अनुसार बड़े ठाट-बाट और राजकीय वैभव के साथ होती है। ठाकुरजी के वस्त्राभूषण, सेवा पूजा, साज शृंगार और उत्सव समारोहों की व्यवस्था करने और मंदिर का नियमित व्यय करने के लिए लाखों रुपये की जायदाद और जमींदारी अलग से खरीदी गई थी।

इस बार हमने द्वारकाधीश मंदिर को ध्यान से देखा।

पंडित वासुदेव कृष्ण चतुर्वेदी से मुलाकात

मंदिर की भव्यता ने तत्काल हमारा ध्यान आकर्षित कर लिया। करीब 200 फीट लंबे और 120 फीट चौड़े मंदिर का विशाल प्रांगण ऊँची कुर्सी पर स्थित था। पाषाण की कारीगरी का भव्य द्वार, सुंदर एवं सुदृढ़ स्तंभ, उन पर आधारित विशाल मंडप, कलापूर्ण मेहराबें और स्वर्ण मंडित शिखर मंदिर को बहुत दर्शनीय बनाते थे और किसी का भी ध्यान खींचने में सक्षम थे।

श्री द्वारकाधीश की मूर्ति श्याम वर्ण की सुंदर, चतुर्भुजी मूर्ति थी। इसे पीठिका के सहारे खड़ा हुआ बनाया गया था। भुजाओं में आयुध सुशोभित थे और सभी अंग आभूषणों से अलंकृत थे। दोनों नेत्र अर्द्ध उन्मीलित और परिधान चित्ताकर्षक थे। श्री द्वारकाधीश से कुछ दूरी पर, बांयीं ओर रुक्मिणी जी की सुंदर मूर्ति भी प्रतिष्ठित थी जो सफेद संगमरमर की थी।

पंडित वासुदेव जी संस्कृत विद्यालय के आचार्य थे। उन्हें डॉ. चक्रवर्ती की ओर से हमारे आने की सूचना मिल गई थी।

पंडितजी खुद ध्रुपद के बहुत अच्छे गायक थे। लंबोतरा चेहरा उस पर शुभ्र धवल दाढ़ी कंधे तक आते हुए सफेद बाल। पीतांबरी धोती और राधा-कृष्ण की चादर, माथे पर तिलक। वे वल्लभ संप्रदाय को मानने वाले "पुष्टिमार्गी" वैष्णव थे। जाहिर है चर्चा पुष्टिमार्गी पूजा और अष्टछाप के कवियों तक जाती। मंदिर के विशेष प्रसाद बर्फी और ठंडे जल से हमारा स्वागत करने के बाद उन्होंने भक्ति और संगीत का समाँ बाँध दिया। उन सा ज्ञानी और साफ सुथरा वक्ता मैंने आज तक नहीं देखा। उनका मानना था कि आधुनिक संगीत और कविता, दोनों की ही आधारशिला वल्लभाचार्य जी ने रखी और अष्टछाप के कवियों का उसमें बड़ा योगदान है। उन्होंने जो बताया उसका सार संक्षेप इस प्रकार था।

सोलहवीं शताब्दी में संगीत की दुनिया में एक ऐसी क्रांतिकारी घटना हुई जिसने भारतीय संगीत और कला की दुनिया पर दूरगामी प्रभाव डाला। वह थी वैष्णव भक्ति के एक संप्रदाय 'पुष्टि' मार्ग की स्थापना। श्री वल्लभाचार्य ने यह स्थापना सन् 1550 के आसपास की। कोई बड़ी घोषणा नहीं। कोई शस्त्र और युद्ध नहीं, सिर्फ भक्ति के माध्यम से ये शुरुआत हुई थी। मध्यकाल की गहन निराशा और अव्यवस्था के विरुद्ध आम जन ने भक्ति का सहारा लिया।

वल्लभाचार्य ने सन् 1500 के आसपास गोकुल के वृंदावन और गोवर्धन में श्रीमद्भागवत का पारायण किया और गिरिराज पहाड़ी पर पूजा की। सन् 1506 में वे दोबारा गोवर्धन आये तब उन्होंने वहाँ श्रीनाथ जी या श्री गोवर्धन नाथ जी की स्थापना की, एक छोटा सा कच्चा मंदिर बनवाया और उसमें श्रीनाथ जी को विराजमान किया। उस समय सदू पांडे और रामदास चौहान को पूजा पाठ तथा कुंभनदास को कीर्तन सेवा सौंपी गई। इस तरह कुंभनदास गोवर्धन गिरि पर श्रीनाथ जी के प्रथम कीर्तनिये और पुष्टिमार्ग के प्रवर्तक बने। इसके बाद 1510 में द्वारका में द्वारकाधीश को स्थापित किया गया।

पुष्टि मार्ग में आचार्यजी के चार शिष्य थे। कुंभनदास, सूरदास, परमानंद दास एवं कृष्णदास जो भजन लिखते भी थे और गाते भी थे। वल्लभाचार्य के बेटे विट्ठलनाथ ने इस परंपरा को और सुदृढ़ किया। उन्होंने इसी परंपरा में अपने चार और शिष्यों को दीक्षित किया। वे थे गोविंद स्वामी, छीत स्वामी, चतुर्भुजदास एवं नंद दास। वल्लभाचार्य और विट्ठलनाथ के इन चार-चार शिष्यों को मिलाकर 'अष्टछाप' की स्थापना हुई। समय समय पर इन्होंने श्रीनाथजी की लीलाओं का गान अनेक रागों और तालों में किया। इन भक्त कवियों के संगीत को 'पुष्टिमार्गी' संगीत कहा जाता है और हवेलियों में ईश्वर के सामने गाने के कारण इसे हवेली संगीत भी कहते हैं।

वैष्णव संप्रदाय का प्रमुख ग्रंथ भगवद् गीता है। इसमें श्रीकृष्ण की सगुण एवं निर्गुण दोनों भक्तियों को प्रधानता देते हुए सगुण भक्ति को सर्वसाधारण के लिए एवं निर्गुण भक्ति को ज्ञानी के लिए साध्य बताया है। आराधक अपने आराध्य की सेवा भिन्न-भिन्न साधनों से करता है तो उन भावों और साधनों को भिन्न-भिन्न नामों से जाना जाता है। श्रवण, कीर्तन, स्मरण, वंदन, अर्चन, हास्य भाव, सख्य भाव एवं आत्म निवेदन इन सभी को नवधा भक्ति कहा गया है। इस प्रकार भक्ति के नौ प्रकार के भाव हुए और संगीत के दो प्रकार-शास्त्रीय एवं लोक संगीत।

मध्ययुग की प्रचलित शैली थी ध्रुपद और धमार और वैष्णव मंदिरों में इसी गायन शैली को विशेष रूप से अपनाया गया। यही शैली वल्लभ संप्रदाय में कीर्तन,

निम्बार्क संप्रदाय में 'समाज गान' एवं गौड़ीय संप्रदाय में 'नाम संकीर्तन' के नाम से प्रचलित है। जहाँ मंदिरों की परंपरा शास्त्रीय थी, लोकजीवन में रसिया, होली, बारहमासी, मल्हार गीत, विभिन्न प्रकार की टेरें, लोकगीत, बृजवासी टेर, निकुंज टेर आदि की परंपरा भी है।

हमारे सामने जैसे संगीत की परंपरा साक्षात प्रस्तुत हो रही थी।

पुष्टिमार्गी पूजा ने कैसे संगीत का आधार तैयार किया?

मैंने वासुदेव जी से पूछा–गुरुजी पुष्टिमार्ग की पूजा से, संगीत के संबंध को, थोड़ा और स्पष्ट करें। तब उन्होंने कहा–धीरज रखिये, बताऊँगा भी और साक्षात दर्शन भी कराऊँगा। फिर उन्होंने बताया :

वल्लभ संप्रदाय में भक्ति के पुष्टिमार्ग को सर्वश्रेष्ठ माना गया है जिसका शाब्दिक अर्थ है शरणमार्ग, कृष्णभक्ति के प्रति विशुद्ध प्रीति ही पुष्टि है। प्रीति के भी चार प्रकार हैं–दास्य, सौख्य, वात्सल्य एवं माधुर्य। परंतु पुष्टि मार्ग में सेवा ही पुष्टि है। श्रीनाथ जी की सेवा के लिए बंगाली ब्राह्मण रखे गये एवं सेवा की रीति बनाई गई। विट्ठलनाथ ने अष्ट छाप के आठों कवियों को ठाकुरजी के आठ सखाओं के रूप में मान्यता दी और सेवा की आठ झाँकियों में उन्हें भगवान की कीर्तन सेवा करने का आदेश दिया। फिर तिथि एवं ऋतु के अनुसार नैमित्तिक उत्सव तथा सेवा शुरू की गई।

पुष्टिमार्गीय या अष्टछाप की परंपरा में राग या संगीत को सबसे प्रथम स्थान दिया गया है। पहले राग फिर भोग और श्रृंगार। प्रभु के जागते ही शंखनाद, वेणुनाद एवं वीणा के स्वरों का गुंजन होता है। फिर भावानुसार पद का गायन। सेवा भी दो तरह की होती है–नित्य सेवा और वार्षिकोत्सव सेवा। नित्य सेवा में मंगल, श्रृंगार, ग्वाल, राजभोग, उत्थापन, भोग, संध्या आरती एवं शयन, इन आठ समयों के दर्शन कराये जाते हैं। इसे अष्टयाम सेवा भी कहते हैं। वर्षोत्सव सेवा में कृष्ण जन्माष्टमी, सांझी, गोपाष्टमी, बसंत पंचमी, होरी, होलोत्सव, नृसिंह जयंती, हिंडोला आदि वार्षिक उत्सवों पर विशेष सेवा आयोजित की जाती है। ये उत्सव की तरह होती है। सेवा के तीन मुख्य अंग हैं–श्रृंगार, भोग एवं राग।

भगवद् सेवा का सबसे महत्त्वपूर्ण अंग राग है। रागों की धुन में कीर्तन करने को ही राग कहा जाता था। वल्लभाचार्य के समय आठों समय की पूजा के लिए अलग अलग कीर्तनकार नियुक्त किये गये जो अष्टछाप कहलाये। ये आठों कीर्तनियाँ आठ झाँकियों के कीर्तन में विशिष्ट ऋतु एवं काल के अनुसार विभिन्न राग रागिनियों में रचित पदों का गायन करके भगवद् सेवा करते थे। इसी युग से संगीत में समय निर्धारण की पद्धति प्रारम्भ हुई। रागों को समयानुसार गाया जाने लगा।

आठ कीर्तनकारों के आठ आठ सह कीर्तनियाँ होते थे जो कीर्तन में सहयोगी होते थे। इन्हें झालरिया या झेलने वाले कहा जाता था। ये कीर्तन ध्रुपद-धमार शैली पर होते थे। श्रीनाथ जी के मंदिर में अच्छे गायक और कुशल संगीतज्ञों को रखा जाता था। कहते हैं कि संगीत सम्राट तानसेन भी, गोविंद स्वामी का शिष्य बनने पर श्रीनाथ मंदिर में कीर्तन करने के लिए नियुक्त किये गये थे।

ध्रुपद, कीर्तन और धमार

ध्रुपद की रचना साहित्यिक, स्वाभाविक रूप से सुंदर, प्रभावपूर्ण एवं देवी देवताओं की स्तुति से परिपूर्ण होती थी। ध्रुपद गायन शैली, गंभीर धार्मिक प्रकृति से युक्त होने के कारण ही ध्रुपद शैली की विषयवस्तु भगवद् वंदना रही है। इसलिए विष्णु, शंकर, गणेश, सरस्वती आदि देवताओं के वर्णन ध्रुवपदों में सामान्यत: मिलते हैं। ध्रुपद के अलावा धमार भी वैष्णव संप्रदाय में गाये जाते हैं। फागुन में गाये जाने वाले कीर्तन 'धमार' कहलाते थे। इनमें राधा-कृष्ण द्वारा खेली गई होली की धूम का वर्णन होता है। इन दोनों ही प्रकार के गीतों में मृदंग (पखावज), तानपुरा, झांझ आदि वाद्यों का प्रयोग होता था।

अष्टछाप के अतिरिक्त वल्लभाचार्य के चौरासी सेवकों तथा विट्ठलनाथ के 252 सेवकों ने, जो संगीतज्ञ कवि थे, अष्टछाप की परंपरा के अनुसार प्रभु के सम्मुख कीर्तन किया था। उनके पदों को और उसके बाद उनके अनुयायियों एवं संप्रदाय के भक्त कवियों के पदों को भी कीर्तन प्रणाली में स्थान देना प्रारम्भ किया गया। वल्लभ संप्रदाय में अन्य संप्रदायों के पद भी गाये जाते थे।

अष्टछाप संगीत परंपरा में रागों की संख्या चौरासी मानी जाती है। पुष्टिमार्ग के संस्थापक के चौरासी सेवकों को सखी रूप माना जाता है। कहते हैं कि कृष्णलीला में रासक्रीड़ा के समय प्रत्येक गोपी ने एक एक राग का गायन किया था। इसी आधार पर चौरासी सेवकों द्वारा भी एक राग अंगीकार करने का मत प्रचलित है। अष्टछाप के कवियों ने नायिका भेद का वर्णन विस्तार से किया है। शृंगार को रस राज माना जाता है। गोविंद स्वामी अष्टछापकवियों के प्रमुख थे। मंदिरों में तत्, वितत्, धन एवं सुषिर चारों प्रकार के वाद्यों का प्रयोग किया जाता था।

परंतु नित्य सेवा में वीणा, मृदंग, शंखवेणु का ही प्रयोग होता था। प्रात: शंखनाद से श्रीनाथ जी का आगमन होता था। आज भी इन्हीं वाद्यों का प्रयोग वैष्णव मंदिरों में होता है। बसंत से होरी, डोल तक झूलनोत्सव दर्शन के समय तक झाँझ बजाया जाता है। वल्लभ संप्रदाय के सात मंदिरों में से केवल गोकुलनाथ जी के मंदिर में झाँझ बजाया जाता है। अन्य में तानपुरा बजाया जाता है। फागुन में अन्य वाद्य जैसे डफ, दुंदुभि, नगाड़ा, खंजरी, झाँझ, ढोल, मंजीरा आदि धमार की संगति

में बजाये जाते हैं। नाथद्वारा में आज भी श्रीनाथ जी के मंदिर में आठ कीर्तनियाँ ही कीर्तन करते हैं जिनमें एक मुखिया एवं शेष झेलनियाँ होते हैं।

वल्लभ संप्रदाय की विशिष्ट प्रतिभा के कारण जोधपुर, उदयपुर, किशनगढ़, कोटा, इंदौर, जामनगर जैसे राज्यों में मंदिरों की स्थापना हुई। इन मंदिरों को राजाओं ने गाँव दान में दिए जिनके कर से मंदिरों की व्यवस्था होती थी। इनमें ब्राह्मण, नायक और गंधर्व इत्यादि कीर्तन सेवा में रहते थे। आठ घंटे की सेवा सुबह और शाम की जाती थी जिनमें कम से कम चार घंटे का समय कीर्तन गान का होता था, इससे कीर्तनकारों की अच्छी रियाज़ भी हो जाती थी। नित्य सेवा के माध्यम से अनेक सुरीले कीर्तनकार पैदा हो जाते थे। राज्य के अनेक संगीतज्ञ भी मंदिरों में संगीत सुनने आते थे।

पुष्टिमार्गीय कीर्तन संगीत को हवेली संगीत कहने की परंपरा लगभग 50–60 वर्षों में प्रचार में आई। सौराष्ट्र में पुष्टिमार्गीय मंदिरों को वर्षों से हवेली संगीत कहने की परंपरा है। इस शब्द के प्रचार से सभी पुष्टिमार्गीय मंदिरों के लिए हवेली शब्द पर्यायवाची हो गया। पुष्टिमार्गीय मंदिरों में अन्य मंदिरों की भाँति शिखर बनाने की प्रथा नहीं है। राजे रजवाड़ों की तरह इनका निर्माण होता था। इसी कारण इन हवेलियों में गाये जाने वाले अष्टछाप संगीत को हवेली संगीत कहा जाने लगा।

वैष्णव संप्रदाय में शृंगार रस की प्रधानता होते हुए माधुर्य भाव से उपासना की जाती है। आज भी वृंदावन के मंदिरों में अष्टयाम सेवा एवं कीर्तन परंपरा का निर्वाह हो रहा है। अष्टछाप के कीर्तनकार नित्योत्सव की आठों झाँकियों में समसामयिक रागों में ही कीर्तन करते हैं, जो आज भी संप्रदाय के सभी मंदिरों में प्रचलित है।

उपरोक्त वर्णन के बाद चतुर्वेदी जी ने कहा–कल दिन भर आप द्वारकाधीश के मंदिर में रहें, भगवान श्रीकृष्ण की सेवा देखें, और संगीत सुनें। हाथ कंगन को आरसी क्या? आप खुद ही भक्ति से संगीत के संबंध को समझ जायेंगे।

हम लोग कल्पना कर रहे थे उस समय की जब भक्ति संगीत ने लोगों को निराशा से निकाला होगा, राजा के बदले ईश्वर से जोड़ा होगा और पैदा की होगी एक नई लोकतांत्रिक चेतना जिसमें कला और संगीत का स्थान और गहरा होता जा रहा था।

हमने द्वारकाधीश मंदिर में संगीत सुना

पंडित वासुदेव कृष्ण चतुर्वेदी के साथ दूसरा दिन मंदिर में पुष्टिमार्गी पूजा देखने और संगीत सुनने का था। हम सुबह–सुबह स्नान कर मंदिर पहुँच गये। हमें यह जानकर आश्चर्य हुआ कि देश के कोने–कोने से हज़ारों दर्शनार्थी मंदिर में पहुँचते थे। गुजरात

से लेकर बंगाल और आसाम तक तथा पंजाब से लेकर केरल तक वैष्णव धर्म के मानने वाले भगवान कृष्ण के मोहपाश से बँधे द्वारकाधीश जी के मंदिर पहुँचते थे। आज हमें अष्टयाम सेवा और संगीत के साक्षात दर्शन होने वाले थे।

प्रात:काल की सेवा मंगला आरती के साथ, इष्टदेव को जगाने के लिए प्रारम्भ हुई, जैसे ही कीर्तनकारों ने पद गाये, स्मृति ने पहचाना राग भैरव है। मंगला आरती के पश्चात मंगलभोग सेवा हुई जिसमें इष्टदेव को कलेवा कराया गया। पदों का गायन इस बार भी हुआ जो राग रामकली में था।

अष्टयाम सेवा का दूसरा चरण शृंगार सेवा से प्रारम्भ हुआ। यह दिन चढ़ने के बाद शुरू हुई। आराध्य को स्नान करा के वस्त्राभूषण और तिलक आदि से उनका शृंगार किया गया। पुनः पदों का गायन हुआ जो राग बिलावल में था। मंगल भोग की तरह शृंगार भोग भी हुआ। इस समय आराध्य को रत्नजड़ित सिंहासन पर फूलों का आसन बनाकर बिठाया गया एवं राग आसावरी में पद गाये गये। इसके बाद एक बड़ी रोचक सी सेवा हुई जिसे ग्वालबाल सेवा कहा जाता है। माना जाता है कि कृष्ण ग्वालबालों के साथ गौएँ चराने चले गये। दिन में बारह बजे के लगभग 'राजभोग' सेवा की गई जिसमें राजभोग आरती की गई जो राग झिंझोटी में थी।

राजभोग के बाद उत्थापन सेवा में वीणा आदि वाद्य बजाकर श्रीजी को विश्राम शयन से उठाकर उनका मुख प्रक्षालन करके मेवा, मिश्री, फल आदि अर्पण किये गये। उत्थापन के समय शंख ध्वनि की गई। उत्थापन के बाद संध्या भोग हुआ जिसमें श्रीजी को मिश्री मलाई के साथ साथ विभिन्न मिष्ठान्न प्रस्तुत किये गये। संध्या भोग के बाद संध्या आरती गाई गई जो राग यमन कल्याण में थी। अष्टयाम की समापन सेवा 'शयन' के साथ समाप्त हुई जिसमें पुनः पदों का गायन किया गया।

शयन के बाद हम बाहर निकले। मंदिर में संगीत सुनते हुए हमें समझ में आया कि रागों का समय से और भक्ति से क्या संबंध है। हम भीतर से बहुत भरा-पूरा महसूस कर रहे थे।

खुनखुन गुरु के साथ लोकसंगीत की यात्रा

पिछले दिन के संगीत रस में डूबे हुए हम सुबह पंडित वासुदेव कृष्ण से मिले। हमने उन्होंने अपने अद्‌भुत अनुभव के बारे में बताया। अब उन्होंने कहा, "कल जो आपने देखी वह नित्य सेवा थी। इसके अलावा कई वार्षिकोत्सव भी मनाये जाते हैं। मंदिर में तो शास्त्रीय रागों पर आधारित कीर्तन होता ही है, लोक रंजन में भी भक्ति और संगीत ने गहरी पैठ बना रखी है। वार्षिक उत्सवों जैसे बसंतोत्सव, होलिकोत्सव, फूल डोल, अक्षय तृतीया, नृसिंह चतुर्दशी, रथयात्रा, झूलनोत्सव, पवित्रा एकादशी,

श्रावणी, कृष्ण जन्माष्टमी जैसे ढेरों त्यौहार हैं जिनमें ये संगीत निखर के आता है। बसंत तो अभी चल ही रहा है। कोशिश करते हैं कि कुछ लोक का मज़ा भी मिले। मैं पता करता हूँ कि क्या कल कहीं गम्मत का आयोजन हो रहा है। अगर होगा तो आप लोगों को भेजने का प्रबंध करूँगा। आप होली, धमार, रसिया, चैती का आनंद उठाइयेगा। वे भी सब राग में ही गाये जाते हैं।''

दोपहर तक खबर आ गई थी–''पास में ही होलीपुरा गाँव है, इलाके की सबसे अच्छी गम्मत वहीं जमती है। मैंने खुनखुन गुरु से कह दिया है। वे आपको कृष्णानंद चतुर्वेदी के यहाँ ले जायेंगे। वे खुद भी होलियों के ज्ञाता हैं और गायक भी हैं। आपको मज़ा आयेगा।''

खुनखुन गुरु यानी नरेंद्र के साथ हमने उस दिन दोपहर की बस पकड़ी जो मथुरा से आगरा होते हुए बाह तहसील को जा रही थी। मेनरोड पर होलीपुरा मोड़ पर उतरते हुए उन्होंने कहा, आइये होलीपुरा आ गया। हम बस से उतरे। आसपास कोई गाँव तो नहीं बस एक गेट दिखाई दे रहा था जिस पर लिखा था–प्राचीन गाँव होलीपुरा में आपका स्वागत है। हमने पूछा–नरेंद्र भाई, गाँव कहाँ है? नरेंद्र ने पास में खड़े एक इक्के वाले को आवाज देते हुए कहा–आइये, इक्के की सवारी का मज़ा लें। गाँव थोड़ी देर में आ जाएगा।

हम लोग इक्के पर बैठे। पर इक्का आगे नहीं बढ़ा। नरेंद्र ने इक्के वाले से कहा, ''काये, और कोऊ सवारी आय रही है का?''

''भैया अगली बस बारन को और ले लें फिर चलें। जेई एक इक्का है आजकल गाँव जायबे को।''

अगली बस आई। उस छोटे से इक्के में पाँच छः सवारी और लाद ली गईं। पीछे हालाँकि सिर्फ मुझे और स्मृति को बैठाया गया था पर दाँये-बाँये बम पर और सामने इक्केवान के बगल में पाँच छः और लोग बैठ गये। लगा इक्का आगे न बढ़ पायेगा। पर फिर एक बार जब घोड़े ने चाल पकड़ी तो इक्का सरपट दौड़ने लगा, यानी उतना सरपट जितना वह उस कच्ची सड़क पर दौड़ सकता था। दोनों ओर आम के बौर से लदे पेड़ खड़े थे और एक मादक सुगंध बिखरी हुई थी।

वासुदेव जी ने ठीक कहा था। होलीपुरा चतुर्वेदियों का गाँव था और हम एक ऐसे ही प्रतिष्ठित चतुर्वेदी परिवार–कृष्णानंद चतुर्वेदी के घर आयोजित गम्मत में जा रहे थे। नरेंद्र ने बताया, ''होली के लगभग एक महीने पहले से गाँवों में गम्मतें शुरू होती हैं। गम्मत अपने आप में एक पूरा फॉर्म है और उसका एक स्ट्रक्चर है जिसका पालन आज भी किया जाता है। जैसे पुष्टिमार्गीय पूजा में हर प्रहर के लिए वंदना है, रागों का स्थान नियत है वैसे ही उत्सवों के गीत भी अलग-अलग रागों में निबद्ध हैं और अलग-अलग समय में गाये जाते हैं।''

कृष्णानंद जी की पौर में घुसते हुए उसने कहा, "कृष्णानंद खुद होलियों के बड़े ज्ञाता हैं। आप उनसे भी बात करियेगा।"

अंदर आँगन में नीम का पुराना पेड़ था और एक बड़ा सा चबूतरा। जिसके नीचे करीब पच्चीस-तीस गायक कलाकार ढोलक, मंजीरा, खड़ताल और कई लोकवाद्यों के साथ बैठे थे। फिलहाल ठंडाई का दौर चल रहा था। कुछ देर बाद गायन शुरू होगा।

कृष्णानंद चतुर्वेदी

सफेद धोती और कुर्ते में सजे कृष्णानंद चतुर्वेदी एक खाट पर बैठे थे। गौर वर्ण, लंबी नाक, उन्नत माथा, करीब छः फीट की ऊँचाई। नरेंद्र ने हमारा परिचय कराते हुए कहा, "दद्दा ये देवाशीष जी और स्मृति हैं। शहर से होलियाँ सुनने और गम्मत देखने आये हैं। वासुदेव जी ने कहा है कि आपके यहाँ से बेहतर कोई जगह नहीं होगी।"

"ये उनका बड़प्पन है। आइये बैठिये, ठंडाई का मज़ा लीजिये।"

फिर कुछ रुककर बोले, "इसमें भांग नहीं है। आप आराम से पी सकते हैं।"

देवाशीष ने ठंडाई का एक गिलास उठा लिया। उसने कृष्णानंद जी से पूछा, "आपके यहाँ कब से गम्मत का आयोजन हो रहा है।"

"भैया हम तो इसे देखते हुए ही बड़े हुए हैं। हमारे कक्का देवकृष्ण जी पहले इसका आयोजन किया करते थे। करीब पचास साल तक तो उन्होंने किया। पिछले पच्चीस तीस सालों से हम कर रहे हैं। तो इस तरह से परिवार में करीब सौ साल तो हो ही गये हैं। हमारे बाबा और परबाबा भी अच्छे होली गायक थे।"

खुनखुन गुरु ने हस्तक्षेप करते हुए कहा, "दादा इनको गणेशीलालजी के बारे में भी तो कुछ बताइये।"

"हमारे बाबा थे। हमारा परिवार मथुरा के गूजरहट्टा मुहल्ले में रहता था। गणेशीलाल जी का जन्म संवत् 1880 के आसपास हुआ होगा। उन्होंने पहले वंशीधर जी से गान वाद्य की शिक्षा ली। फिर और भी कई उस्तादों से संगीत का विशेष ज्ञान प्राप्त किया। वे संस्कृत भी जानते थे जिससे उन्होंने संगीत के प्राचीन ग्रंथों का अध्ययन भी किया। इस तरह ईश्वर प्रदत्त प्रतिभा, उस्तादों की कृपा और अध्ययन साधना के फलस्वरूप वे गायन-वादन कलाओं के सैद्धांतिक और व्यावहारिक दोनों पक्षों के अच्छे ज्ञाता हो गये थे। वे बड़े हावभाव और ठाट-बाट से गाते थे। जो कोई उनका गायन सुनता वह मुग्ध हो जाता था।"

"वे क्या शास्त्रीय ही गाते थे?"

"नहीं नहीं पहले इस तरह के विभाजन नहीं थे। वे सामवेद की ऋचाऐं, वाल्मीकि रामायण और 'गीत गोविंद' की संगीत रचनाएँ तो गाते ही थे साथ में

सूरदास, स्वामी हरिदास, गोविंद स्वामी, जैसे भक्त कवियों के पदों का गायन भी किया करते थे। वे प्रमुख रूप से ध्रुपद–धमार के गायक थे, लेकिन खयाल–ठुमरी आदि शैलियों में भी कुशलतापूर्वक गाते थे। यहाँ तक कि रसिया और लोकगीतों का गायन भी उतने ही मनोरम तरीके से करते थे, यों तो उनका प्रिय वाद्य वीणा था पर वे कई अन्य वाद्यों को भी कुशलता से बजा लेते थे। पहले उन्होंने कलकत्ता के संगीत समाज में गायन वादन किया। वहाँ उनकी बड़ी प्रसिद्धि हुई। उन्होंने नेपाल, ग्वालियर, कश्मीर और पटियाला के राजाओं को अपनी संगीत कला से प्रसन्न कर प्रचुर धन और यश अर्जित किया। एक बार उन्होंने लॉर्ड केनिंग को भी अपना गायन सुनाया था जिससे उन्हें पुरस्कार सहित राजकीय प्रमाण पत्र प्राप्त हुआ था। वह आज भी हमारे मथुरा वाले घर में लगा हुआ है।''

''आपने उन्हें देखा था?''

''नहीं, हम तो उन्हें नहीं देख पाये। पर हमारे पिता बताते थे कि अपनी गायन कला के प्रताप से उन्होंने काफी संपत्ति और व्यापक ख्याति अर्जित की। फिर चौकी बाग बहादुर सिंह के पास कोठी बनवाई जहाँ वे रईसी ढंग से रहा करते थे। कोठी में संगीतज्ञों का जमावड़ा और संगीत गोष्ठियों का आयोजन होता ही रहता था। उनके दो शिष्य बड़े प्रसिद्ध हुए। एक मथुरा के प्रसिद्ध ठुमरी गायक बाबू श्यामलाल खत्री और ग्वालियर के विख्यात सरोद वादक हाफ़िज़ अली खाँ। उनकी किताब 'सत्संगीत निर्णय' आज भी मेरे पास है। वे गाँव के इसी घर में आकर होली गायन का आयोजन करते थे।''

''तो आपको क्या लगता है? ब्रज की होली की विशेषता क्या है? लोग इसकी तरफ क्यों खिंचे चले आते हैं?''

''बृज की होली की दो बातें आप जान लें। पहली तो ये कि इसमें आकर्षण के केंद्र होते हैं राधा–कृष्ण, उनकी जोड़ी, उनका प्रेम और शृंगार, उनकी शरारतें और चुहल। कुछ इस तरह का चित्र बनता है कि रंग–गुलाल उड़ रहा है, सब हिल–मिल कर फाग खेल रहे हैं, झाँझ और ढफ की थापों पर थिरक रहे हैं। अद्‌भुत आनंद की सृष्टि हो रही है।''

''और दूसरी?''

''दूसरी इसकी अपनी अनूठी शब्दों और भावों की कसीदेकारी होती है; एक शैली होती है। गायन का भी एक क्रम होता है। प्रारम्भ में गंभीर तथा विलंबित तालों पर गाये जाने वाले राग काफी, पीलू आदि गाये जाते हैं। इन्हें होरी कहा जाता है। फिर धीरे–धीरे गति बढ़ती है। कुछ हल्की फुल्की रचनाएँ गम्मत को गति प्रदान करती हैं। राग चारुकेसी, तिलक कामोद, पहाड़ी में रचनाएँ खुलती हैं। दीपचंदी ताल का अकसर प्रयोग होता है। फिर धमार गाये जाते हैं। वियोग और संयोग के

बहुत से दृश्य बनते हैं। बीच-बीच में रसिया, पैंड़ा, लेद, चलते हैं..., आगे आप खुद सुनियेगा, आइये गायन शुरू करते हैं।''

एक जोर का जयकारा लगा। ''बोलो होली बाबा की जय,'' नरेंद्र ने बताया-इस गाँव का नाम होलीसिंह बाबा के नाम पर ही होलीपुरा पड़ा है। उन्होंने ही करीब चार सौ साल पहले इसे बसाया था।

अब पूरे समूह ने एक साथ गाना शुरू किया-वृंदावन नटवर करत रार। जैसे साक्षात वृंदावन वहाँ प्रगट हो गया। छेड़छाड़ और शरारत से भरा एक ऐसा अनछुआ प्रसंग हमारे सामने था जैसा हमने पहले कभी नहीं सुना था। पूरा समूह अद्‌भुत ऊर्जा के साथ गा रहा था और लगभग सुर में था। हमने पहचाना- राग काफी है, और ताल दीपचंदी।

फिर तो गाने का सिलसिला चल पड़ा। धरती की महक, प्रकृति का सम्मोहन, सागर की लहरों का उल्लास, पहाड़ी झरनों की चंचलता जैसे पूरे प्रांगण में बिखर गई। झाँझ, ढफ, ढोलक, मंजीरे कानों में गूँजने लगे। एक गीत होता और स्मृति तुरंत पहचान कर राग बता देती। 'यमुना तट श्याम खेलत होरी' राग काफी में था, 'गारी न देओ जसुदा के लला' राग पीलू में, 'यशोदा नंद को' राग चारुकेसी था, 'होरी आई रे कान्ह ब्रज के रसिया', राग भीम पलासी, 'होरी हो ब्रजराज दुलारे' राग काफी में फिर बिहाग, चैती, लावनी, फिर 'मैं तो तोही को ना छाड़ूँगी अरे साँवरे' से गम्मत का समापन हुआ। अजब संयोग, वियोग और रस की धारा बह निकली। फगुनाहट सब ओर फैली हुई थी। समाप्त होते होते हालाँकि सब एक दूसरे को गुलाल लगा रहे थे पर एक मीठा सा अवसाद हमारे मन में फैल गया।

होली गायन के बाद मैंने स्मृति की ओर देखा। उसके आँख से झर झर आँसू बह रहे थे। लगा उसके भीतर कुछ पिघल रहा है। लोक की पवित्रता ने जैसे उसे स्नेह विगलित कर दिया था। इन होली गीतों की भाषा, उनकी गहरी उदासी, उनमें बैठा रस। उनमें छिपी उत्सर्ग की भावना ने उसे कहीं गहरे छू लिया था। स्मृति के कुछ व्यवस्थित होने पर मैंने पूछा, 'ये आँसू कैसे?'

स्मृति ने एक प्रति प्रश्न किया, ''आशीष तुम्हें गुरुजी की वह बात याद है?''

''कौन सी?''

''वही रस वाली। रस स्थायी भाव की तरह अवचेतन में छुपे रहते हैं। अगर संगीत या कविता उन्हें छू ले तो वे बाहर आ जाते हैं। इन गीतों में शृंगार और करुणा का ऐसा अद्‌भुत समन्वय था कि अचानक मेरा मन बह निकला। यह है संगीत...''

''यस। आई एग्री।''

अब सब गले मिल रहे थे। गरमागरम इमरती और कचौड़ियों का आनंद ले रहे थे। एक-दूसरे के हाल-चाल पूछ रहे थे। ठंडाई के दौर पर दौर चल रहे थे। क्या

यही खुशी का अनुभव नहीं था? परंपरा में डूबी, संगीत रस में डूबी, व्यक्ति को समूह में समोती एकता की खुशी?

गाँव के शुभ्र आसमान पर तारे छिटके हुए थे। ठंडी हवा चल पड़ी थी। एक मादक सा एहसास हम दोनों के मन में था।

उस रात हम लोग कृष्णानंद जी की हवेली में ही रुके। छत पर साफ आसमान में असंख्य तारे थे। तभी स्मृति ने कहा–आशीष आज मेरी भी गाने की इच्छा हो रही है। तिलक कामोद में वह होली थी न, उसने मुझे भीतर से पिघला दिया है। फिर उसने गाया, लता का वही प्रसिद्ध गीत–ए री जाने ना दूँगी। मैं तो अपने रसिक को नैनन में रख लूँगी पलकें मूँद–मूँद, ए री जाने न दूँगी। वह रात्रि हम लोगों के जीवन की अविस्मरणीय रात्रि थी।

सुबह हमने कृष्णानंद जी को धन्यवाद दिया और बाहर निकल आये। मैंने सभी होलियों को रिकॉर्ड कर लिया था। मैंने निश्चय किया कि इन्हें सहेज कर रखूँगा। शायद इन्हें दुबारा स्टूडियो में रिकॉर्ड भी करूँ। स्मृति ने कहा–इस पर एक आधुनिक नृत्य–नाटिका भी तो बन सकती है। कत्थक का अच्छा प्रयोग बनेगा।

आनंद से भरे हम लोग मथुरा लौटे।

वासुदेव जी ने संगीत, ध्यान और चित्रों का संबंध समझाया

हमारे लौटकर मथुरा पहुँचने पर वासुदेव गुरु बहुत देर तक होलियों और लोक संगीत की बात करते रहे। फिर उन्होंने संगीत, ध्यान और चित्रों के संबंध को हमें समझाया जो कुछ इस प्रकार था :

वैदिक काल से अब तक जो भी परिवर्तन संगीत में हुए हैं, भक्ति गुण उनका अभिन्न रंग रहा है। आप वैदिक ऋचाएँ गायें या प्रबंध के माध्यम से देवी देवताओं का रूप वर्णन करें या ध्रुपद खयाल आदि के द्वारा ईश्वर भक्ति, सभी में भक्ति गुण अबाध गति से मिलता है।

ये कितना आश्चर्यजनक है कि शारंग देव के 'संगीत रत्नाकर' में स्वरों के भी वर्ण (ब्राह्मण, क्षत्रिय, वैश्य), देवता (अग्नि, ब्रह्मा, विष्णु) और कुल (देव ऋषि, राक्षस) आदि बताये गये हैं, जैसे कि वे मनुष्य और मानव समाज के प्रतिरूप हों। पुरुष राग तथा स्त्री रागिनी भी प्रचार में थे।

राग के संदर्भ में ही ''ध्यान'' की भी बात होती है। राग का सबसे प्रमुख लक्षण है रंजकता। रंजकता सिर्फ स्वरों तथा वर्णों के उलट पलट मात्र से संभव नहीं है, रागों की रंजकता का संबंध रागों के भाव से है। राग का जैसा स्वरमय स्वरूप होता है वैसा ही राग का भाव प्रगट होता है। राग श्रोताओं में भाव की लहर पैदा कर देती है। और जो राग श्रोताओं को आंदोलित नहीं करती वह नीरस होती है। श्रोताओं

की भावना का उत्कर्ष ही संगीत की रसावस्था है। राग के भावों को ध्यान में रखकर ही राग के ध्यान की कल्पना की गई और ध्यान के चित्र भी बनाये गये हैं।

राग ध्यानों के आधार पर राग के चित्र बनाने की परंपरा पन्द्रहवीं-सोलहवीं शताब्दी के मध्य प्रचलित हुई और उन्नीसवीं शताब्दी तक प्रचलित रही। इस चित्रावली को रागमाला कहते हैं। इसमें सामान्यत: छ: राग तथा छत्तीस रागिनियों के चित्र बनाये जाते हैं। चित्रों के ऊपर राग के संबंध में छंद भी लिखे जाते हैं जो संस्कृत और हिन्दी में हो सकते हैं। ये चित्र राजस्थानी, बसौली, राजपूत, मुगल, दखिनी आदि शैलियों में होते हैं। जयपुर, जोधपुर, उदयपुर इनके केंद्र रहे हैं।

मैंने पूछा, "क्या हमें रागमाला पेंटिंग मथुरा में देखने मिल सकती हैं?"

"हाँ मिल तो सकती हैं पर ज्यादा नहीं। मथुरा मूर्तिकला का केंद्र रहा है आपने बताया था कि आप रियाजुद्दीन खाँ साहब से मिलने कलकत्ता जाने वाले हैं। उनके पास रागमाला चित्रों का बड़ा कलेक्शन है। वे ध्रुपद और खयाल दोनों के ही बड़े गायक भी हैं। मेरे विचार में वे चित्रों के बारे में आपको और विस्तार से बता सकेंगे।"

मैंने और स्मृति ने वासुदेव जी के पैर छुये। उन्होंने आशीर्वाद दिया।

"ईश्वर आप दोनों को प्रसन्न रखें। आपका लक्ष्य पूरा हो। मेरे पास आप जब चाहें आ सकते हैं।"

खुनखुन गुरु हमें गाड़ी में बिठाने आये थे। एक पहलवानी शरीर वाले आदमी के भी ऐसे अवसर पर आँसू आ सकते थे। उन्होंने उन पर काबू पाते हुए, कहा था, "फिर आइयेगा।"

उस्ताद रियाज़ुद्दीन खाँ, ख्याल गायकी और कलकत्ता

हम जब पंडित वासुदेव कृष्ण चतुर्वेदी से विदा लेकर कलकत्ता पहुँचे तो हमें अपने कई प्रश्नों के उत्तर मिल चुके थे। फिर भी एक सवाल हमारे दिमाग़ में बार-बार कौंधता था। हम सामगान, प्रबंध, गायन शैलियों, ध्रुपद और भक्ति संगीत के आपसी रिश्तों को जान चुके थे। लोक और शास्त्रीय के बीच का रास्ता भी हमें जगमग दिखने लगा था। राग और रस, रस और भाव तथा भाव आधारित ध्यान चित्रों के बारे में भी चतुर्वेदी जी ने हमारी समझ साफ कर दी थी। बस अब एक ही सवाल रह गया था कि ध्रुपद के स्थापित सिस्टम से उत्तर भारतीय संगीत कैसे खयाल तक पहुँचा। उसे ऐसा करने की ज़रूरत क्या थी? और उसका चित्रों में ट्रांसफॉर्मेशन कैसे हुआ? उम्मीद थी कि उस्ताद रियाज़ुद्दीन खाँ साहब इस पर कुछ रोशनी डालेंगे।

खाँ साहब काफी पढ़े-लिखे आदमी थे। उन्होंने कलकत्ता यूनिवर्सिटी से

इतिहास में पोस्ट ग्रेजुएशन किया था और म्यूज़िकोलॉजी में उनकी विशेषज्ञता थी। उनका घराना वैसे तो ध्रुपद का घराना था–उनके बाबा ने अपना पूरा जीवन ध्रुपद परंपरा को बचाने और उसका वैश्विक विस्तार करने में लगाया था और आज से करीब पचास साल पहले यूरोप में उन्होंने ध्रुपद संगीत की धूम मचा दी थी–लेकिन खुद रियाज़ुद्दीन साहब ने ख्याल गायकी में महारत हासिल की। इस तरह वे ध्रुपद और ख्याल के बीच एक पुल की तरह थे।

कलकत्ते के श्याम बाज़ार में, उनका एक दुतल्ला, भव्य मकान है। उसकी भव्यता कुछ–कुछ पारंपरिक है। प्रवेश द्वार के दोनों ओर एक–एक बैठक है–एक सार्वजनिक और एक निजी, जिसमें से होकर गुज़रें तो बड़ा खुला दालान है जिसके तीन ओर बड़े–बड़े लिविंग रूम्स और घर संसार के प्रबंध हैं। खाँ साहब खुद ऊपरी तल पर रहते हैं और रियाज़ वगैरह भी ऊपर ही करते हैं। देखने में वे आपको बिल्कुल बंगाली भद्रलोक की तरह दिखेंगे। साफ शफ्फाक धोती और कुरता, आँखों पर मोटा चश्मा, चेहरे पर गहन बौद्धिकता, गले में खरज की आवाज। बंगाली, उर्दू और हिन्दी पर अच्छी पकड़। उन्होंने हमारे स्वागत में संदेश और रसगुल्ले बुलवा रखे थे। वे डॉ. चक्रवर्ती के बड़े प्रशंसक थे। उन्होंने बातचीत की शुरुआत करते हुए कहा, ''डॉ. चक्रवर्ती का फोन आ गया था। मैं उनका बड़ा प्रशंसक हूँ। वे कला और संगीत को बचाने का बड़ा काम कर रहे हैं। उन्होंने मुझे आपके बारे में बताया था। यह भी कि आप मथुरा होकर कलकत्ता पहुँच रहे हैं। मैं पंडित चतुर्वेदी जी को जानता हूँ। वे ध्रुपद के बड़े ज्ञाता हैं। आप बतायें, मैं आपकी क्या खिदमत कर सकता हूँ।''

खाँ साहब बहुत बड़े गायक थे और बहुत विनम्र भी। हमने ख्याल गायकी के बारे में अपना सवाल उनके सामने रखा। उन्होंने कहा, ''अकसर हम लोग संगीत के बारे में बात करते समय यह भूल जाते हैं कि उस पर भी सामाजिक हलचल का, सांस्कृतिक हलचल का प्रभाव पड़ा होगा। अब देखिये कि जब तक मुग़लों की राजधानी आगरा में रही वहाँ के दरबारी संगीत पर ब्रजभाषा, ब्रज संस्कृति और ध्रुपद का प्रभाव रहा। पर जब वह दिल्ली पहुँची तो दिल्ली की इस्लामी संस्कृति ने दरबार में रंग जमाया और ध्रुपद की जगह ख्याल गायकी के पैर जमने लगे। और यह कोई एक दो साल में या दस बीस साल में नहीं हुआ। अकबर के समय से लेकर मुहम्मद शाह रंगीले तक क़रीब दो सौ सालों में यह परिवर्तन हुआ।''

मैंने उनसे पूछा, ''यह परिवर्तन ठीक ठीक किस प्रकार का था?''

''दिल्ली में राजधानी पहुँचने के बाद मुगल सम्राटों और उनके दरबारी कलाकारों पर सूफी प्रभाव बढ़ा। दिल्ली में कई प्रसिद्ध सूफी संतों की समाधियाँ हैं और चिश्तिया परंपरा से संबद्ध इन समाधियों पर गाना सदा से होता आया है। तो

गायकों के उस वर्ग का प्रभाव दरबार पर भी पड़ा। अब गायक दो हिस्सों में बँट गये। एक थे 'कलावंत' और दूसरे 'कव्वाल'। 'कलावंत' लोग बैजू, बख्शू, तानसेन आदि के अनुयायी थे। वे ध्रुपद गाते थे और बीन बजाते थे। कव्वाल लोग 'ख्याल' का गायन करते थे। कव्वाल, शब्द अरबी भाषा के कौल शब्द से निकला है जिसका अर्थ है 'सूक्ति'। अमीर खुसरो की सूक्तियों को उनकी गान शैली में प्रस्तुत करने वाले गायक 'कव्वाल' कहलाते थे।''

हमने रियाज़ुद्दीन साहब को अपनी ग्वालियर यात्रा और डॉ. दीक्षित के बारे में बताया। बैजू, बख्शू, तानसेन से जो हमारा परिचय दीक्षित जी ने कराया था उसके बारे में भी बताया। उन्होंने कहा, ''ये बहुत दिलचस्प है। मैं आपको कुछ और चीज़ें बताता हूँ। धीरे-धीरे कलावंतों और कव्वालों में स्पर्द्धा रहने लगी। सुविधा के लिए ख्याल गायक राग नियमों की उपेक्षा भी कर जाते थे। कई रागों के ही दो प्रकार हो गये। एक 'कलावंती' और दूसरा 'कव्वाली'। कलावंतों की गान पद्धति को 'हिन्दू शैली' और कव्वालों की पद्धति को 'मुस्लिम शैली' कहा जाने लगा। मुहम्मदशाह रंगीले को खयाल भाते थे। इसलिए उसके प्रमुख दरबारी संगीतज्ञ नेमत खाँ सदारंग ने, बहुत से खयालों की रचना की। उसके इन खयालों में खुद मुहम्मदशाह रंगीला भी विराजमान हो गया। रंगीले के युग में शास्त्रीय गायन का मतलब खयाल गायन ही हो गया था।''

''तो आपके अनुसार खयाल गायन का सिलसिला तो अमीर खुसरो तक जाता है। पर क्या सितार और तबले को भी आप उन्हीं से जोड़ते हैं?''

''नहीं नहीं ये एक ग़लतफहमी है। मैं आपको एक किस्सा सुनाता हूँ। मुहम्मदशाह के शासन काल में, नादिरशाही हमले के एक साल पहले, हैदराबाद के निजाम के साथ नवाब दरगाहकुली खाँ नाम का एक विद्वान दिल्ली आया था। उसने तब की दिल्ली का बड़ा दिलचस्प विवरण एक छोटी सी पुस्तिका में किया है। उसके अनुसार 'सदारंग' के छोटे भाई का नाम 'खुसरो खाँ' था। उसके बेटे फीरोज़ खाँ को 'अदारंग' भी कहते थे जिसे 'सदारंग' की लड़की ब्याही थी। नवाब दरगाह कुली खाँ लिखता है कि सदारंग का छोटा भाई खुसरो तीन तार वाले एक वाद्य पर राग रागिनियाँ बजाया करता था। वही वाद्य बाद में सितार कहलाया। इस प्रकार 'सदारंग' का भाई खुसरो खाँ सितार का अविष्कारक है अमीर खुसरो नहीं। दोनों के बीच करीब चार सौ साल का फर्क है। इसी खुसरो खाँ ने तबले का भी आविष्कार किया।''

हमारे चेहरे पर आये आश्चर्य का भाव पढ़ते हुए उस्ताद जी ने आगे बताया, ''इसी तरह का भ्रम तानसेन और रहीम के बारे में भी है। दरगाह कुली खाँ ने मुहम्मद शाह के समय के दो सहोदर संगीतज्ञों की और चर्चा की है। एक का नाम

था तानसेन और दूसरे का रहीम। वे अकबर कालीन तानसेन और रहीम से अलग थे। दरगाह कुली खाँ ने उन्हें कवित्त गाने में विलक्षण और ध्रुपद क्षेत्र का सेनापति कहा है। मुहम्मद शाह रंगीले के समय ध्रुपद का पतन हुआ। सदारंग के अलावा किसी बीनकार और तानसेन एवं रहीम के अलावा किसी ध्रुपद गायक का ज़िक्र दरगाह कुली खाँ ने नहीं किया है।''

जैसे एक युग हमारे सामने से गुज़र रहा था। अब उस्ताद रियाज़ुद्दीन खाँ साहब ने खयाल का अर्थ हमें समझाया।

खयाल भी ध्यान ही है

खयाल फारसी भाषा का शब्द है जिसका अर्थ है ध्यान, विचार या कल्पना। खयाल की गायन शैली भी अपने नाम के अनुरूप ध्यानात्मक, विचारपरक एवं कल्पनाप्रधान है। ऐसा माना जाता है कि खयाल गायकी का बीजारोपण तो 14वीं सदी के सूफी संगीतज्ञ अमीर खुसरो द्वारा कर दिया गया था पर यह जौनपुर के सुलतान हुसैन शाह शर्की के जमाने से, यानी 16वीं सदी से फली फूली। अमीर खुसरो का गान शैली का नाम 'कौल' था और हुसैनशाह की गायकी का नाम 'चुटकला'। वस्तुतः अकबर और जहाँगीर के काल में 16वीं, 17वीं शताब्दी में ध्रुपद-धमार की पृष्ठभूमि में खयाल गायकी का विस्तार हुआ और मुहम्मद शाह रंगीले के शासन में सूफी संतों के प्रभाव से 18वीं सदी में इसने एक लहलहाते वृक्ष का रूप ले लिया। इस तरह खयाल की उत्पत्ति में एक ओर तो ध्रुपदियों का और दूसरी ओर सूफी संतों के भक्त कव्वालों का योगदान रहा है। रंगीले के दरबारी संगीतज्ञ 'सदारंग' आदि ध्रुपदिये थे, किन्तु उन्होंने सूफी कव्वालों तथा मजहबी दबावों में खयाल की रचना की। शुरू में इसके विषय अल्लाह, रसूल एवं पीरों की ध्यानात्मक वंदनाएँ और श्रृंगारिक उक्तियाँ थीं।

इस तरह शैली की दृष्टि से खयाल में ध्रुपद एवं कव्वाली दोनों की सम्मिलित विशेषताएँ थीं। 'स्थायी' और 'अंतरा' नामक दो अंग तो ध्रुपद से आये थे और ''तान'' का प्रयोग कव्वालों की शैली से आया था। विषयों का संबंध इस्लाम से था और जिन तालों में यह गाया जाता था वह ध्रुपद में प्रयुक्त तालों से अलग थे। इन तालों की रचना फारसी छंदों के आधार पर हुई थी। सूफी लोग 'लौकिक प्रेम' अर्थात् 'इश्के मजाजी' को अलौकिक प्रेम यानी 'इश्के हकीकी' की प्राप्ति का साधन मानते हैं। ये श्रृंगारपरक उक्तियाँ भी खयाल में आ गईं। धीरे-धीरे खयाल के क्षेत्र में नायिका भेद ने भी पदार्पण कर लिया। 'खयाल' एक विशिष्ट शैली में गाई जाने वाली बंदिश का नाम हो गया। राजकीय मान्यता के कारण रंगीले के समय में 'खयाल' का वही महत्त्व हो गया जो अकबर के समय में तानसेन और ध्रुपद का

था। कई हिन्दू संगीत जीवियों ने भी सदारंग को गुरु स्वीकार किया और खयाल गाना सीखा।

खयाल भी दो तरह के हुए। बड़ा खयाल और छोटा खयाल। बड़े खयालों को तिलवाड़ा, झूमरा, एकताल, आड़ा चौताल आदि तालों में विलंबित लय में गाया जाता है। इनकी चाल ध्रुपद के समान धीमी होती है। छोटे खयाल त्रिताल, झपताल आदि में गाये जाते हैं। इनमें बड़े खयालों की तरह गंभीरता नहीं होती बल्कि द्रुत गति में तानबाजी की जाती है। जिस प्रकार ध्रुपद में चार 'बानियाँ' मानी गई हैं उसी प्रकार खयाल में बारह 'छवियाँ' मानी गई हैं इन छवियों के कारण खयाल गायकों के बारह घराने बन गये।

मुगल दरबार में 'ध्रुपद' की परंपरागत गायकी के स्थान पर खयाल के आसीन होने का प्रमुख कारण दिल्ली दरबार में इस्लामी संस्कृति का प्रभाव और रंगीले की रंगीन मनोवृत्ति तो था ही लेकिन फॉर्म की दृष्टि से भी उसके कुछ अन्य कारण थे। ध्रुपद गीतों में स्थायी, अंतरा, संचारी और आभोग नामक चार अवयव होते हैं जबकि खयाल गीतों में स्थायी और अंतरा दो ही अवयव रखे गये। खयाल गीतों का आकार भी ध्रुपद गीतों से छोटा था। वे आसानी से याद रखे जा सकते थे। फिर आलापकारी, लयकारी, मींड़ एवं गायकी की कठोर साधना करने पर भी ध्रुपद में भाषाभिव्यक्ति की उतनी सुविधा नहीं थी, जितनी कि खयाल में थी। खयाल की मुख्य बात 'तान' है जिसका अर्थ ही तानना या फैलाना होता है। खयाल गायकी में राग का फैलाव ध्रुपद की गान शैली में नहीं होता है वह 'तानों' के द्वारा किया जाता है। इस तरह गायक के भाव प्रदर्शन और राग विस्तार के लिए व्यापक ज़मीन तैयार होती है।

खयाल की परवर्ती शैलियों में टप्पा, तराना, ठुमरी और दादरा जैसी शैलियाँ सामने आईं। वे खयाल के किसी न किसी अंग का विस्तार ही हैं।

टप्पा, तराना, ठुमरी, दादरा

दरबारी संगीत की यह गायन शैली खयाल से कुछ मिलती हुई है। इसमें खयाल की भाँति स्थायी तथा अंतरा नामक दो अवयव होते हैं और इसकी तानें भी प्राय: खयाल की तानों के सदृश्य होती हैं। किंतु इस गायकी का स्वरूप खयाल की अपेक्षा छोटा होता है। इसमें तानबाजी खटके और मुर्की की प्रधानता रहती है। इनका गायन प्राय: मध्य तथा तार सप्तक में किया जाता है। इसके गीत शृंगार रस के होते हैं जिन्हें अधिकतर काफी, झिंझोटी, पीलू, बरवा, माँड, खमाज आदि रागों में गाया जाता है। इन रागों को ध्रुपदिये ही नहीं वरन् खयाल गायक भी कम पसन्द करते हैं। टप्पा उच्च कोटि की गायकी नहीं है इसकी तानें छोटे छोटे टुकड़ों से बनी होती हैं

और इनकी गति अत्यंत चपलता लिए होती है। इस गान शैली का प्रचलन हो जाने पर कुछ खयाल गायक छोटे खयाल में टप्पा की तानों का उपयोग करने लगे। वे छोटे खयाल 'टप्पा अंग' के खयाल कहलाये जबकि उनकी तुलना में बड़े खयालों को 'ध्रुपद अंग' के खयाल कहा जाने लगा। इसके प्रमुख प्रचारकों में गुलाम नबी शोरी का नाम प्रसिद्ध है जिन्हें लखनऊ के नवाब आसफउद्दौला का संरक्षण प्राप्त था। वे संभवत: पंजाब के थे क्योंकि उनके द्वारा प्रचलित टप्पा गीतों में पंजाबी शब्द ज्यादा मिलते हैं। वे प्रसिद्ध लखनऊ में हुए और उनका देहावसान भी लखनऊ में हुआ।

तराना को अकसर खयाल गायक ही गाते हैं। सामान्यतया इसमें विभिन्न तालों का और विशेषकर तीन ताल का प्रयोग किया जाता है। 'ता, ना, रे, दिर दिर, तोम, दानी, ओदानि' शब्दों के साथ तथा तबला और मृदंग के बोलों के साथ तराना में सारा आनंद राग और लय का रहता है। इसमें राग को मध्य लय में प्रारम्भ कर द्रुत में समाप्त किया जाता है। इसकी शुरुआत परवर्ती मुगल काल में हुई।

ठुमरी दरबारी संगीत की मॉडर्न गायन शैली है। शास्त्रीयता की बारीकियों से स्वतंत्र यह मृदुल प्रकृति की शृंगार रस प्रधान गायकी है। इसमें शृंगार के संयोग और वियोग दोनों को बड़ी रमणीयता के साथ प्रस्तुत किया जाता है। खयाल और टप्पा की तरह इसमें भी स्थायी और अंतरा नामक दो अवयव होते हैं। टप्पा की भाँति इसे काफी, झिंझोटी, पीलू, खमाज, भैरवी, बरवा, माँड आदि रागों में गाया जाता है और इसमें राग शुद्धि की ओर भी विशेष ध्यान नहीं दिया जाता। फिर भी शृंगार रस की भाव प्रधान, मधुर और कोमल गायकी होने के कारण यह लोकप्रिय संगीत शैली है। इसमें शाब्दिक रचना टप्पा से भी कम होती है इसलिए इसे 'टप्पा का टूटा अंग' भी कहा जाता है। पर इसकी गति 'टप्पा' की तरह चपल नहीं होती। इसे अधिकतर दीपचंदी और पंजाबी तालों में गाया जाता है। गायन के बीच में और अंत में प्राय: कहरवा ताल के बोल प्रस्तुत किये जाते हैं और फिर 'सम' पर आ जाने से यह श्रोताओं पर विशेष प्रभाव डालती है। इस गायन शैली के लखनऊ और बनारस दो बड़े केंद्र रहे हैं किन्तु ब्रज भी इससे अछूता नहीं रहा है। ठुमरी को अधिक लोकप्रिय बनाने का श्रेय लखनऊ के नवाब वाजिद अली शाह को रहा है। इस शैली की कोमलता और मधुरता के कारण इसके लिए स्त्री कंठ स्वाभाविक रूप से अधिक उपयुक्त है। इसलिए इसमें महिलाओं ने अधिक ख्याति प्राप्त की। किन्तु कुछ पुरुष कलाकार भी इसे गाते हैं।

दादरा का ठुमरी से उसी प्रकार का निकट संबंध है जिस प्रकार धमार का ध्रुपद से और टप्पा का ख्याल से है। फलत: ठुमरी गायक-गायिकाएँ ही अधिकतर दादरा का गायन भी करते हैं। दादरा की गायन शैली ठुमरी से भी अधिक सुगम है

और इसके गीतों की बंदिशें ठुमरी के गीतों से छोटी होती हैं। इन्हें विलंबित की अपेक्षा मध्य अथवा द्रुत लयों में गाया जाता है।

रियाजुद्दीन खाँ साहब से हुई इस मुलाकात में हमने ध्रुपद से खयाल और तराना तक की पूरी यात्रा कर डाली। हमें समझ में आया कि ध्रुपद का 'ध्यान' और खयाल शैली का 'खयाल' असल में एक ही चीज़ है और वह संगीत के माध्यम से उस उच्चतर शक्ति तक पहुँचने का साधन है। उसकी भक्ति है। 'ध्यान चित्र' गायन के भाव के अनुसार मनुष्य के मस्तिष्क पटल पर उभरने वाले चित्र हैं जिन्हें रंगों और आकृतियों के माध्यम से व्यक्त किया जाता है। कला की सभी विधाएँ एक दूसरे से गहराई से जुड़ी हुई हैं और उनका लक्ष्य मनुष्य को सत्य और शिव से परिचित कराते हुए आनंद प्रदान करना है।

रागमाला के बारे में बात करने का यह बिल्कुल उचित समय था।

रागमाला

वह बातचीत अगले दिन शुरू हुई। इस बार रियाजुद्दीन साहब ने जिस कमरे में हमसे बात की वह एक दूसरा कमरा था। उसकी दीवारें उस तरह के लघु चित्रों से सजी हुई थीं जिनके बारे में हम जानना चाहते थे। रियाजुद्दीन साहब के पास रागमाला मिनियेचर का शानदार संग्रह था।

उन्होंने बात शुरू करते हुए कहा, "रागमाला या रागों की माला लघुचित्रों का ऐसा संग्रह है जो रागों के मूड को या उनके भाव को चित्रित करता है। उसे एक कविता से भी दर्शाया जाता है जो उस चित्र के ऊपर या उसके पीछे लिखी होती है। सामान्यतया चित्रकार और लेखक एक ही व्यक्ति नहीं होते थे।"

स्मृति ने कहा, "ये अद्‍भुत बात है। हमारे यहाँ कलाओं की एकता या अंत:संबद्धता सदा से उपस्थित रही है।"

"और ये परंपरा उत्तर भारत तथा दक्षिण भारत दोनों में ही थी हालाँकि दक्षिण में ये कुछ कम लोकप्रिय हुई। कविता का काम उस राग और चित्र में छुपे रस का अवगाहन करना था। अगर राग का काम श्रोता के मन में एक निश्चित रस का प्रवाह कर निश्चित भाव पैदा करना था तो उस भाव को चित्रित भी किया जा सकता था।"

"तो क्या रागमाला चित्रों की परंपरा संगीत में सदा से रही?"

"नहीं ये पंद्रहवीं शताब्दी से उन्नीसवीं शताब्दी के बीच फलीफूली। सोलहवीं शताब्दी में दामोदर मिश्रा के संगीत दर्पण के साथ साथ रागों का सिस्टम पक्का होने लगा था। छ: पुरुष रागों और उनकी पाँच स्त्री रागों, यानी कुल छत्तीस राग रागिनियों को अब स्वीकार कर लिया गया था। राजस्थान के रागमाला चित्रों में इसी सिस्टम को अपनाया गया। ये भी जानना दिलचस्प है कि रागों को हर बार पुरुष के रूप में

और रागिनियों को स्त्री रूप में नहीं दर्शाया गया पहले तो सभी राग रागिनियों को ईश्वरीय स्वरूप ही प्रदान किया गया था। आगे चलकर उसमें दृश्यावलियों और लैंडस्केप का प्रवेश हुआ।"

"तो सबसे पहली रागमाला कौन सी रही?"

"सन् 1475 को रागमाला का पहला वर्ष माना जाता है। वे चित्र मेरे पास हैं।"

अब उस्ताद रियाजुद्दीन दीवार के कोने पर लगे कुछ चित्रों को दिखाते हुए बोले, "ये देखिये, बायीं पंक्ति में श्री, वसंत, भैरव, पंचम, मेघ राग दिखाये गये हैं और सभी ईश्वरीय स्वरूप में हैं। दाहिनी पंक्ति में रागिनियाँ हैं द्रविड़ी भाषा, रामगिरी, भाषा, अभीरी, देबाला–ये स्त्रियों के स्वरूप में हैं। इनके ऊपर कविताएँ नहीं हैं।"

"और दृश्यावलियों का प्रवेश कब हुआ?"

"कब के साथ साथ ये जानना भी ज़रूरी है कि ये क्यों हुआ। आप चतुर्वेदी जी से तो मिलकर आ ही रहे हैं। पंद्रहवीं और सोलहवीं शताब्दी ही वह समय है जब भारत में भक्ति आंदोलन की शुरुआत हुई और ब्रजभाषा का स्वर्णिम युग प्रारम्भ हुआ। मीरा, सूर, तुलसी जैसे प्रमुख संत उस समय सुंदर भक्ति काव्य की रचना कर रहे थे। कुतबन जैसे सूफी संत भी थे। लेकिन इस समय में कृष्ण सभी कवियों की कल्पना पर छाये और उनकी कथाएँ प्रचलित हुईं। बारह महीनों के ऋतु चक्र ने भी रागमाला में जगह बनाई। केशवदास की 'रसिक प्रिया' ने मानवीय प्रेम की कथा को भी रागमाला में जगह दिलाई। इस तरह दृश्यचित्रों, मौसम तथा विरह-मिलन की कथाओं ने प्रवेश किया।"

"ये सब बहुत ही रोचक हैं, तो क्या छत्तीस राग रागिनियों का चित्रण ही प्रचलन में रहा?"

"नहीं। रीवा के प्रसिद्ध संगीतज्ञ क्षेमकर्ण ने एक नये सिस्टम की शुरुआत की। जहाँ पहले सिस्टम में राग को व्यक्ति की तरह दर्शाया जाता था, वहीं दूसरे सिस्टम यानी क्षेमकर्ण के सिस्टम में इसे प्रकृति में उपस्थित ध्वनियों की तरह चित्रित किया गया, जैसे चिड़ियों की चहचहाहट में, या साँप की फुंकार में या गायों के रंभाने में या किसी मानवीय गतिविधि से उत्पन्न होने वाली ध्वनि में जैसे दूध दुहने की आवाज या कपड़े धोने की आवाज आदि। दूसरी बात ये थी कि इस सिस्टम में रागों, रागिनियों को रागपुत्रों के साथ गिना गया और उनकी संख्या चौरासी मानी गयी। हालाँकि उत्तर भारत में इसका प्रयोग कम हुआ पर पंजाब में, पहाड़ी पेंटिंग में और दक्षिण में इसका काफी प्रयोग किया गया।"

"तो दक्षिण और पहाड़ी स्टाइल राजस्थानी स्टाइल से अलग थी?"

"कई मायनों में। पहली बात तो दक्षिणी मिनियेचर से उत्तर की कविताएँ गायब हैं। ये इसलिए भी हुआ होगा कि शायद चित्रों के पूरे सेट्स दक्षिण तक नहीं पहुँचे और रागमाला को पूरा करने के लिए चित्रकारों ने अपनी कल्पना का सहारा लिया। अहमदशाही और बीजापुरी स्टाइल की पेंटिंग्स के रंग संयोजन भी अलग तरह के हुए। पहाड़ी चित्रकारों को तो न कविताएँ उपलब्ध थीं और न पहले बनाये गये चित्र। तो उन्होंने खुद अपनी शैली ईजाद की। उदाहरण के लिए ये देखिये पंचम रागपुत्र के चित्र में क्षेमकर्ण के सिस्टम में कृष्ण भगवान को बाँसुरी बजाते दिखाया गया है जिनके दोनों ओर इंद्र और शिव श्रोता के रूप में खड़े हैं वहीं पहाड़ी पेंटिंग में उसे जंगल में बैठे चरवाहे के रूप में दिखाया गया जिसकी ओर कृष्ण मृग बढ़े चले आ रहे हैं। तो संगीत और चित्र तो कलाकार के मन में रहते थे, और समय तथा स्थान के अनुसार कला में प्रतिबिंबित होते थे।"

इसके बाद रियाजुद्दीन साहब ने दीवार पर टँगी तस्वीरों से हमारा परिचय कराया। उसका संगीत, उसके भाव, उसकी कविता, उससे होता रसोद्रेक–वे एक संपूर्ण कलाकार थे। उस दिन हमारा उनसे पूरा परिचय हुआ।

शाम का समय हमने उनके साथ काली मंदिर, बेल्लूर मठ और गंगा नदी देखने में गुज़ारा। अगले दिन हमें अपने घर के लिए प्रस्थान करना था।

एक अद्भुत अनुभव

अपनी यात्रा की उस अंतिम रात्रि में मुझे एक अद्भुत अनुभव हुआ जिसे सुनाकर अपनी बात समाप्त करूँगा।

कलकत्ता घूमने के बाद मैं और स्मृति, रियाजुद्दीन साहब के साथ उनके घर लौट आये थे। उस दिन सोने के लिए उन्होंने हमें वही कमरा दिया जिसमें रागमाला चित्र लगे थे। शुक्ल पक्ष की रात्रि थी और खिड़की से चंद्रमा की स्निग्ध चाँदनी छन छन कर आ रही थी। उसमें रागमाला के चित्र अलग अलग कोणों से आलोकित हो रहे थे। कुछ प्रकाश में और कुछ छाया में। हम लोग बहुत देर तक पूरी यात्रा के बारे में बातें करते रहे फिर पता नहीं कब आँख लग गई।

देर रात गये मुझे ऐसा लगा जैसे मेरे सिरहाने कोई बैठा है। मैं सोच ही रहा था कि उसने मेरे माथे को स्पर्श किया। यह किसी स्त्री का स्पर्श था। स्मृति तो पास ही गहरी नींद में थी। तो ये किसका स्पर्श था?

तभी वह स्त्री झुकी और उसने मेरे माथे पर हल्का सा चुंबन लिया। मैं कुछ बोलता उसके पहले ही उसने कहा, "मैं गुर्जरी, अभी दोपहर में ही तो तुमसे मुलाकात हुई थी।"

"पर, पर तुम तो चित्र में थीं?"

"हाँ। पर जो लोग मुझे अच्छे लगते हैं मैं उनसे मिलने चित्र से बाहर निकलकर उनके पास चली आती हूँ।"

"तो मैं तुम्हें अच्छा लगा?"

उसने अपनी बड़ी आँखों में शरारत भरते हुए कहा, "हाँ।"

मुझे उससे बात करना अच्छा लग रहा था। मैंने पूछा, "तुम तो राजा मानसिंह के यहाँ थीं?"

"नहीं मैं गुजरात की हूँ। गुर्जर प्रतिहारों के यहाँ रहती थी। मेरी ये दो सखियाँ मालवी और आंध्री हैं जो मालव और आंध्रा लोगों के यहाँ रहती थीं।"

मैंने देखा कि दो और सुंदर स्त्रियाँ मेरे आसपास बैठी थीं। उनमें से एक ने कहा,

"पहले हम सुरग्राम में रहते थे। मेरी एक पूर्वज का नाम षड्जी था जो षड्ज ग्राम में रहती थीं। एक दूसरी का नाम गांधारी और इनकी बहन का नाम ऋषभी था जो गांधार और ऋषभ सुरों से उपजी थीं। फिर हम लोग समूहों में बस गये।"

अब गुर्जरी ने कहा, "जब समूह क्षेत्रों में बसे तो हमारे पूर्वजों के नाम क्षेत्रों के नाम पर होने लगे जैसे सौबीरा सुबीर की थीं, सौराष्ट्री सौराष्ट्र की, खंबायती खंबात की। उन सबने संगीत संसार को समृद्ध बनाया। फिर हम प्रकृति से हिल मिल गये। अब हमारे नाम मेघ, वसंत, हिंडोला और श्री जैसे होने लगे और हमें अलग अलग मौसमों के लिए उपयुक्त माना जाने लगा। वसंत तो यहीं पर है तुम उससे मिले भी थे।

वसंत ने मेरे पास आकर कहा, "हाँ देवाशीष, हमें सबसे ज्यादा प्रकृति के पास रहने में आनंद आता है। पर सबसे ज्यादा सम्मान ईश्वर के साथ रहने पर मिलता है। हमारे भाई भैरव शिव भगवान के कंठ में बसते हैं, केदार भी उन्हीं का रूप हैं, हरसिंगार शिव का प्रेमरूप है, कानड़ा कृष्ण के हृदय में बसती है और नट-नारायण विष्णु के।"

गुर्जरी कह रही थी, "इसे फूलों के बारे में भी तो बताओ। वह कुसुम, कौमुदी, कमल, नीलोत्पल और मालती भी तो हैं जो ईश्वर को अर्पण की जाती हैं।"

वसंत ने कहा, "हाँ वे भी हैं। अब मैं कहाँ तक बताऊँ?"

गुर्जरी ने अब मुझसे कहा, "देवाशीष तुमने बहुत लंबी यात्रा कर ली है। अब एक ही सत्य जानना तुम्हारे लिए शेष रह गया है। वह यह है कि हमें शब्दों में बखाना नहीं जा सकता। हमें किसी विषय, किसी थीम में बाँधने का प्रयत्न मत करो। हमें कोई बाँध नहीं सका है। हम सतत प्रवाह की तरह हैं, वैसे ही जैसे हमारे चित्र भी अंत में किसी विषय, किसी थीम से बाहर निकल जाते हैं, सिर्फ रंग रह

जाते हैं। हमें सिर्फ महसूस किया जा सकता है। हम अनुभव की चीज हैं, हम सीधे दिल में उतरते हैं, हमें दिल में बसा लो, हम सदा तुम्हारे साथ रहेंगे।''

फिर गुर्जरी, मालवी और वसंत जाने कहाँ–गायब हो गये। वे शायद फिर अपने चित्रों में लौट गये थे।

स्मृति ने मेरी ओर करवट लेकर कहा, ''इतनी रात गये किससे बात कर रहे हो?''

मैंने कहा, ''कुछ नहीं, यों ही।''

अगली सुबह नाश्ते के समय उस्ताद रियाजुद्दीन की आँखों में शरारत थी। उन्होंने पूछा, ''कहिये जोशी जी, कैसा रहा आपका रात्रि विश्राम का अनुभव?''

मैंने उन्हें अपना अनुभव सुनाना चाहा, पर ऐसा लगा जैसे वे मेरा अनुभव पहले से ही जानते हैं, उन्होंने कहा, ''मैं जानता हूँ। मेरा वह कमरा जादू का कमरा है। वहाँ के चित्र दर्शक से बात करते हैं बशर्ते दर्शक भी उनसे बात करना चाहे। अब आप संगीत के रहस्य तक पहुँच गये हैं। आपको एक रहस्य और बताता हूँ।''

''कौन सा?''

''डॉ. चक्रवर्ती को रागमाला के वे चित्र मैंने ही भिजवाये हैं?''

अब देवाशीष आश्चर्यचकित हुआ, ''अरे, उन्होंने मुझे तो ये बताया ही नहीं!''

''शायद वे ये चाहते हों कि तुम अपनी यात्रा खुद करो। कला के संदर्भ में सबको अपनी यात्रा खुद ही करनी पड़ती है।''

कहते कहते रियाजुद्दीन साहब का गला भर आया। चलते चलते उन्होंने हमें एक किताब भेंट की–डॉ. ए.सी. मुखर्जी की क्लासिक ''रागाज़ एवं रागिनीज़'', फिर कहा, ''डॉ. चक्रवर्ती को मेरा नमस्कार कहियेगा। आपके मोनोग्राफ के रिलीज़ होने पर अवश्य आऊँगा।''

तो दोस्तो, ये थी हमारी संगीत यात्रा की कहानी। अब आप इस रागमाला गैलरी में प्रवेश कर सकते हैं। देखिये शायद कोई नायिका आपसे भी बात कर ले!

उस्ताद रियाज़ुद्दीन खाँ से इस मुलाकात के बाद स्मृति ने देवाशीष से कहा, ''चलो देवाशीष, अब हमारी खोज पूरी हुई। अब घर चलते हैं।''

पर कलकत्ते से अपने घर तक के लंबे रास्ते में स्मृति कुछ चुप–चुप सी रही। देवाशीष के एक दो बार पूछने के बाद उसने कहा, ''हमने अपनी संगीत की खोज तो पूरी की पर एक द्वैत मुझे लगातार सालता रहा।''

"वह क्या?"

"आशीष तुमने ध्यान दिया कि मथुरा कितना गंदा शहर है? मंदिर के सामने हम जहाँ लस्सी पी रहे थे उसके नीचे ही खुली नाली बह रही थी। शहर में जहाँ-जहाँ भी हम गये कचरे के ढेर और बदबू थी। कितनी बार हम खुले जानवरों से टकराते-टकराते बचे।"

"बात तो तुम्हारी ठीक है।"

"जब हम मंदिर से निकल रहे थे तब मेरी नज़र पास ही स्थित एक बिल्डिंग की खिड़कियों पर पड़ी। खड़ी सलाखों वाली उन खिड़कियों के पीछे से सफेद कपड़े पहने, गंजे सिर वाली बहुत सी महिलाएँ झांक रही थीं। मैं समझ गई, ये बंगाल और देश भर से आई विधवा महिलाएँ होंगी, जिनके रिश्तेदार उन्हें वहाँ छोड़ गये हैं या जो स्वेच्छा से मोक्ष प्राप्ति के लिए वहाँ पहुँची हैं। आशीष, मैं सोच रही थी कि उनके जीवन का क्या बनेगा? उनमें से कुछ मंदिर प्रांगण में कीर्तन भी कर रही थीं। क्या वह संगीत था, या मुक्ति की प्रार्थना थी, या सिर्फ करुण विलाप? आशीष उनके बारे में सोचते मेरा दिल कांपता है। मथुरा मुझे बहुत उदास भी करता है।"

देवाशीष ने सहमत होते हुए कहा, "मैंने भी इसे नोट किया था पर तुमने इसे ठीक-ठीक परिभाषित कर दिया। शहर के रूप में तो कलकत्ता भी निराश करता है। तुमने बड़ा बाज़ार और श्याम बाज़ार और काली घाट के आसपास की भीड़, रेलमपेल और कचरा नहीं देखा? वह भी उतना ही दुखी करता है। मैं म्यूज़ियम के काम से एक बार आगरा गया था। पूरे शहर में विशेषकर पुराने शहर में, एक अजीब सी बदबू और सड़ांध बसी हुई थी। लोग उसी में रहते कचौरियाँ और भल्ले खा रहे थे। बनारस का भी यही हाल है।"

स्मृति संगीत के रूपक में ही सोचती थी। उसने कहा, "अगर इन शहरों को एक राग की तरह देखा जाये तो इनका संगीत और इनका इतिहास इनके वादी स्वर के रूप में उभरता है, पंडित वासुदेव कृष्ण या उस्ताद रियाजुद्दीन खाँ जैसे लोग इनके संवादी स्वर हैं पर इनकी गंदगी, बदबू और कचरा इनके विवादी स्वर के रूप में उभरते हैं। ये विवादी स्वर कर्कश है और उदास करता है।"

देवाशीष ने कहा, "चलो अभी तो हम लोग वादी और संवादी स्वरों पर ही टिके रहें। मुझे जाकर डॉ. चक्रवर्ती से बात करना है और चित्र वीथिका को सजाना है।"

घर लौटने पर देवाशीष ने डॉ. चक्रवर्ती को पूरी यात्रा की दास्तान सुनाईं और यह भी कि वह ध्यान चित्रों की खोज करने गया था और साथ में बहुत सारे चित्र लेकर लौटा

है। ये उन्हीं का सुझाव था कि वह यात्रा के इस अनुभव पर एक मोनोग्राफ तैयार करे। देवाशीष के मोनोग्राफ 'भारतीय संगीत की यात्रा' ने पूरे बौद्धिक जगत में धूम मचा दी। उसने ध्यान चित्रों की गैलरी को नये अर्थ देकर पुन: संयोजित किया जिसे देखने दूर दूर से कला रसिक आते थे। होली पर उसने एक नया शो तैयार किया जिसमें सभी होलियों को उनके शास्त्रीय आधार पर नया रंग दिया गया था। शहर के प्रख्यात कोरियोग्राफर ने उन पर एक बैले तैयार किया और शहर के उसी प्रख्यात सभागार में, जहाँ स्मृति और देवाशीष ने करीब पंद्रह वर्षों पूर्व अपनी जुगलबंदी पेश की थी, इस होली शो का आयोजन हुआ। तीन दिनों तक अपार दर्शकों ने उसका आनंद उठाया, प्रशंसा की। अब वह शो म्यूज़ियम का नियमित हिस्सा बन गया था।

देवाशीष की ख्याति अब न सिर्फ एक संगीतज्ञ की थी बल्कि एक संगीत अध्येता और एक ऐकेडेमिक की भी हो चली थी। उसके चेहरे पर तेज अब और ज्यादा बढ़ गया था। स्मृति के साथ उसकी जोड़ी एक प्रसन्न जोड़ी के रूप में जानी जाती थी जिन्हें लोग अपने यहाँ बुलाना पसन्द करते थे।

देवाशीष अकसर कहते थे कि पता नहीं बीस साल कैसे गुज़र गये पर वे गुज़र ही गये थे। अब वे खुद अपने म्यूज़ियम में डायरेक्टर के पद पर पहुँच गये थे और स्मृति अपने कॉलेज में प्रोफेसर थी। देश-विदेश में अब वे प्रस्तुतियों के साथ साथ लेक्चर देने भी जाते थे। देवाशीष मार्गी और देसी संगीत पर उदाहरणों के साथ प्रभावशाली ढंग से बोल सकता था। स्मृति भी सितार पर लेक्चर डिमॉन्सट्रेशन देती थी। देश-विदेश के बड़े संस्थानों में उसकी माँग बनी ही रहती थी।

इन बीस वर्षों में उनका जीवन ही संगीत बन गया था। एक सुंदर-सुरीला संगीत। पर ठीक इसी वक्त, समय ने करवट ली। उनके शहर ने उन्हें ओवरटेक कर लिया।

द्रुत

असल में पिछले बीस वर्षों से देवाशीष अपने काम और संगीत में इस कदर डूबा रहा था कि उसे मालूम ही नहीं पड़ा कि कब शहर ने उसे पूरी तरह से घेर लिया है।

उसके सुंदर से घर के उत्तर में, जहाँ पिता के द्वारा लगाया आम का पेड़ उसे अब भी सुकून देता था, एक बहुत बड़ी सरकारी कॉलोनी बन गई थी जिसमें करीब दो हज़ार से अधिक परिवार रहने लगे थे। उसके दक्षिण में निज़ी निवासों का जमघट खड़ा हो गया था और उसमें तरह-तरह के लोग रहने आ गये थे। क्योंकि इन दो बसाहटों को जोड़ने वाली मेन सड़क अब देवाशीष के घर के बगल से गुज़रती थी, उस पर सुबह से वाहनों का तांता लग जाता। दो पहिया और चार पहिया वाहन अनावश्यक रूप से इधर से उधर भागते रहते, या कम से कम देवाशीष को ऐसा ही लगता था। बाज़ार में तरह-तरह के हॉर्न आ गये थे जिन्हें दो पहिया चालक कुछ अधिक ही ज़ोर से बजाते। सुबह सात बजे से शुरू होने वाला यह सिलसिला रात में दस ग्यारह बजे तक चलता रहता।

सबसे पहले देवाशीष और स्मृति का बालकनी में बैठना बंद हुआ। उसके बाद सुबह की चाय के साथ सुने जाने वाले भजन या सुबह के राग और उनको दिनभर की शक्ति प्रदान करने वाली ताज़गी भरी बातचीत भी बंद हुई। वे भीतर के कमरे में ही रहते और जल्दी जल्दी चाय तथा अखबार निबटा कर काम पर चले जाते। रियाज़ करने के लिए उन्हें सुबह पाँच बजे उठना पड़ता या देर रात का इंतज़ार करना पड़ता और दोनों ही स्थितियों में उन पर थकान हावी हो जाती। घर के दरवाज़े खिड़कियाँ अकसर बंद होते क्योंकि धूल और शोर प्रचुर मात्रा में आसपास फैला रहता।

देवाशीष का जीवन इस कदर सुर में था कि ट्रैफिक का यह शोर उसकी बर्दाश्त के बाहर होने लगा। वह एक सुंदर, संगीतमय व्यक्ति से चिड़चिड़े व्यक्ति के रूप में बदलने लगा। उसमें एक अजीब सा परिवर्तन आने लगा।

उसको हर तरह के शोर से दिक्कत होने लगी। घर के काम में अगर बाई बर्तन पटकती तो वह उस पर गुस्सा हो जाता, बगल के घर में अगर कुछ ठोकपीट होती तो वह उन्हें टोकने पहुँच जाता, सुबह अगर पानी चढ़ाने वाली मोटर कुछ देर तक चलाई जाती तो उसे बेचैनी होने लगती। यहाँ तक कि अगर स्मृति पंखा भी तेज़ करती तो उससे बर्दाश्त नहीं होता, वह कहता, ''ये पंखा शोर कितना कर रहा है। तुम्हें कितनी हवा चाहिए? पहले भी तो हवा आ रही थी।''

स्मृति उसके स्वभाव में हो रहे इस परिवर्तन को देख रही थी। वह कुछ नहीं कहती, बस पंखा थोड़ा धीमा कर देती। बढ़ते शोर से वह खुद भी तो परेशान रहती थी।

शोर से अव्यवस्थित हुए अंतर्मन की प्रतिक्रिया में देवाशीष हर चीज़ को व्यवस्थित करने और रखने में जुटा रहता। वह अकसर अपनी किताबें, कैसेट्स और सी.डी., अखबारों और पत्रिकाओं, फर्नीचर और बिस्तर आदि को व्यवस्थित करने लगता। उसे कागज़ का एक टुकड़ा या चादर पर एक सिलवट तक खटकती। कई बार तो वह किचन में चला जाता और मसालों तथा नाश्ते के डिब्बों को तरतीब से सजाने लगता। खाते समय लोगों के मुँह से आने वाली कचर कचर की आवाज से वह चिढ़ जाता था और चाय सुड़कने वालों से तो वह बात करना ही बंद कर देता था। स्मृति कहती, ''ये तुमने क्या नई आदत पाल ली है? किचन मैं ठीक कर लूँगी। तुम अपनी किताबें देख लो।''

तो वह जवाब देता, ''मुझे घर में कोई भी चीज़ बेतरतीब अच्छी नहीं लगती।''

स्मृति थोड़ा झुंझला कर कहती–''अब घर कोई म्यूज़ियम तो है नहीं। वह चलेगा तो अव्यवस्थित तो होगा ही।''

पर देवाशीष पर उसकी इस बात का कोई प्रभाव नहीं पड़ता था। वह ऑफिस से आता तो घर व्यवस्थित करने में जुट जाता। अब वे शाम के कार्यक्रम अकसर मिस करने लगे। स्मृति कभी कभी सितार लेकर बैठती। रविवार को नफीस खाँ साहब भी आ जाते पर देवाशीष का मन नहीं लगता था। वह पुस्तकों में ही उलझा रहता। वह शाम को घर के दरवाज़े अकसर बंद रखने लगा क्योंकि वह ट्रैफिक का पीक टाइम होता था और सबसे ज्यादा शोर उसी समय होता था।

धीरे-धीरे देवाशीष एक प्रिय, संगीतमय, मीठे और सुंदर व्यक्तित्त्व के बदले चिड़चिड़े, उलझे हुए, गुस्सैल व्यक्तित्त्व में बदलने लगा। अब वह स्मृति से संगीत पर नहीं शोर पर चर्चा करता था।

बहुत दिनों के बाद उस दिन देवाशीष अपनी बालकनी में सुबह-सुबह बैठा था।

कल रात वह पंडित जसराज का गायन सुनने गया था जिसकी अनुगूँज अभी भी उसके मन में बाकी थी। वह उनके हमीर और केदार को गुनगुनाता चाय का इंतज़ार कर रहा था कि अचानक करीब दो-ढाई सौ मोटरसाइकिलों ने धड़-धड़, धड़-धड़ करते हुए बाजू वाले बहुमंजिला मकान पर दस्तक दी। पूरी सड़क पर और सामने वाले छोटे पार्क में मोटर साइकिलें पार्क कर दी गईं तथा लड़के लड़कियों के हँसी ठट्ठे की आवाजों से आकाश भर गया।

देवाशीष ने खड़े होकर देखा। घर के बायें वाले बहुमंजिला मकान पर एक महाविद्यालय का बोर्ड लटक रहा था। तो क्या इस रिहायशी कॉलोनी के बीचोबीच यह कॉलेज बन गया? पहले जब भवन बन रहा था तब तो इस बारे में कोई घोषणा नहीं की गई थी। शायद इस बात को गुप्त रखा गया हो। यदि घोषणा होती तो शायद लोग आपत्ति लेते, अन्यथा किसी को क्या शंका हो सकती थी कि यहाँ कोई कॉलेज बन रहा है? देवाशीष का मन घबरा गया। तो क्या अब रोज नॉर्मल ट्रैफिक के शोर के साथ साथ इन दो-ढाई सौ मोटर साईकिलों के शोर को भी सहन करना होगा?

आज कॉलेज का पहला दिन था। शायद कोई उद्घाटन समारोह भी आयोजित था। जल्द ही लाउडस्पीकर पर गांधी, सुभाष, टैगोर, तिलक आदि होने लगा। देवाशीष को समझ नहीं आया कि उन महान व्यक्तियों का इस घटिया से महाविद्यालय से क्या संबंध हो सकता था। जिसने कॉलेज खोला था वह देश की एक प्रमुख पार्टी का नेता था, जो स्वतंत्रता आंदोलन के बाद मिली सत्ता को अपनी बपौती मानती थी। 'दे दी हमें आज़ादी...' 'छोड़ो कल की बातें...', 'मेरे देश की धरती...' जैसे गीत जो खास ऐसे अवसरों या चुनाव के अवसरों पर ही बजाये जाते थे और जो अगर नॉर्मल वॉल्यूम और पिच पर बजाये जाते तो सुनने में अच्छे लगते, अब असहनीय शोर पैदा करने लगे। मुख्य अतिथि के साथ साथ कारों का एक काफिला भी आया जिसने सड़क पर संपूर्ण ट्रैफिक जाम की स्थिति पैदा कर दी। उनके आने के बाद स्वागत और भाषणों की शृंखला चली। सबसे पहले गुलदस्तों और फूलमालाओं से स्वागत किया गया जो देवाशीष को अनंत काल तक चलता प्रतीत हुआ। फिर कॉलेज समिति के सदस्यों के भाषण हुए। फिर कुछ स्थानीय नेताओं ने लंबे और उबाऊ भाषण दिये जिसमें इस कॉलेज को शहर के विकास का प्रतीक बताया गया। फिर एक राष्ट्रीय खिलाड़ी ने फीता काटकर, कैमरों और फ्लैश लाइट्स की भीड़ के बीच उसका उद्घाटन किया और अपनी टूटी-फूटी हरियाणवी हिन्दी में शुभकामनाएँ दीं। फिर लड़के लड़कियों ने फिल्मी गीत गाये जो दोपहर तक चलते रहे। कॉलेज के सामने की सड़क नॉर्मल ट्रैफिक के लिए भी नाकाफी थी और ट्रैफिक रोज की तरह नॉर्मल था। सो बार-बार ट्रैफिक जाम होता रहा, दोनों ओर से गाड़ियों के हॉर्न चीखते रहे, चालकों में गाली गुफ्तार होता रहा। कुछ गाड़ियाँ रास्ता बदल कर

देवाशीष के घर के सामने से भागने लगीं जिससे शोर और अफरा-तफरी का माहौल बन गया। इस तरह कॉलेज उद्घाटित होता रहा।

कॉलेज संचालक को इससे कोई फर्क नहीं पड़ा। बल्कि वे प्रसन्न हुए कि उनके कॉलेज के उद्घाटन के समय इतना हंगामा हो रहा था। इससे तो उनकी प्रसिद्धि ही होने वाली थी। किसी ने पुलिस थाने को फोन कर दिया था। एक दो पुलिस वाले आये भी, पर घूम फिर कर चले गये। कोई खास बात नहीं थी। अभी तक मारपीट नहीं हुई थी। जाते जाते उन्होंने कॉलेज संचालक को नमस्ते किया और प्रेम से, उनके द्वारा दिया गया 'नाश्ता करके जाना' वाला ऑफर स्वीकार किया। ट्रैफिक यथावत रहा।

देवाशीष का दिमाग़ सुन्न हो गया, यह तो आज पहला दिन था। क्या ये कॉलेज रोज ऐसे ही चलेगा? क्या रोज़ इतना ही शोर होगा? फिर उसके अपने लिखने पढ़ने, उसके संगीत, उसके रोज़मर्रा के मीठे जीवन का क्या होगा? क्या वह अपने इस प्यारे से घर में रह भी पायेगा?

क्यों नहीं, उसके दूसरे मन ने कहा। आखिर वह पच्चीस तीस सालों से यहाँ रहता आ रहा था। घर उसके पिता ने बनवाया था और उससे देवाशीष की सुखद स्मृतियाँ जुड़ी थीं। किसी को भी ये अधिकार नहीं था कि वह उसे इस घर से बेघर करता। नहीं, वह ऐसा नहीं होने देगा। वह कॉलेज संचालक से बात करेगा, उसने सोचा।

शाम को जब लाउडस्पीकर का शोर थम गया और मोटर साइकिलों ने अपने घर का रास्ता लिया तब कागज़ की जूठी उड़ती हुई प्लेटों, चाय के यहाँ वहाँ बिखरे प्लास्टिक के कपों, झंडियों और पन्नियों के अंबार के बीच से गुज़रते हुए देवाशीष ने ''कॉलेज'' में प्रवेश किया, जो वैसे तो एक बड़ा घर ही था और 'कॉलेज' कहने मात्र से बदल नहीं गया था। अपने कार्यक्रम के सफल समापन के बाद कॉलेज के संचालक जीवन श्रीवास्तव अपने आठ दस चमचे जैसे सहयोगियों के साथ प्लास्टिक की कुर्सियों पर गोल बनाकर बैठे थे।

जीवन श्रीवास्तव की छवि एक उभरते हुए नेता की थी। वे प्रदेश के एक बड़े नेता के छर्रे के रूप में पहचाने जाते थे जो खुद बंदूक बनने की फिराक में था। अब उन्होंने सीधे-सीधे मारपीट में हिस्सा लेना बंद कर दिया था। ये काम उनके दूसरे तीसरे स्तर के सहयोगी ही कर दिया करते थे। वे अब 'रफी नाइट', 'कल्चरल प्रोग्राम', 'युवा महोत्सव', 'ब्लड डोनेशन कैंप', 'झंडा दिवस', 'ह्यूमन चेन' आदि का आयोजन किया करते थे और उनके माध्यम से समाँ बाँधे रहते थे। इन कार्यक्रमों में अनिवार्य रूप से शहर के वे बड़े नेता हिस्सा लेते थे, जिनके वे छर्रे थे। अब उन्होंने अपनी स्थायी आर्थिक सुरक्षा के लिए ये कॉलेज खोलना तय किया था

जिसके बाद वे खुलकर अपने बड़े नेता के जूतों में प्रवेश कर सकते थे जिनका फिलहाल इस कॉलेज को प्रश्रय प्राप्त था। तुलनात्मक रूप से जीवन श्रीवास्तव अन्य राजनीतिक कार्यकर्ताओं से ज्यादा समृद्ध और सुसंस्कृत माने जाते थे।

जब देवाशीष उनसे मिलने पहुँचे तो उन्होंने अपनी इसी सुसंस्कृति का परिचय दिया। अपने पास वाली कुर्सी खाली कराते हुए उसने कहा, "आइये भाई साहब, आइये। आपके शुभ चरण हमारे कॉलेज में पड़े ये हमारा सौभाग्य है।"

देवाशीष ने अपने तेवर ढीले न करते हुए कहा, "मुझे आपसे कुछ बात करनी थी।"

"हाँ, हाँ। कहिये न!"

"आपने ठीक रिहायशी कॉलोनी के बीच में अपना ये कॉलेज बना लिया है। आपने ये नहीं सोचा कि इससे कॉलोनी के लोगों को कितनी परेशानी होगी? सुबह से इतना शोर हो रहा है। मैं तो इसके कारण कुछ सोच समझ भी नहीं पा रहा, न ही आज अपने ऑफिस गया। बाकी लोगों को भी परेशानी तो हो ही रही होगी।"

"भाई साहब, अब कॉलेज-स्कूल जैसे संस्थान तो आबादी के बीच में ही खोले जायेंगे न!"

"पर उनके खोलने के कुछ तो नियम कायदे होंगे? ज़मीन लगेगी, मैदान लगेगा, कुछ खुला स्थान होगा, पार्किंग होगी। कॉलेज में पुस्तकालय और प्रयोगशालाएँ होंगी। आपने तो एक छोटे से घर में कॉलेज खोल लिया है। बच्चे भी परेशान होंगे और सभी कॉलोनी वाले भी, रोज ट्रैफिक जाम होगा सो अलग।"

जीवन श्रीवास्तव अब थोड़े औपचारिक हुए, "देखिये भाई साहब, विश्वविद्यालय ने अगर इस कॉलेज को संबद्धता दी है तो कुछ सोच समझ कर ही दी होगी। आपको अगर कुछ शिकायत हो तो विश्वविद्यालय से बात करें।"

जीवन नेतागिरी में आने से पहले विश्वविद्यालय में ही थे और वहाँ की सब तिकड़में जानते थे। वहाँ उनकी सेटिंग तगड़ी थी, देवाशीष ने कहा, "विश्वविद्यालय से तो खैर मैं पूछूँगा ही। पर इस रोज रोज के भयानक शोर और ट्रैफिक जाम से तो आपको ही हमें बचाना होगा। आप पार्किंग का इंतजाम कीजिये, नहीं तो हम लोगों का तो यहाँ रहना ही मुहाल हो जाएगा।"

"देखिये भाई साहब, कॉलोनी की व्यवस्था देखने के लिए नगर निगम है और ट्रैफिक सम्हालने के लिए ट्रैफिक पुलिस। बाकी मैं भी कुछ प्रयास करूँगा।" फिर उसने आगे जोड़ा, "पर भाई साहब, फिलहाल तो कॉलेज यहीं रहेगा।"

देवाशीष ने अंतिम कोशिश की, "आप शहर के बाहर ज़मीन लेकर भी अच्छा कॉलेज बना सकते हैं।"

"उसके लिए भाई साहब पैसा चाहिए। बच्चों को शहर से बांहर बुलाने के

लिए बड़ा इन्फ्रास्ट्रक्चर चाहिए। फिलहाल तो हम यहीं रहेंगे, आपके अच्छे पड़ोसी की तरह।''

देवाशीष ने कहा, ''ठीक है।''

उसके स्वर में एक चुनौती थी।

जीवन श्रीवास्तव ने एक अच्छे अंत की ओर बढ़ते हुए कहा, ''हम कोशिश करेंगे कि कॉलोनी वालों को बहुत परेशानी न हो। लीजिये, चाय लीजिये।''

देवाशीष का गुस्सा अभी ठंडा नहीं हुआ था। उसने उठते हुए कहा, ''जी नहीं, चाय फिर कभी। धन्यवाद।''

उसने पीठ फेरी ही थी कि एक ज़ोरदार ठहाका पड़ा। देराशीष ने पीछे मुड़कर नहीं देखा।

देवाशीष का रुटीन जो पहले बहुत सुंदर, मीठा और संगीतमय हुआ करता था अब एक कर्कश संगीत में बदला।

सुबह सुबह करीब पाँच बजे जीवन महाविद्यालय का चौकीदार रामसिंह अपनी पाँच हॉर्स पावर की मोटर चलाता जो सेकंड हैंड होने के कारण और बियरिंग घिस जाने के कारण, बहुत ही कर्कश शोर करती थी। भजनों या बिस्मिल्लाह खान की शहनाई के बदले देवाशीष मोटर की किर्र किर्र की भयानक आवाज से जागता। शुरू-शुरू में उसने एक दो बार चौकीदार से बात करने की कोशिश की, ''रामसिंह, तुम्हारी ये मोटर आवाज बहुत करती है।''

''भैया क्या करें, पुरानी है।''

''वो तो हम देख ही रहे हैं। सुबह के समय इसकी आवाज गूँजती भी बहुत है। इसे सुधरवाओ या बदलो।''

''भैया ये हमारे बस में नहीं। आप जीवन भैया से बात करो।''

जीवन का नाम आते ही देवाशीष को उसकी विद्रूप भरी हँसी याद आती थी। वे उससे नहीं मिले। मिलते तो भी कोई फायदा नहीं होता। मोटर सुबह एक घंटे, अपनी कर्कश आवाज में, वैसे ही चलती रही।

अभी ज़रा सा चैन मिलता ही था कि आठ बजे से लड़कों की मोटर साइकिलें आना शुरू हो जातीं। कॉलेज के पास आकर, विशेष कर लड़कियों के सामने, वे और करतब दिखाते। बाईक को तेज गति से लाकर अचानक चीं... की आवाज के साथ ब्रेक मारना, तेजी से एक्सीलरेटर देते हुए घूँ घूँ... की आवाज कर लड़कियों को आकर्षित करना, गोल गोल चक्कर मारकर बैलेंसिंग के खेल दिखाना इसमें शामिल था।

लगभग साढ़े दस बजे जब देवाशीष ऑफिस जाने के लिए घर से बाहर

निकलते तो अजीब नज़ारा होता। सामने वाले पार्क में लड़के लड़कियाँ जोड़ियों में बिखरे रहते, आसपास के ठेले पर लड़के हा-हा, हू-हू करते दिखते। चाय के साथ सिगरेट और गुटखे वाले भी आ खड़े हुए थे। अब सिगरेट का धुआँ, सिगरेट के बड्स और गुटखे के पाउच बड़ी मात्रा में उनके घर के आसपास पाये जाते।

कक्षा छूटने पर ढेर सारी मोटर साइकिलें सड़क पर आ जातीं। हर समय डर लगा रहता कि कोई बाईक सवार कट ना मार दे। मुहल्ले के घरों में काम करने वाली युवा बाईयों को, जो खुद भी अजीब तरह से झूलती हुई चलती थीं, कट मारना कॉलेज के लड़कों का फेवरिट पास्ट टाइम था, कभी कभी इससे गंभीर हादसे भी हो जाते।

शाम को वे लौटते तो ट्रैफिक अपने पूरे शबाब पर होता। बालकनी में बैठना तो वे पहले ही बंद कर चुके थे। स्मृति से कला और संगीत पर बातचीत भी अब लगभग बंद सी थी। वे कार्यक्रमों में अब भी कभी-कभी जाते थे पर संगीत को लेकर वह मिठास अब उनमें देखने न मिलती थी। रात में दस बजे के बाद ट्रैफिक का शोर कुछ कम हो जाता, तो वे पढ़ने बैठते और अकसर देर रात तक जागते रहते।

सुबह फिर, कॉलेज की पानी भरने वाली मोटर की आवाज, करीब पाँच बजे उनकी नींद तोड़ देती। इस तरह अकसर उनकी नींद पूरी नहीं हो पाती थी। अब वे एक सुंदर और मीठे व्यक्ति के बदले चिड़चिड़े और झुंझलाये व्यक्ति के रूप में बदलने लगे जिसका गुस्सा उसकी नाक पर रहता था।

उस इलाके में एक प्रमुख राजनीतिक पार्टी के नेता के कॉलेज का खुलना, उस कॉलेज में युवाओं का आना जाना और उसके प्रभाव क्षेत्र का विस्तार होना, एक और आदमी को नागवार गुज़रा था। वे थे त्रिपाठी जी। दुर्गा प्रसाद त्रिपाठी। देवाशीष के सामने वाले पार्क में नियमित रूप से गणेशजी और दुर्गाजी की स्थापना करना, भजन कीर्तन तथा भागवत के नियमित आयोजन करना तथा बीच बीच में सत्तासीन पार्टी का चुनाव अभियान चलाना उनका प्रमुख कार्य था। दुबली पतली काया, चेहरे पर बहुत पुराने चेचक के दाग, मोटे चश्मे में से झाँकती आँखें और उनमें से झाँकती चालाकी, जिसे अँग्रेज़ी में 'कनिंग नेस' कहा जाता है। आठ-दस लड़के उनके साथ भी रहा करते थे हालाँकि देवाशीष को कभी ये समझ नहीं आया कि वे लड़के करते क्या थे? त्रिपाठी जी खुद सचिवालय के किसी विभाग में काम करते थे।

तो जीवन श्रीवास्तव के बढ़ते प्रभाव का आकलन करने एक दिन त्रिपाठी समूह उनके घर पर इकट्ठा हुआ। एक लड़के ने शुरुआत करते हुए कहा, "भैया ये जीवन आजकल बहुत ऊँचा उड़ रहा है।"

त्रिपाठी ने कहा, "चिंता मत करो, उसके पर तो कभी भी कतर देंगे। तुम तो

ये बताओ कि हमें क्या करना है?''

''भैया जहाँ प्रतिमा बिठाते हैं वहाँ चबूतरा तो बना ही लिया है। पेड़ के नीचे एक शेड भी डाल लिया है। वहीं मंदिर का पक्का निर्माण करते हैं। एक तो मुहल्ले वालों के आने जाने की जगह बनेगी। फिर वार-त्यौहार भी मना सकते हैं।''

त्रिपाठी ने सहमति में सर हिलाया। एक दूसरे लड़के ने कहा, ''भैया, आप अगर पार्क अलॉट करवा लें तो हम मंदिर के साथ साथ स्कूल खोलने के बारे में भी सोच सकते हैं।''

त्रिपाठी जी को ये आइडिया पसन्द आया। उन्होंने कहा, ''ठीक है, मैं पार्षद जी से बात करूँगा। वे अपने आदमी हैं। अपने पास युवा कल्याण समिति है। उसी के नाम से पार्क अलॉट करवाते हैं। एक बार पार्क अपने हाथ में आ गया तो फिर दोनों काम हो जायेंगे।''

निर्णय लेने के बाद वे काम पर लगे। 'युवा कल्याण समिति' की ओर से आवेदन बनाया गया। पार्षद महोदय ने उनकी सिफारिश की और निगम की अगली बैठक में जनहित कार्यों के अंतर्गत सार्वजनिक कार्यों के लिए पार्क अलॉट कर दिया गया। वैसे तो जीवन श्रीवास्तव की निगाह भी पार्क पर थी, कि उसे भी खेल का मैदान बनाने के लिए पार्क चाहिए था। पर जीत त्रिपाठी जी की हुई। नगर निगम उनकी पार्टी के हाथ में था। उनकी सोसायटी को पार्क अलॉट कर दिया गया।

पार्क हाथ में आते ही जो पहला काम उन्होंने किया वह यह था कि पहले से बने कच्चे शेड को एक बड़े हॉल में बदला और पार्क को शादियों के लिए किराये पर देना शुरू किया। उन्हें उम्मीद थी कि इस तरह वे मंदिर निर्माण के लिए पैसा इकट्ठा कर पायेंगे। साथ ही मंदिर निर्माण के नाम पर चंदा इकट्ठा करना भी शुरू किया गया।

शहर का इतना विकास हो चुका था कि मध्य वर्ग या उच्च वर्ग के लोग भव्य होटलों या शादी गार्डन्स में शादी कर सकें। पर निम्न वर्ग या निम्न मध्य वर्ग अभी भी सार्वजनिक पार्कों पर निर्भर करता था। उन्होंने देवाशीष के सामने वाले पार्क को, जिसे प्रारम्भ में घर बनवाते समय देवाशीष के पिता ने अत्यंत शुभ माना था, बहुत पसन्द किया और उसे हाथों हाथ लिया। अब वहाँ आये दिन शादियाँ, जन्मदिन की पार्टियाँ और छोटे मोटे उत्सवों का आयोजन होने लगा। बाकी दिनों में त्रिपाठी जी विभिन्न धार्मिक आयोजनों में उसका उपयोग करते थे। इस बीच वहाँ एक छोटा सा मंदिर भी बन गया था।

कॉलेज के खुलने से देवाशीष का दिन का चैन तो पहले ही चला गया था। अब पार्क के सार्वजनिक प्रयोग, शादियों और मंदिर ने उनकी शाम-रात की बची

खुची शांति भी छीन ली।

अकसर अगले दिन की शादी के लिए रात में एक दो बजे के आसपास टेंट गाड़ना शुरू होता। पहले एक ट्रॉली रात करीब बारह बजे माल गिराने आती और फोल्डिंग टेबलों को पटकने, टेंट के पाइप्स को जोर जोर से पटकने और मजदूरों के हँसी ठट्ठे की आवाजें रात की तुलनात्मक शांति में गहरे आघात करतीं। फिर पाइप गाड़ने की प्रक्रिया शुरू होती। रात को एक बजे के आसपास, जब देवाशीष और स्मृति थक हार कर सोना चाहते तो पाइप पर, नियमित अंतराल पर घन की चोट की आवाज, टन्न...टन्न...टन्न, जैसे उसके दिमाग़ पर हथौड़े की चोट की तरह लगती। देवाशीष कई बार झुंझला कर मजदूरों को टोकने भी जाता।

"आप लोग इतना शोर कर रहे हैं। आसपास के लोग सो कैसे पायेंगे?"

मजदूर वैसे ही बीड़ी फूँकते, मोबाइल पर बात करते, हँसी ठट्ठा करते अपना काम करते रहते।

देवाशीष फिर कहता, "आपने सुना नहीं ये पाइप ठोंकना बंद करिये।"

"भाई साहब कल शादी है। अभी नहीं ठोकेंगे तो सुबह तक टेंट तैयार कैसे होगा?"

"मैं नहीं जानता। आप फिलहाल काम बंद करिये। आप लोग दिन में काम करियेगा।"

कहकर देवाशीष पलटता। मजदूर कुछ देर काम बंद रखते। फिर उनका सुपरवाइजर बाइक पर राउंड मारने आता।

"क्यों रे, काम क्यों बंद कर दिया?"

"भैया वो सामने वाले साहब मना कर रहे हैं।"

"अरे वो साहब की तो ऐसी तैसी... तुम काम जारी रखो। मैं उसे देख लूँगा।"

हथौड़े फिर चलने लगते। टन्न...टन्न...टन्न...

देवाशीष रात भर सो नहीं पाता।

सुबह उसके घर के दाहिनी ओर एक पानी का टैंकर खड़ा मिलता। जिसमें से पानी बहते बहते दोपहर तक घर के सामने किच किच मच जाती। पार्क के कोने में खाना बनाने की तैयारी शुरू होती और प्याज और मटर के छिलकों, आलू की कतरनों और पन्नियों, टिनों और बोरियों का ढेर लग जाता। जहाँ खाना बनता है वहाँ आवारा कुत्ते पहुँच ही जाते हैं। सो वे पहुँचते और धमाचौकड़ी मचाने लगते।

पर असली आफत यानी बारात आनी अभी बाकी रह जाती। नींद न होने के कारण दिन भर का चिड़चिड़ाया देवाशीष जब घर लौटता तो बारात आने का समय हो जाता। पार्क का मेनगेट उसके घर के सामने ही खुलता था। जैसे जैसे बारात गेट

की तरफ बढ़ती, बारातियों का जोश बढ़ता जाता। पहले गैस लाइटें, बैंड और डी.जे. पहुँचते और भयानक अफरा-तफरी मचा देते। जैसे यह काफी न हो अंतिम समय में ढोल वाले भी टूट पड़ते जो आग में घी का काम करते।

अब बैंड वालों की बेसुरी धुनें, डी.जे. का हज़ारों किलोवॉट का भद्दा और कर्कश गायन तथा ढोल वालों की आड़ी टेढ़ी बीट्स भयानक और वीभत्स किस्म का शोर पैदा करते। बारात आकर ऐन देवाशीष के घर के सामने रुक जाती। बाराती, विशेषकर युवा, जिनमें से अधिकतर नशे में होते, अब विभिन्न किस्म के नृत्य करते और दरवाज़े पर खड़ी लड़कियों को प्रभावित करने की कोशिश करते। डी.जे. अपने हाथ को की-बोर्ड पर घसीट कर अचानक ऐसे रोकता जैसे कोई तेज़ गति की कार अचानक स्क्रीचिंग साउंड के साथ ब्रेक लगाये। एक तीखी, असहनीय और कर्कश आवाज होती। फिर वह घोषणा करता 'बदन पे सितारे...' या 'बोलो तारा रा रा...' या 'नागिन डांस...' और पूरा बैंड अचानक नया गीत शुरू करता। उसी के साथ-साथ डांसिंग टीम भी नयी हरकत में आ जाती। धीरे-धीरे शर्ट की बटनें खुल जातीं और सीने से सीने टकराने लगते। बारात की लड़कियाँ भी थिरकती हुई, अपनी चिपकी हुई साड़ियों में से झाँकते, छुपे हुए सेक्सी अंदाज़ में डांस करने वाले लड़कों को घेर लेतीं। लड़कों का जोश थोड़ा और बढ़ जाता। तब फरमाइश पर नागिन डांस शुरू होता। रूमाल बाहर निकल आते और लड़के एक दूसरे के ऊपर झुक झुक कर, सीने से सीने टकराते हुए और बाँहों को हवा में थिरकाते हुए जोशीला नृत्य करने लगते। नशे और जोश में एक दो लड़कों का गिर जाना, पसीना पसीना होने के बाद छाती के सारे बटनों का खुल जाना, बाँधे हुए साफों का जमीन पर गिरना और एक दो लोगों का कोने में जाकर उल्टी करना जैसे अशोभनीय दृश्य प्रस्तुत होते ही रहते थे। पर लड़कों को इससे कोई फर्क नहीं पड़ता था। फिर क्लाइमैक्स में 'ये देश है वीर जवानों का...' बजता। लड़के फिर सीने से सीने टकराते और अश्लील इशारे करते। लड़कियों के खेमे से भी जानदार टिप्पणियाँ होतीं जो फुसफुसाहटों में बदल जातीं। लड़के नाचते ही रहते जब तक लड़की का बाप दूल्हे को अंदर नहीं ले जाता। और ये प्रक्रिया घंटों चल सकती थी। बहुत मान मनौव्वल के बाद दूल्हा घोड़े से उतरता और उसके उतरते ही ढोल वाले और ज़ोर से शुरू हो जाते। शादियों के सीज़न में ये हंगामा लगभग रोज़ बरपा होता।

मेहमानों की गाड़ियाँ, स्कूटर और बाइक्स पार्क को चारों ओर से घेर लेते। सड़क का नॉर्मल ट्रैफिक रुक जाता या बेतरतीब हो जाता। चीं-चीं, पीं-पीं, लड़ाई-झगड़ा, गाली-गुफ्तार, हुज्जत-मलामत के बीच अब खाना शुरू होता। डी.जे. अब पंडाल के भीतर शुरू होता और रात बारह बजे तक खाने पीने के साथ फिल्मी गानों का सिलसिला, हज़ारों वॉट के म्यूज़िक सिस्टम के साथ अबाध रूप से

चलता रहता। उन गानों को सुन सुन कर देवाशीष के कान पक गये थे और दिमाग़ सुन्न हो गया था।

मजे की बात ये थी कि शादी की समाप्ति के बाद भी शोर समाप्त नहीं होता। रात बारह बजे के बाद जब देवाशीष और स्मृति सोना चाहते तो टेंट खुलना शुरू होता। फिर वही पाइपों और टेबलों का पटका जाना, हथौड़े की टन्न...टन्न...टन्न, ट्रॉली के भरने की आवाज, मजदूरों का सामान्य हँसी ठट्ठा, रात भर गाड़ियों की आवाजाही और अनिवार्य रूप से एक दो लड़ाइयाँ, ऐसे में नींद क्यों आती?

सुबह उससे भी भयानक होती। सामने का पार्क जैसे युद्ध के बाद के मैदान में तब्दील हो जाता। चारों तरफ जूठे गिलासों, कागज़ की प्लेटों, प्लास्टिक के चम्मचों और जूठन का साम्राज्य बिखरा रहता, जो हवा के साथ उड़ उड़ कर देवाशीष के घर के सामने इकट्ठा हो जाता। जूठे और बासे खाने की गंध पूरे मोहल्ले में फैल जाती। स्वाभाविक रूप से वह आवारा कुत्तों और गायों तक पहुँच जाती जो टूटी हुई तार फेंसिंग के बीच से पार्क में घुस जाते। तब उनकी लड़ाई, भौं-भौं, कौं-कौं के बीच लगातार चलती। कुत्तों के जाने के बाद सुअरों का नंबर आता जो धमाचौकड़ी मचाने के बाद किसी पेड़ के नीचे टैंकर द्वारा पैदा गई गीली किचकिच में, विश्राम करने लगते थे।

ऐसे ही एक शाम पास की बस्ती की एक बारात आकर देवाशीष के दरवाज़े पर रुकी और लगभग एक घंटे तक रुकी ही रही। डी।जे। ने तमाम फूहड़ गानों की इंतिहा कर दी। नागिन डांस और बहारो फूल बरसाओ मेरा महबूब आया है से आगे बढ़कर बात, ये देश है वीर जवानों का... तक आई और सीने और बाँहें थरथराने लगे। उसी समय ढोल वाले बीच में कूदे और उन्होंने शोर तथा एकरसता को असहनीयता की हद तक बढ़ा दिया। देवाशीष अपनी बालकनी में बैठा था और बेचैनी से बारात के गुज़र जाने और शोर के कम होने का इंतज़ार कर रहा था। पर बारात आगे नहीं खिसकी बल्कि आतिशबाजों ने वहाँ धमाकेदार आतिशबाजी शुरू कर दी। वैसे देवाशीष शालीन आदमी था, पर जाने क्या हुआ कि उस दिन उसका दिमाग़ सनसना गया। वह सनसनाते हुए नीचे आया, बारात को चीरते हुए बीच में गया और गले की पूरी ताक़त लगाकर बोला, "बंद करो..."

पहले पहल किसी के समझ नहीं आया कि ये कौन आदमी है और क्या कर रहा है। लड़की वालों ने समझा कि शायद बारात की तरफ का ही कोई आदमी है जो गाना बदलने की आवाज लगा रहा है। लेकिन जब उसने ढोल वालों को धकियाते हुए डी.जे. के हाथ से माइक छीन लिया तो बारातियों को समझ में आया कि कोई बाहरी आदमी है। बारात के कुछ लड़के उसकी ओर लपके, "कौन है बे

मादर..."

अभी उस पर दो चार हाथ पड़ते कि इसके पहले बारात में कुछ बुजुर्गों ने उसे पहचान लिया।

"अरे जोशी जी आप? क्या बात है..."

"बात ये है कि आप करीब एक घंटे से मेरे घर के सामने भयानक शोर किये जा रहे हैं। इसे बंद करवाइये..."

लड़के थप्पड़ लगाने के लिए आतुर थे। बुजुर्गों ने उन्हें बचाते हुए कहा, "अरे अपने जोशी जी हैं। शोर से थोड़ा परेशान हो गये हैं। चलो बारात आगे बढ़ाओ..."

फिर वे देवाशीष को घेर कर उसे घर के भीतर कर आये। बैंड थोड़ी देर और बजा फिर बारात पार्क में प्रवेश कर गई।

देवाशीष रात भर ठीक से सो नहीं पाया। सुबह उठा तो हमेशा की तरह कचरे का ढेर सामने था जिसमें से उड़ उड़कर कचरा घर के भीतर आ रहा था। कुत्ते, गायें और सुअर सामने पार्क में प्रवेश कर चुके थे और उनकी भौं-भौं, खौं-खौं, मची हुई थी।

उसका पारा एक बार फिर सातवें आसमान पर चढ़ गया। उसने पैरों में चप्पल डाली और सीधे त्रिपाठी के घर पहुँचा। वे बरामदे में बैठे चाय पी रहे थे। उन्होंने चाय का कप रखा और हाथ मिलाने के लिए आगे बढ़ाया, "आइये आइये जोशीजी, आज सुबह सुबह कैसे..."

त्रिपाठी के चेहरे पर औपचारिक स्वागत के भाव थे। देवाशीष ने कुछ नहीं कहा, बस त्रिपाठी का हाथ पकड़ा और लगभग खींचते हुए कहा, "आप मेरे साथ आइये।"

पहले तो त्रिपाठी थोड़ा सकपकाये। फिर धीरे से हाथ छुड़ाकर बोले, "आप गुस्से में लग रहे हैं। कहाँ चलना है?"

"यहीं अपनी कॉलोनी के पार्क तक।"

देवाशीष उन्हें पार्क तक लाया और बोला, "देखिये, ये क्या है?"

त्रिपाठी ने कहा, "अब भाई साहब शादी ब्याह में कचरा तो हो ही जाता है।"

"कचरा हो ही जाता है का क्या मतलब? अगर हो जाता है तो आप साफ करवाइये। पैसा भी आप ही लेते हैं।"

"नाराज़ क्यों हो रहे हैं भाई साहब। मैं स्वीपर को देखता हूँ।"

अब देवाशीष का गुस्सा फट पड़ा।

"मैं नाराज़ भी न होऊँ? दो रातों से यहाँ टेंट को ठोकने और निकालने की

टन्न...टन्न मची हुई है, कल शाम बारात और मोटरगाड़ियों ने भारी अफरा तफरी मचायी। रही सही कसर डी.जे., ढोल वालों और आतिशबाजों ने पूरी कर दी। अब सुबह-सुबह गंदगी और कचरे के ढेर मेरे घर के सामने लगे हुए हैं। कचरा उड़ उड़ कर मेरे घर में घुसा जा रहा है। इस सबके लिए कौन ज़िम्मेदार है? आप। मगर आप ज़िम्मेदारी लेने के बदले कह रहे हैं मैं गुस्सा न होऊँ। मुझे कम से कम नाराज़ तो होने दीजिये।''

त्रिपाठी मंजा हुआ खिलाड़ी था। उसने देवाशीष की नाराज़ी का बहुत बुरा नहीं माना कहा, ''अरे भाई साहब आप तो हमारे मोहल्ले के सिरमौर हैं। मगर आप हैं बहुत सेंसिटिव। मैं देखता हूँ सफाई वाले को। आप घर जाइये, चाय वाय पीजिये...।''

देवाशीष अभी घर जाने को मुड़ा ही था कि मोहल्ले के घरों में काम करने वाली दो तीन बाईयाँ, हाथ में कचरे से भरी प्लास्टिक की थैलियाँ लेकर गुज़रीं। उन्होंने इधर उधर देखा और फिर हाथ घुमाकर कचरे की थैलियों को वहीं पार्क के कोने में फेंक दिया। वे रोज सुबह ऐसा करती थीं और देवाशीष रोज़ रात में, लोगों की आँख चुराकर कचरा इकट्ठा करता था और उसे आग लगाता था। कचरा इकट्ठा करने की कोई खास व्यवस्था मोहल्ले में नहीं थी।

देवाशीष ने उन बाईयों को गुस्से से देखा पर बोला कुछ नहीं। उनमें से एक ने कहा, ''देखो तो कैसे घूर रहा है जैसे खा ही जाएगा।''

दूसरी ने कहा, ''चलो, चलो इसकी तो रोज़ की टोका-टाकी की आदत है।''

उन्होंने देवाशीष को देखकर एक चिढ़ाने वाली हँसी, हँसी और अपने झूलते हुए अंदाज़ में आगे बढ़ गईं।

देवाशीष ने पूरे परिदृश्य पर एक उचटती सी निगाह डाली और घर के भीतर आ गया। उसके जीवन से संगीत गायब हो गया था। कचरा और शोर, बस यही बाकी रह गया था।

देवाशीष कुछ सोचता सा आकर अपनी बालकनी में बैठ गया।

आज स्मृति भी उसके पास आ बैठी। कुछ देर चुप रहने के बाद उसने कहा, ''सुनो आशीष, मैं तुम्हारा कष्ट समझती हूँ।''

देवाशीष की आँखों में अनायास ही आँसू छलछला आये। उसने कहा, ''कितना शांत और सुंदर था हमारा घर। छोटा सा लेकिन संगीतमय था हमारा संसार। पर अब इस भयानक शोर ने हमें चारों ओर से घेर लिया है। न मैं कुछ पढ़ पाता हूँ और न ही एकाग्र रह पाता हूँ। संगीत तो जैसे बहुत दूर हो गया है। मैं विरोध

करता हूँ पर जीतना मेरे बस में नहीं लगता। यह बेबसी मुझे और निराश तथा हताश करती है। हम ऐसे ही शहर बनाते चले जा रहे हैं। विकास के नाम पर बेतरतीब आबादी, ट्रैफिक, भयानक शोर। मैं कुछ भी सोच समझ नहीं पाता। एक अनबूझ सा गुस्सा मन में लगातार बना रहता है, एक थकान सी तारी रहती है, हमारा समाज क्या ऐसे ही थके और चिड़चिड़े लोगों का समाज नहीं बन गया है...''

स्मृति ने उसे समझाते हुए कहा, ''देखो आशीष, मैं देख पाती हूँ कि तुम कितने बदल गये हो और हमारा वातावरण भी बेहद तेज गति से बदल रहा है। मैं खुद भी इस शोर से परेशान हूँ। पर मैं तुम्हें इस तरह घुल घुल के खत्म होते देखना नहीं चाहती। तुम विरोध करो। पर अकेले नहीं। ऐसे तो तुम कभी जीत नहीं पाओगे। तुम मोहल्ले के और लोगों को भी साथ लो। आखिर वे भी तो परेशान होंगे। तुम उनसे और अपने दूसरे दोस्तों से बात क्यों नहीं करते?''

देवाशीष को ये बात कुछ समझ में आई। उसने ऑफिस पहुँचकर पहला काम ये किया कि एक महीने की छुट्टी ली। फिर वह दोस्तों से संपर्क में लगा।

सबसे पहले उसने अपने मित्र डी.आई.जी.। दाते से बात की। वे कला संस्कृति में रुचि रखते थे, ग़ज़लें लिखते थे और कभी कभी म्यूज़ियम भी आते थे।

वे बहुत प्रेम से मिले। नमकीन काजू के साथ उसे चाय पिलाई। फिर पूरी बात सुनकर कहा, ''देखिये जोशी जी। आप मेरी बात मानें, तो अपना घर बदल लें।''

''जी?''

''मेरी तो यही सलाह है। मैं त्रिपाठी पर थोड़ी सख्ती कर सकता हूँ–पर वह नगर निगम की परमिशन दिखा देगा। ज्यादा कहेंगे तो पार्टी के पास चला जाएगा और वहाँ से फोन आ जाएगा। जीवन श्रीवास्तव को हम थोड़ा हड़का सकते हैं, पर उसके ऊपर भी एक बड़े नेता का हाथ है। वे सत्ता में नहीं हैं पर प्रदेश में खूब दखल रखते हैं। अगर उनका फोन आ गया तो सख्त एक्शन उस पर भी नहीं होगी।''

''मतलब मैं ही सबसे कमज़ोर आदमी हूँ? मैं अपने पिता द्वारा बनवाये घर में शांति से नहीं रह सकता? इस घर से मेरे जीवन की स्मृति जुड़ी हुई है। मैंने कोई ग़लती भी नहीं की है। त्रिपाठी और जीवन दोनों ही मुहल्ले की शांति और व्यवस्था भंग कर रहे हैं, मुझे दबा धमका रहे हैं पर आप मुझे ही सलाह दे रहे हैं कि मैं घर बदल लूँ? मैं घर क्यों छोड़ूँ?''

''देखिये जोशी जी, आप इमोशनल तरीके से सोच रहे हैं, मैंने तो आपको वास्तविकता बताई है। मैं इन दोनों को जानता हूँ। दोनों हद दर्जे के कमीने हैं। आपके कहने से मैं उन्हें फोन ज़रूर करूँगा पर ज़्यादा कुछ होगा इसकी उम्मीद मत

रखियेगा। आप दो तीन काम और कर सकते हैं। क्योंकि कॉलेज का मामला है, उसकी शिकायत आप यूनिवर्सिटी में करिये। वे कुछ एक्शन ले सकते हैं। दूसरे, अगर किसी मीडिया वाले को जानते हैं तो उससे बात करिये। शायद मीडिया के प्रेशर से कुछ बात बने। अपने मुहल्ले वालों से बात कर एक शिकायत मुझे भी भेजिये। मैं देखता हूँ क्या कर सकते हैं।''

देवाशीष समझा। चोरी, मर्डर, बलात्कार, रोड साईड क्राइम, राजनीतिक दबाव और उपकारों से दबी पुलिस के लिए शोर कोई बड़ी समस्या नहीं थी। नागरिकों के जीवन में गिरावट और प्रसन्नता का लोप तो ऐसे दार्शनिक सवाल थे जो उन्हें छू तक नहीं गये थे। पर खुद उसने अपने प्रयास नहीं छोड़े।

देवाशीष मुहल्ले के एक पत्रकार बंधु को जानता था। वे भी गाहे बगाहे उससे मिलते रहते थे। कभी म्यूज़ियम की गतिविधियों को कवर करने, कभी विज्ञापन लेने, वे आते ही रहते थे। देवाशीष ने उन्हें फोन किया, उधर से आवाज आई, ''कैसे हैं भाई साहब? मैं खुद भी आपसे मिलना चाह रहा था।''

''आइये, एक कप कॉफी पियेंगे।''

पत्रकार तिवारी, देवाशीष से मिलने पहुँचे। देवाशीष ने उन्हें पूरी बात सुनाई जो उन्होंने पूरी गंभीरता से सुनी। बीच बीच में जीवन श्रीवास्तव और त्रिपाठी जी के बारे में भी कुछ किस्से सुनाये, चटखारे लिए। फिर देवाशीष से सहमत होते हुए कहा, ''सर, वाकई है तो बड़ी परेशानी। आजकल सामान्य नागरिकों की सुविधा का तो कोई ध्यान ही नहीं रखता। मैं इसके बारे में कुछ और जानकारी इकट्ठी करता हूँ। दोनों की फाइल बनाते हैं। एक बिल्कुल नई तरह की खबर बनेगी।''

पत्रकार मित्र ने नगर निगम से जीवन की बिल्डिंग का नक्शा निकलवाया और त्रिपाठी को दी गई अनुमति की कॉपी प्राप्त की। यूनिवर्सिटी से कॉलेज का रिकॉर्ड निकाला। भीड़ और अफरा-तफरी के फोटो खींचे। इस तरह एक भारी भरकम फाइल तैयार हो गई। वह बीच बीच में देवाशीष को बताता रहता।

''देखिये भाई साहब, जीवन ने नगर निगम से प्राप्त अनुमति से दोगुना कंस्ट्रक्शन कर लिया है।'' या ''यूनिवर्सिटी ने इसे तीस सीटें ही दी थीं पर इसने एक सौ बीस बच्चे भर लिए हैं।'' या ''ये फोटो देखिये, साफ साफ पब्लिक न्यूसेंस का केस बनता है।'' या ''त्रिपाठी को जनहित के कार्य संपादित करने की अनुमति मिली है, पार्क में शादियाँ कराने की या उसका कमर्शियल उपयोग करने की नहीं।'' या ''इन दोनों की तो मैं ऐसी खाट खड़ी करूँगा कि इन्हें मज़ा आ जाएगा।''

देवाशीष जीवन श्रीवास्तव की खाट खड़ी होने का इंतज़ार करता रहा, पर

जब वह खड़ी होती नहीं दिखी तो उसने अखबार के सीनियर एडिटर से संपर्क किया। उसने हँसते हुए बताया, "आप भी भाई साहब कहाँ लगे हैं? तिवारी ने तो वह फाइल जाकर जीवन को ही दिखा दी और कहा कि आप उसके खिलाफ ये रिपोर्ट छपवाना चाहते हैं। सुनने में आया है कि जीवन ने उसे रोकने के लिए पचास हज़ार रुपये दिए हैं और आगे मदद करने का वादा भी किया है। उस रिपोर्ट को तो आप भूल ही जाइये।"

देवाशीष ने गुस्से में तिवारी को फोन किया। उधर से 'आउट ऑफ कवरेज एरिया' वाला संदेश आता रहा। फिर वह नंबर ही अस्तित्त्व में नहीं रहा।

देवाशीष ने फोन करना बंद कर दिया।

अब अंतिम उम्मीद के रूप में उसने विश्वविद्यालय का रुख किया। रजिस्ट्रार से उसका हल्का सा परिचय था। उन्होंने उसे पर्याप्त सम्मान दिया। ये उसकी वरिष्ठता और अकादमिक समझ का सम्मान था। पूरी बात सुनकर उन्होंने कहा, "नियम तो भाई साहब शासन बनाता है। हम तो सिर्फ संबद्धता देते हैं। संबद्धता समिति से कॉलेज की रिपोर्ट ठीक आई होगी–तो उसे संबद्धता दे दी गई होगी।"

"ये कैसे नियम हैं कि एक रिहायशी कॉलोनी के बीचोबीच, छोटे से मकान में कॉलेज खोल दिया जाये। छोटे छोटे कमरों में जहाँ क्लास रूम बनाये गये हैं शायद दस बच्चे भी न बैठ पायें। प्रैक्टिकल लैब्स कहाँ बनायेंगे, स्पोर्ट्स कहाँ करायेंगे, मैदान कहाँ है? यहाँ तक कि पार्किंग भी नहीं है।"

"ऐसा करिये कि आप लिख कर दे दीजिये। हम जाँच करवायेंगे। वैसे तो कॉलेज तीन साल तक किराये की बिल्डिंग में रह सकता है। फिर भी देखते हैं..."

देवाशीष नहीं जानते कि जांच क्या और कैसे हुई और उसके परिणाम क्या निकले। एक कमिटी आई तो थी। सुनने में आया कि उसकी भारी आव-भगत की गई थी और जाते समय प्रत्येक सदस्य को एक-एक लिफाफा भी पकड़ाया गया था। हाँ, वे इतना जानते हैं कि कॉलेज वहीं का वहीं रहा था और शोरगुल तथा आमद रफ्त बढ़ती ही गई थी। इतना कि अब सुबह के वक्त भी सड़क पर निकलना मुहाल हो गया था।

एक पूर्व प्रधानमंत्री के बारे में कहा जाता था कि वे देखना है, देखते हैं, हम देखेंगे जैसे जुमलों से सरकार चलाते थे। वे सब जुमले अब नीचे तक आ गये थे। हर आदमी देख रहा था, कर कुछ भी नहीं रहा था।

अब दाते साहब की आखिरी सलाह के रूप में देवाशीष ने एक इलेक्ट्रॉनिक चैनल को बुलाना तय किया।

वे सड़क पर खड़े बेतरतीब पार्किंग और कॉलेज की वीडियोग्राफी करवा रहे थे। उसी समय कॉलेज की तरफ से चार छः गुंडे टाइप के लड़के सड़क पर आये। जीवन पीछे दालान में खड़ा देख रहा था। लड़कों ने देवाशीष से कुछ नहीं कहा पर कैमरे वाले का कॉलर पकड़ कर कहा, "क्या कर रहा है बे मादर..."

"मैं गुलबहार चैनल से हूँ। आपके कॉलेज की वीडियो रिपोर्ट बना रहा हूँ। आप ज़रा ज़बान सम्हाल कर बात करिये।"

उसका इतना कहना था कि दो लड़कों ने आगे बढ़कर कहा, "हमें तमीज़ सिखाता है बे मादर..."

उन्होंने उसका कैमरा छीना और ज़मीन पर पटक दिया। उसके साथी ने बचाव की कोशिश की पर उसके गाल पर ऐसा झन्नाटेदार झापड़ पड़ा कि वह ज़मीन पर गिर पड़ा। कैमरे वाले को भी जमीन पर पटका गया और तबियत से लात घूँसों से पिटाई की गई। किसी ने कहा, "भागो भोसड़ी के। फिर कभी यहाँ दिखे तो टाँगें तोड़ देंगे..."

फिर लड़कों ने देवाशीष की ओर आँखें तरेर कर देखा, बाइक पर किक मारी और कॉलेज से निकल लिए। देवाशीष सड़क पर अकेला खड़ा था। लड़कों का एक और समूह खुली जीप में निकला, उसने वीभत्स हँसी हँसते हुए उसके आसपास दो तीन बार जीप घुमाई, लगा कि उसे टक्कर न मार दें, पर बार बार सफाई से जीप या तो उसके पास आकर रुकती या बगल से छूती हुई निकल जाती।

उसे धमकी दे दी गई थी।

शाम को बाकायदा उसके लेटर बॉक्स में एक अनाम पत्र मिला, "अब तक तो हमने समझाइश से काम लिया है। अब आप तय करें कि आपको कहाँ तक जाना है। बहुत पुलिस, मीडिया, यूनिवर्सिटी कर रहे हो। सोच लो, जितना आगे जाओगे अंजाम उतना ही बुरा होगा।

आपके शुभचिंतक"

देवाशीष समझ गया। ये उसी सुसंस्कृत व्यक्ति की भाषा थी, जो कॉलेज चला रहा था। उसने इस पत्र और दिनभर के घटनाक्रम के आधार पर एफ.आई.आर. भी की। पर लड़कों को ढूँढ़ा नहीं जा सका और पत्र को पर्याप्त सबूत नहीं माना गया। इस तरह जाँच एक दो बार की पुलिस पूछताछ से आगे नहीं बढ़ सकी।

अब भय और ज़िद, दोनों ने ही देवाशीष के दिल में आकार लिया।

पर फिर ज़िद ने भय पर विजय पाई।

देवाशीष और वीडियो टीम की कॉलेज के साथ झड़पकी खबर मोहल्ले भर में फैल गई थी और अधिकतर लोगों की सहानुभूति देवाशीष के साथ थी। लगभग

सभी लोग कॉलेज के लड़कों की धमा-चौकड़ी से परेशान थे और कुछ करना चाहते थे।

ऐसे माहौल में देवाशीष ने मुहल्ले के कुछ वरिष्ठ व्यक्तियों को चाय पर अपने घर बुलाया। उनमें से एक रिटायर्ड वरिष्ठ प्रशासक थे जिन्होंने रिटायरमेंट के बाद शांति से रहने के लिए इस मोहल्ले में घर बनवाया था, एक बिल्डर थे, एक बैंक के सीनियर अधिकारी थे, और एक प्राचार्य थे। वे सभी जीवन के उस मुकाम पर थे जहाँ आदमी शांति से रहना चाहता है और देश का संविधान उन्हें ऐसा करने की इज़ाज़त देता था। देवाशीष का घर, कॉलेज और पार्क के सबसे निकट, कोने पर था और सबसे ज्यादा वही प्रभावित भी था। उसे आश्चर्य नहीं हुआ जब सबने कहा कि वे भी खासे परेशान हैं, सबने देवाशीष की बात ध्यान से सुनी। विशेषकर उस घटना के बारे में जो अभी अभी घटी थी।

प्राचार्य जी ने कहा, "ऐसा या इससे बुरा हमारे साथ भी हो सकता है। हमें विरोध करना चाहिए।"

बैंक के सीनियर अधिकारी ने कहा, "देखिये किस कदर मुहल्ले में लड़के लड़कियाँ बिखरे रहते हैं। कुछ तो मेरे पास के मकान में किराये से रहने लगे हैं। वे किसी की नहीं सुनते। देर रात उनकी पार्टी शुरू होती है। जोर-जोर से म्यूजिक सिस्टम बजता है। जाने कहाँ कहाँ से लड़के लड़कियाँ इकट्ठे होते हैं। आप आपत्ति करें तो मारपीट पर उतारू हो जाते हैं, और देखिये भाई साहब, कुछ ग़लती तो हमारे मोहल्ले वालों की भी है। थोड़े से पैसों के लालच में चार-चार, छः-छः लड़कों को किराये पर रख लिया है। यह नहीं देखते कि पड़ोसियों को क्या परेशानी होगी।"

बिल्डर ने कहा, "आप कहें तो मैं पार्षद से या विधायक जी से बात करता हूँ। मेरे उनसे अच्छे संबंध हैं। हम लोग मीडिया में भी जा सकते हैं।"

तब देवाशीष ने उन्हें पुलिस, मीडिया और यूनिवर्सिटी जाने वाले किस्से सुनाये। उसने कहा, "शायद हमें कुछ और करना पड़ेगा।"

अब वरिष्ठ प्रशासक ने कहा, "मेरी मानें तो हमें मानवाधिकार आयोग चलना चाहिए। वह सब एजेंसीज़ से निबट लेगा।"

सबको ये सलाह पसन्द आई। देवाशीष को ही ये ज़िम्मेदारी दी गई कि वह आवेदन बनाये और सपोर्टिंग डाक्यूमेंट्स इकट्ठा करे। पूरी फाइल के साथ आयोग को एप्लीकेशन दी जाये। कॉलेज को वहाँ से हटाने और पार्क में शादियाँ बंद करने की माँग की जाये।

देवाशीष ने ये काम एक हफ्ते में कर दिया।

करीब एक महीने बाद आयोग से तारीख मिली।

बिल्डर को उसी दिन किसी प्रोजेक्ट के लाँच पर जाना था। प्राचार्य जी की नातिन का जन्मदिन था। बैंकर की कोई ज़रूरी मीटिंग थी और वरिष्ठ प्रशासक का बेटा बाहर से आ रहा था। देवाशीष को उनसे ये सारे ज़रूरी काम छुड़वाने के लिए बड़ी मेहनत करनी पड़ी। उसने सभी से कहा–शोर भी उतना ही ज़रूरी मुद्दा है। अब हमें कुछ तो समय इसे देना ही पड़ेगा। सौभाग्य से पाँचों बुद्धिजीवी एकमत हो गये। वे तय समय पर आयोग कार्यालय पहुँच गये। आज स्मृति भी उनके साथ गई थी, यह सोचकर कि शायद महिला होने के नाते उसकी बात ज्यादा गंभीरता से सुनी जाये।

देवाशीष को आयोग बहुत ही अवसादपूर्ण जगह लगी। रजिस्ट्रार के ऑफिस में, किसी भी सरकारी ऑफिस की तरह, फाइलों का अंबार लगा था। कुछ थके हुए बाबू कुर्सियों पर ऊँघ रहे थे। कुछ सरकारी अफसर फाइलों के पुलिंदे के साथ अनावश्यक रूप से, इधर से उधर हो रहे थे। नाम से तो लगता था कि आयोग, सभी मानवों के अधिकारों की सशक्त लड़ाई लड़ता होगा। या कम से कम उन अधिकारों की रक्षा तो करता ही होगा। पर हकीकत में वह सरकार के बचाव के लिए खड़ा किया गया एक आवरण था जो कभी कभी सरकार की आलोचना कर दिया करता था कि न्याय का आभास होता रहे। आयोग के अध्यक्ष एक रिटायर्ड जज साहब थे जो सरकार से निकटता के चलते ये पोस्टिंग पा गये थे। उसकी एक सदस्य एक वरिष्ठ प्रशासक की पत्नी थीं जो मुस्कराते रहने के अलावा और कोई काम नहीं करती थीं। अपनी मुस्कराहट के पीछे से वे कभी कभी अप्रत्याशित रूप से गुस्सा हो जाया करती थीं। ये उनका अपनी उपस्थिति दर्ज कराने का तरीका था। तीसरे सदस्य इतने अनजाने थे कि उन्हें कोई नहीं जानता था, पर कहते हैं कि सारा काम वही संचालित करते थे।

आयोग ने जीवन श्रीवास्तव को भी नोटिस भेजा था। कार्रवाई शुरू हुई तो वे पाँच वरिष्ठ नागरिक एक तरफ और जीवन दूसरी ओर खड़े थे। वरिष्ठ नागरिक चिंता में थे और जीवन रिलैक्स्ड था, जबकि होना उल्टा चाहिए था।

देवाशीष ने अपनी बात पूरे धैर्य और बगैर उत्तेजना के, आयोग के सामने रखी। उसने कॉलेज और पार्क की शादियों से होने वाले शोर और कष्ट का ब्यौरा दिया। फोटोग्राफ प्रस्तुत किये। बताया कि वह मूलतः एक संगीतकार है और पिछले दो तीन वर्षों से शोर के कारण बहुत परेशान है। उसका सामान्य जीवन, लिखना–पढ़ना, संगीत–वादन, इससे गहरे प्रभावित हो रहा है यहाँ तक कि रुक सा गया है। उसके साथ आये सभी वरिष्ठ नागरिक और पूरा मोहल्ला इस भयानक शोर और अव्यवस्था से परेशान हैं और असल में तो यह उनके मानव अधिकारों का हनन है। आयोग से कुछ किये जाने की प्रार्थना है।

वरिष्ठ प्रशासक ने कहा कि पार्क में भी आये दिन शादियाँ होती हैं जिनसे शोर तो होता ही है, ट्रैफिक जाम की स्थितियाँ भी बनती हैं। कॉलोनी की सड़कें संकरी हैं, वे इतना ट्रैफिक नहीं झेल सकतीं, शादियों के समय तो घर से निकलना मुश्किल हो जाता है। ऊपर से मंदिर भी वक्त-बेवक्त भजन बजाता ही रहता है

अब आयोग अध्यक्ष ने वरिष्ठ प्रशासक की पत्नी की ओर देखकर कहा, ''ये कॉलेज है तो ग़लत जगह पर। एक बार मैं खुद उसके सामने ट्रैफिक जाम में फँस गया था।''

वरिष्ठ प्रशासक की पत्नी ने, जो आयोग की सदस्य थीं, मुस्कराते हुए कहा, ''सर, शोर की समस्या बढ़ती ही जा रही है। हमारे घर के पास भी एक मोटर मेकैनिक ने गैराज खोल लिया है। दिनभर ठोकापीटी चलती रहती है। मैंने साहब से कहा था कि इसे हटवाइये पर अभी तक गैराज हटा नहीं है।''

अब अध्यक्षजी ने जीवन से कहा, ''आपने पूरे मोहल्ले को परेशान कर रखा है। आप इस बारे में कुछ कहना चाहते हैं?''

''जी सर, ये शिकायत झूठी है। कॉलेज व्यवस्थित रूप से चल रहा है। हम पार्किंग भी बना रहे हैं।''

''आपकी व्यवस्था मैंने खुद देखी है। वह पर्याप्त नहीं है, आप पार्किंग जल्दी से जल्दी बनवाइये, और छात्रों को नियंत्रण में रखिये। गार्ड्स की व्यवस्था करिये। कॉलोनीवासियों की सुविधा का ध्यान रखिये। हम आपको नोटिस भेज रहे हैं। पंद्रह दिन में जवाब दीजिये।''

''जी सर।''

अब अनजाने सदस्य ने कहा, ''सर यूनिवर्सिटी और नगर निगम को भी नोटिस भेज देते हैं।''

''हाँ, भेजिये।''

इसके बाद उन्होंने देवाशीष की ओर कुछ इस तरह से देखा कि हो गया भाई, अब जाइये। देवाशीष, जो न्यायिक प्रक्रिया को नहीं जानता था, ने हिम्मत करके पूछा, ''सर, इस समस्या का निराकरण कब तक हो जाएगा?''

अध्यक्षजी ने कुछ झुंझलाहट के साथ कहा, ''देखिये, नोटिस भेज तो रहे हैं। सबको बुलवाते हैं।''

फिर जैसे उन्हें याद आया हो, उन्होंने अनजाने सदस्य से कहा, ''शासन को भी नोटिस भेजिये। वे बतायें कि कॉलेज खोलने के नियम क्या हैं?''

''यस सर।''

कार्यवाही समाप्त हो गई। जीवन तो पहले ही बाहर जा चुका था। वरिष्ठ नागरिकों को भी अपने अपने ऑफिस या घर लौटने की जल्दी थी। सबको अपने

अपने काम थे। देवाशीष सबसे आखिर में निकला। निकलते निकलते उसने एक बार पलट कर देखा। न जाने क्यों उसे लगा कि आयोग के सदस्य पोपले हैं, नख दंत विहीन। उनसे ज्यादा कुछ होने वाला नहीं है।

वैसा ही हुआ, तारीखों पर तारीखें पड़ती रहीं। नोटिस भेजे जाते रहे। शासन ने कहा कि उसके नियम स्पष्ट हैं, कॉलेज को उनका पालन करना चाहिए। वे देखेंगे कि ऐसा क्यों नहीं हो रहा है। यूनिवर्सिटी ने कहा कि उसका काम संबद्धता देना है और संबद्धता देने वाली निरीक्षण समिति की रिपोर्ट पॉजिटिव् थी इसलिए संबद्धता दी गई। फिर भी मानव अधिकार आयोग ने कहा है तो वे एक बार फिर दिखवायेंगे। नगर निगम ने कोई जवाब नहीं दिया। कहते हैं कि जीवन एक दिन ब्रीफकेस लेकर निकला था और सब लोगों से मिल आया था। उसके बाद सभी जगह से उचित जवाब आ गये।

शोर का स्तर वैसा ही रहा। बल्कि बढ़ गया। आयोग की कार्यवाही या यों कहें कि निष्क्रियता के बाद, जीवन और त्रिपाठी के हौसले कुछ और बुलंद हो गये। मीडिया में कुछ छिटपुट खबरें आईं, फिर वे भी बंद हो गईं।

एक बार फिर देवाशीष वहीं आम के पेड़ के तले अपनी बालकनी में बैठे।

देवाशीष ने स्मृति से पूछा, "अब?"

स्मृति कुछ देर चुप रही फिर उसने जवाब दिया, "एक बार सूरज भैया से पूछ लें?"

"ठीक है। पर उनसे तुम्हीं बात करो। वे तुम्हारी सितार के बड़े प्रशंसक हैं।"

सूरज एक विचित्र व्यक्ति थे। उनका पूरा नाम सूर्यप्रताप सिंह था। सबसे पहले तो वे एक ऐसी पार्टी के कार्यकर्ता थे, जिसे सामान्यतया मनुष्यता के पक्ष में, संघर्षों के पक्ष में खड़ा माना जाता है। उन्हें अकसर धरनों और जुलूसों में लीड करते देखा जा सकता था। दूसरे वे साहित्य और संगीत के भी अनन्य प्रेमी थे। संगीत ही उनके, स्मृति और देवाशीष के बीच की कड़ी था, जो उन्हें आपस में जोड़ता था। वे अकसर उनके कन्सर्ट में पहुँचते, उन्हें ध्यान से सुनते और फिर संगीत पर बात करते।

स्मृति के फोन करने पर वे अगले दिन ही आ पहुँचे। पूरी बात सुनकर उन्होंने कहा, "पार्टनर ये दोनों, त्रिपाठी और जीवन, हद दर्जे के कमीने इंसान हैं। ये समझाने से नहीं समझेंगे। इनका इलाज दूसरा है, पर वह आप कर नहीं सकते।"

देवाशीष ने कहा, "तो सूरज भाई आप ही कुछ करिये या रास्ता बताइये।"

"अब इस समय तो हमारी पार्टी इराक पर अमेरिकी हमले के विरोध में लड़

रही है। फिर मैं कल बाज़ारवाद के विरोध में होने वाली नेशनल कॉन्फ्रेंस के लिए हैदराबाद निकल रहा हूँ। वहाँ से लेखकों के एक सम्मेलन में कलकत्ता जाना है...''

देवाशीष ने कुछ क्षोभ के साथ कहा, ''आप इराक-अमेरिका करेंगे। तमाम सम्मेलन और कॉन्फ्रेंस करेंगे। पर आपको अपना मरता हुआ शहर नहीं दिखता? उसका भयानक शोर और कचरा आपको विचलित नहीं करता? आप उसके खिलाफ कब लड़ेंगे...''

सूरज ने देवाशीष की इस चुनौती को स्वीकार नहीं किया। उन्होंने हँसते हुए कहा, ''पार्टनर आप बहुत सेंसिटिव आदमी हैं। संगीत वालों को होना भी चाहिए। चलिए मैं एक काम करता हूँ। मैं कुछ लोगों को इकट्ठा करता हूँ। आप शोर की समस्या पर बोलने आइये। फिर देखते हैं आगे क्या होता है? अगला रविवार ठीक रहेगा?''

देवाशीष का गुस्सा अभी ठंडा नहीं हुआ था, ''आपका मतलब है आदमी को सेंसिटिव नहीं होना चाहिए। हमारे बड़े शहरों के आदमियों की तरह उसे सतत तनावग्रस्त, भागते-दौड़ते, शोर के भयानक दबाव में रहे आना चाहिए या छोटे शहरों की बहती खुली नालियों, गंदगी और कचरे के बीच रहना सीख लेना चाहिए। व्हाट डू यू मीन बाई वेरी सेंसिटिव? आइ जस्ट वांट टू बी अ नॉर्मल ह्यूमन बींग।''

स्मृति ने कहा, ''आशीष अब सूरज भैया मदद कर तो रहे हैं। तुम अगले रविवार को जाओ। वहाँ अपनी पूरी बात कहना।''

''ठीक है, चला जाऊँगा।''

सूरज ने उठते हुए कहा, ''तो ठीक है। अगले रविवार को शाम पाँच बजे। गाँधी भवन में...''

अपनी आदत के मुताबिक देवाशीष ने भाषण के लिए अच्छी तैयारी की। उसने अपने पूरे अनुभव को कागज पर समेटा और एक प्रेजेंटेशन बनाया, ध्वनि के प्रकारों और स्तर का अध्ययन किया, उसने मनुष्य के स्वास्थ्य पर होने वाले प्रभावों को जाँचा और भारत में शोर के खिलाफ चल रहे कैंपेन तथा कानूनों की विस्तृत जानकारी प्राप्त की।

सूरज ने लोगों को आमंत्रित करने का काम अच्छी तरह किया था और देवाशीष का भाषण सुनने काफी लोग उपस्थित थे। उनमें कॉलेज के प्रोफेसर, छात्र, घरेलू महिलाएँ, अफसर, खुद सूरज के मोहल्ले के लोग, पार्टी कार्यकर्ता, कलाकार तथा रचनाकार शामिल थे। सूरज ने देवाशीष का परिचय दिया और फिर देवाशीष ने अपना भाषण शुरू किया, ''दोस्तो, आज मैं जिस विषय पर आपसे बात करना चाहता हूँ उसे आप सब जानते हैं, महसूस भी करते हैं, परेशान भी हैं पर उसके बारे

में कुछ करते-धरते नहीं। जैसा कि सूरज भाई ने आपको बताया मैं आपसे शहर में बढ़ते शोर के बारे में बात करना चाहता हूँ। वैसे तो ध्वनि सब जगह है और उससे बचा नहीं जा सकता पर एक सीमा के बाद वह शोर में बदल जाती है। कुछ ध्वनियाँ प्रकृति में बसी हुई हैं जैसे तेज हवा के चलने की आवाज या समुद्र की लहरों का शोर, आँधी और पानी के गिरने की आवाज, जानवरों और मनुष्यों द्वारा की गई आवाजें वगैरह। इनमें अब मनुष्य द्वारा बनाई गई मशीनों की आवाजें भी जुड़ गई हैं। लाखों की संख्या में कारें हैं, घरों के आसपास से गुजरती रेलगाड़ियाँ हैं, आसमान में उड़ते हवाई जहाज़ हैं, ध्वनि विस्तारकों और धार्मिक स्थलों से आता शोर है, एयर कंडीशनरों, टेलीविजन और घरेलू यंत्रों द्वारा पैदा किया गया शोर है, फैक्टरियों और कार्यस्थल पर किया जाने वाला शोर है, गरज कि हर जगह शोर है और वह बढ़ता ही जा रहा है...''

इसके बाद देवाशीष ने अपने पूरे अनुभव और संघर्ष को सामने रखा। उसने धीरे-धीरे बदलती अपने मुहल्ले की तस्वीर को लोगों के सामने रखा, महाविद्यालय, मंदिर और ट्रैफिक से पैदा होते शोर ने किस तरह लोगों का जीना मुहाल कर रखा है इसके बारे में बताया, मानवाधिकार आयोग से लेकर विश्वविद्यालय और सरकार तक की गई अपनी गुहार के नतीजों के बारे में बताया और यह सब बताते हुए वह काफी उत्तेजित हो गया। उसने इन संस्थाओं की कार्यपद्धति पर सवाल खड़े किये और कहा कि लोगों का वास्तविक जीवन इन सबके बावजूद खराब ही होता जा रहा है। उसने कहा, ''हमें जानना चाहिए कि हम कितना शोर सहन कर सकते हैं। मित्रों अगर हम शोर के पैमाने डेसीबेल में बात करें तो हम 50 से 60 डेसीबेल तक की आवाज सामान्य रूप से सहन कर पाते हैं। लेकिन सड़कों पर ट्रैफिक 80 डेसीबेल से ऊपर हो चुका है, बसें और रेलगाड़ियाँ 90 से 110 डी.बी. का शोर पैदा कर रही हैं और फैक्टरियों में यह 130 डी.बी. तक पहुँच जाता है ये हमारी सहन क्षमता से दुगना है। ये लगातार हमें अस्थिर बना रहा है, दिमागी रूप से बीमार कर रहा है। हृदय रोग पैदा कर रहा है, हमारी कार्यक्षमता पर गहरा प्रभाव डाल रहा है, हमें बहरा बना रहा है, हमें सोने नहीं देता, चिड़चिड़ा बना रहा है और हमें पागल भी कर सकता है...''

लोगों में सन्नाटा छाया हुआ था। सबके दिलो-दिमाग में अपने अपने अनुभव थे। वे कहना चाहते थे कि यही तो उनका भी अनुभव है। अब देवाशीष ने शोर के खिलाफ उठती आवाजों और कैंपेन के बारे में बताया, ''हमारे देश में आवाज फाउंडेशन जैसे समूह हैं जो शोर के खिलाफ लड़ाई लड़ रहे हैं। वे स्कूलों और अस्पतालों के आसपास शोर रोकना चाहते हैं, वे त्यौहारों के अवसर पर होने वाले अबाध शोर को प्रतिबंधित करना चाहते हैं, वे सड़कों पर मच रही धमाचौकड़ी को

व्यवस्थित कर हमारे जीवन को व्यवस्थित करना चाहते हैं। क्या आप जानते हैं कि हाल ही में हमारे शहर में एक तेरह साल की लड़की का बलात्कार हुआ और उसकी चीखों को कोई नहीं सुन पाया क्योंकि पास ही मुहल्ले में लाउड स्पीकर का भारी शोर जारी था। शोर के खिलाफ कानून हैं। ध्वनि प्रदूषण एक्ट है, मोटर व्हीकल एक्ट है, फैक्टरी एक्ट है यहाँ तक कि रेलवे और एयरक्राफ्ट एक्ट भी हैं पर उनकी अवमानना भी जारी है। अकसर व्यक्तिगत स्वतंत्रता और धार्मिक स्वतंत्रता का बहाना लिया जाता है, पर यह नहीं सोचा जाता कि ध्वनि प्रदूषण फैलाते हुए हम अनगिनत व्यक्तियों और समाज की स्वतंत्रता का हनन कर रहे हैं, उन्हें मानसिक और शारीरिक रूप से बीमार बना रहे हैं...''

सूरज के प्रवेश के लिए यह उचित जगह थी। उन्होंने गर्मागर्म बहस छेड़ दी। वहाँ उपस्थित सभी लोगों के पास कुछ न कुछ कहने के लिए था। पर्याप्त उत्तेजना पैदा होने के बाद सूरज ने ध्वनि प्रदूषण के खिलाफ प्रस्ताव पास करवाया। प्रशासन के पास डेलीगेशन भेजने का निर्णय लिया गया।

मीडिया के लोगों को अगले दिन के लिए एक नई और उत्तेजक खबर मिली।

देवाशीष अपने कल के भाषण से संतुष्ट थे। जिस तरह भाषण के बाद लोग उनसे मिलने आये थे और जिस तरह की प्रतिक्रिया और सवाल आये थे, उससे लगता था कि हर आदमी परेशान था और भाषण ने उसे आंदोलित किया था।

देवाशीष सुबह के अखबार लेकर अपनी बालकनी में बैठे। वे देखना चाह रहे थे कि अखबारों ने उनके भाषण को किस तरह से लिया है। सुबह के छः बजे थे, हवा में हल्की सी ठंडक थी और देवाशीष का मन भी प्रसन्न था। उन्हें बहुत हल्कापन महसूस हुआ।

अचानक सामने के पूजा स्थल में, एक कर्कश से लाउडस्पीकर पर, स्थानीय गायक की तीखी आवाज में बिंधा कैसेट लगा दिया गया। गणेश उत्सव समाप्त हो चुका था। नवरात्रि अभी चल रही थी और सामने के पूजा स्थल पर माँ दुर्गा की प्रतिमा स्थापित की गई थी। प्रतिमा के स्थापित होते ही मोहल्ला समिति को यह स्वतंत्रता मिल गई थी कि वह कर्कश और बेसुरे-भजनों को उतने ही कर्कश और खर-खर लाउडस्पीकरों के माध्यम से, मोहल्ले भर पर उंड़ेले। समिति धरती पर उपस्थित सभी न्यायालयों के आदेशों को धता बताते हुए अपनी इस स्वतंत्रता का उपयोग कर रही थी।

देवाशीष की सुबह की तुलनात्मक शांति भंग हो गई और उसका मानसिक हल्कापन जाता रहा। वह अखबार पढ़ना चाहता था पर अब ये संभव नहीं था। उसने अखबार सहेज कर मेज पर रखा और बालकनी से बाहर एक नज़र डाली।

पंडित दुर्गा प्रसाद त्रिपाठी प्रतिमा स्थल पर पहुँच चुके थे, और उत्साही नवयुवकों को कुछ निर्देश दे रहे थे। लाउडस्पीकर का वाल्यूम कुछ बढ़ा दिया गया। देवाशीष को ऐसा भ्रम हुआ कि भोंगले का मुँह उनके घर की ओर कर दिया गया है। फूहड़ फिल्मी गानों की पैरोडियाँ, बेतुके शिल्प में गुँथी कविताएँ, ईश्वर की भी संवेदना पर आघात कर सकने वाली अपेक्षाएँ, कस्बों और गाँवों से उठे स्थानीय गायकों की उत्साह भरी आवाजें उसके घर की ओर आने लगीं। वह घबरा कर भीतर चला गया और उसने दरवाज़े बंद कर लिए।

अब करीब घंटे-दो घंटे ये भजन चलेंगे। फिर भरभराये गले से लाउडस्पीकर पर ही बेसुरी आरतियाँ गायी जायेंगी। फिर कैसेट लगाकर मोहल्ले को उसके हाल पर छोड़ दिया जाएगा।

देवाशीष ने जल्दी-जल्दी नाश्ता किया और ऑफिस चला गया। उसने भगवान से प्रार्थना की - भगवान मुझे अपने भजनों से बचा।

अपने ऑफिस में बैठा देवाशीष सोचता रहा कि हमेशा से तो ऐसा नहीं था। अभी अभी तो लता ने वह मीठा भजन गुनगुनाया था, 'प्रभु तेरो नाम, जो ध्याये फल पाये' या ऊषा खन्ना ने बनाया था, 'अल्लाह तेरो नाम, ईश्वर तेरो नाम', अभी अभी तो उसने 'संत ज्ञानेश्वर' फिल्म देखी थी और 'बैजू बावरा' और 'नानक नाम जहाज़ है' जिसमें मोहम्मद रफी के गाये भजन किसी को भी पिघला सकते थे। और हरिओम शरण को वह कैसे भूल सकता था जिनके गाये भजन वह दोपहर ऑफिस में भी 'आकाशवाणी' पर सुन लिया करता था 'दाता एक राम, भिखारी सारी दुनिया।' और किशोरी अमोनकर का 'म्हारो प्रणाम' और भीमसेन जोशी के 'अभंग' और हृदय नाथ मंगेशकर का 'चला वाही देस' और पंडित जसराज का 'माता कालिका भवानी' और अमीर खान की वह गुरु गंभीर खरज की आवाज और कुमार गंधर्व के 'कबीर'...

फिर देवाशीष के पास भजनों का एक बहुत व्यक्तिगत संसार भी था। माँ के द्वारा गाये गये भजन 'नटवर नागर नंदा', 'धंधौ करत दिन जाय', 'कोई कहियो रे', 'मेरे तो गिरिधर गोपाल', 'मोहे कृष्णा से प्रीत लागी', 'सरजू के तीर', 'तू ही परमेश्वर मेरा', 'हरिनाम सुमिर सुख धाम', 'गुरुजी ज़िदगानी का मेला होयेगा', 'मोहे जेहि अचरज', 'हरि भये द्वारकानाथ', 'ऐसी विपत में सुमरौं मैं तुमको।' उनके दिमाग़ में अभी भी अपनी मीठी, अछूती धुनों के साथ जीवित थे और उनके व्यक्तिगत संसार को समृद्ध करते थे। पर लाउडस्पीकर पर आ रहे सतत प्रवाह की एक लाइन भी उन्हें न याद रहती थी न पसन्द आती थी।

अचानक ये सत्य उनके दिमाग़ में चमका। जब तक भजन एक सुखद संगीत की तरह व्यक्तिगत आध्यात्मिक अनुभव का हिस्सा रहते थे, मन में बने रहते थे पर

जैसे ही वे एक सामाजिक शोर का हिस्सा बनते थे वे ध्वनि प्रदूषण में तब्दील हो जाते थे और उनसे वितृष्णा सी होने लगती थी। उन्होंने अचानक तय किया, वह इस सामाजिक शोर का विरोध करेंगे। इस विरोध के लिए उन्हें बहुत इंतज़ार नहीं करना पड़ा।

शाम को वे घर पहुँचे तो उनके घर के सामने वाली सड़क, एक ओर से कनातें और स्टेज लगाकर बंद कर दी गई थी। उन्हें खुद घूम कर अपने घर जाना पड़ा। उन्होंने देखा मंच पर एक लड़का और एक लड़की सिर पर चुनरी बाँधे, माता के गीत गाने की तैयारी कर रहे थे। उनके साथ ढोलक, नाल और तबले पर संगत कार अठारह हज़ार वॉट के एम्प्लीफायर पर अपने अपने वाद्य यंत्रों की टेस्टिंग कर रहे थे। बीच-बीच में एक दो लाइनें अपनी तीखी आवाज में गाकर गायक कलाकार भी उनकी मदद कर रहे थे। जब टेस्टिंग ही इतनी शोर भरी लग रही हो तो वास्तविक गायन के समय क्या होगा? दूसरी ओर हज़ारों लोगों का समूह आतुरता से गायन शुरू होने का इंतज़ार कर रहा था। मातारानी की फोटो की पूजा और उन्हें प्रणाम करने के बाद गाना प्रारम्भ हुआ।

वही फूहड़ पैरोडियाँ अब अठारह हज़ार वॉट पर नाल की चाटी के साथ देवाशीष के सिर पर हथौड़े की तरह पड़ने लगीं। सुबह से भरे बैठे देवाशीष के सब्र का बाँध टूट गया।

वह घर के बाहर आया और सीधे मंच पर चढ़ गया। स्मृति चाय का प्याला लिए खड़ी थी। उसे बाहर जाता देख वह भी पीछे पीछे दौड़ी। देवाशीष का दिमाग़ आजकल शोर से भन्नाया हुआ रहता है। पता नहीं क्या कर डाले? वह भी उसके पीछे पीछे मंच पर चढ़ी। देवाशीष ने पहले माता को प्रणाम किया लोगों को लगा कोई भक्त है, श्रद्धा व्यक्त करने आया है। फिर वह सीधे तबले और नाल वाले माइक के सामने गया और एक झटके से खींच कर उनका तार बाहर निकाल दिया। फिर उसने गायक के हाथ से हैंड माइक छीना और बोला, "भाइयो और बहनो, मैं मातारानी को प्रणाम करता हूँ। पर आपने कभी सोचा है कि हम लोग इस मोहल्ले में रहते हैं और जैसा शोर ये गायक कर रहे हैं उसके कारण हमारा क्या होगा? हमारे जीवन में इस कदर असहनीय शोर पैदा करने का किसी को भी क्या अधिकार है? क्या आप शांति से ईश्वर की पूजा नहीं कर सकते?"

त्रिपाठी जी अपने गुर्गों के साथ मंच के सामने की सीटों पर ही बैठे थे। उन्होंने देवाशीष और स्मृति को मंच पर चढ़ते देख लिया था। जब तक उन्होंने मातारानी को प्रणाम किया, त्रिपाठी जी ने उनसे कुछ नहीं कहा, पर उनके माइक छीनने के बाद वे और उनके गुर्गे भी मंच पर चढ़ गये। लड़कों ने देवाशीष को धकियाते हुए कहा,

"देखिये आप सीधे सीधे मंच से नीचे उतर जाइये, नहीं तो अच्छा नहीं होगा।"

"क्या अच्छा नहीं होगा?"

स्मृति ने कहा, "आशीष नीचे चलो।"

त्रिपाठी ने कहा, "भाभीजी इन्हें समझाइये। ये पागलों जैसी हरकतें कर रहे हैं। मातारानी का मामला है। अगर जनता भड़क गई तो कुछ अनहोनी भी हो सकती है।"

स्मृति ने फिर कहा, "आशीष नीचे चलो।"

लेकिन अब तक देवाशीष बहुत गुस्सा हो चुके थे, उन्होंने लपक कर त्रिपाठी का कॉलर पकड़ा और कहा, "मुझे पागल कहता है? तू जितना शोर करता है उससे तो पूरा मोहल्ला पागल हो जाएगा..."

स्मृति ने ज़ोर से कहा, "क्या कर रहे हो आशीष?"

लड़कों में से कुछ ने लपक कर त्रिपाठी को छुड़ाया। अब वे धकियाते हुए देवाशीष को मंच के नीचे ले चले। पास में खड़े दो पुलिस वाले भी अब आगे आये और बोले, "भाई साहब आप घर जाइये, नहीं तो दंगा हो जाएगा।"

देवाशीष ने आँखें तरेर कर उसकी ओर देखा। स्मृति ने उसे अपनी बाँहों में घेरा और घर ले गई।

माता का जगराता रात दो बजे तक चलता रहा।

झाला

दोस्तो, देवाशीष और उनके जीवन संगीत की कहानी अब अपने अंतिम पड़ाव पर आ पहुँची है। बस, झाला बजाना बाकी रह गया है। झाला, जैसा कि आप जानते ही हैं "राग" का अंतिम अंग, जो अकसर द्रुत की भी दुगुन में बजाया जाता है, जिसमें वाद्य के सारे तार झंकृत हो जाते हैं, स्वरों का एक अपूर्व विहान रचा जाता है, गति के असंभव से खेल किये जाते हैं फिर एक लंबा तिया, तबले की अद्‌भुत संगति और अचानक शांति, अपूर्व शांति।

तो जैसा कि मैंने अर्ज किया था, देवाशीष के भाषण को व्यापक कवरेज मिला। असल में शहर का हर आदमी अपने आसपास के शोर और कचरे से परेशान था। मीडिया में मुद्दा जोर-शोर से उठने के बाद, सबसे पहले तो उच्च शिक्षा विभाग ने अपना दामन बचाया। उसने जीवन महाविद्यालय को व्यवस्था सुधारने के लिए नोटिस भेजा और मीडिया रिपोर्ट पर स्पष्टीकरण मांगा। विश्वविद्यालय ने भी दुबारा जांच समिति गठित कर दी। उधर नगर निगम ने पंडित दुर्गाप्रसाद त्रिपाठी को चिट्ठी भेजी कि वे दी हुई अनुमति के दायरे में रहें एवं निर्धारित कार्यों के लिए ही पार्क का प्रयोग करें। निगम ने जीवन महाविद्यालय को भी अतिक्रमण हटा लेने का नोटिस भेजा अन्यथा कार्रवाई करने की धमकी दी।

इन चिट्ठियों के अपने गंतव्य तक पहुँचने के बाद, एक दिन शाम को, एक दूसरे के धुर विरोधी, दो अलग अलग पार्टियों के समर्थक, दुर्गा प्रसाद त्रिपाठी और जीवन श्रीवास्तव, त्रिपाठी जी के घर पर मिले। क्या मंत्रणा हुई ये हम ठीक ठीक नहीं जानते लेकिन मंत्रणा में जीवन महाविद्यालय के कुछ गुंडे टाइप के लड़के और त्रिपाठी गुट के लुम्पेन एलीमेंट्स भी शामिल थे ये हमें पता है।

मंत्रणा का परिणाम अगले दिन सुबह देखने मिला।

देवाशीष ऑफिस जाने के लिए अपने घर से बाहर निकले ही थे कि एक जीप ने उनका रास्ता रोक लिया। वह इतनी तेज़ी से आकर उनके पास रुकी कि लगा

उन्हें कुचल ही डालेगी। देवाशीष का दिल दहशत से भर गया। जीप से कुछ जाने-पहचाने मगर अनाम चेहरे उतरे। इस बार भाषा का कोई लिहाज नहीं था, एक ने कहा, "क्यों बे, बहुत नेतागिरी चढ़ी है तेरे ऊपर..."

दूसरे ने कहा, "इस भैन चो को हर चीज़ से तकलीफ होती है। साला शादियाँ नहीं होने देगा, भगवान की आरती नहीं होने देगा, कॉलेज नहीं चलने देगा। इसको हर चीज़ में शोर सुनाई पड़ता है। हम तुझे बताते हैं कि शोर क्या होता है..."

एक झन्नाटेदार झापड़ देवाशीष के गाल पर पड़ा। उनका चश्मा दूर जा गिरा। अब बाकी लड़के भी उस पर टूट पड़े। घूँसे और थप्पड़ लगाते हुए उन्होंने उसे जमीन पर गिरा लिया। फिर लातें, चप्पल और जूते उसके अंग-प्रत्यंग पर पड़ने लगे। फिर किसी ने एक रॉड उसके सिर पर मारी, वह निश्चेष्ट हो गया।

ये सब कुछ करीब पाँच मिनट में ही सम्पन्न हो गया। शोरगुल सुनकर जब तक स्मृति बाहर आती, लड़के जीप में बैठकर भाग चुके थे। पड़ोसियों की मदद से देवाशीष को अस्पताल में भरती कराया गया। वह दो तीन दिन अचेत रहे, लेकिन उसके बाद, डॉक्टरों की तमाम कोशिशों के बावजूद, उन्हें बचाया नहीं जा सका। उनकी मौत अखबारों में बड़ी खबर बनी। शहर में कुछ दिन हलचल रही। इलेक्ट्रॉनिक मीडिया में गरमा गरम बहसें आयोजित की गईं जिनमें वही बुद्धिजीवी चेहरे फिर एक बार दिखे। फिर सब कुछ सामान्य, यानी पहले जैसा हो गया।

क्या कहा आपने? ये कुछ ज़्यादा मेलोड्रामेटिक हो गया? पर आप आये दिन अखबार में शिक्षकों और प्राचार्यों की पिटाई, उन पर हमले और उनकी हत्या के बारे में पढ़ते हैं। वह यथार्थ है या फैंटेसी? या फैंटेसी ही यथार्थ हो गई है? तो देवाशीष की हत्या मेलोड्रामा कैसे हुई? सिर्फ इसलिए कि आप रोज़ अखबार में इस तरह की खबर पढ़ते हैं और आप पर उनका कोई प्रभाव नहीं पड़ता, आप फिल्म देखकर आते हैं और सो जाते हैं, आपको साफ सुथरी सुंदर कहानी चाहिए तो आप इस अंत को मेलोड्रामा कह कर खारिज कर देंगे?

तो चलिए आपको दूसरा दृश्य दिखाता हूँ।

देवाशीष के भाषण में शहर के बहुत से प्रबुद्ध व्यक्ति उपस्थित थे।

भाषण के बाद कई लोगों ने अपने विचार व्यक्त किये, "मेरे घर के पास एक मोटर मेकैनिक ने कारखाना खोल लिया है। दिन रात गाड़ियों की ठोकापीटी, खट-खट, टन-टन, घूँ-घूँ, घर्र-घर्र, शोर होता ही रहता है। बहुत कोशिश की पर हम उसे हटा नहीं पाये।"

"हमारे घर के सामने वाला पार्क तो जी सीनियर सिटीजन के लिए बनाया

गया था। उसमें एक बड़ी अफसर ने स्कूल खोल लिया। अब सुबह पैरेंट्स की तीन चार सौ गाड़ियाँ और दोपहर में फिर उनका हमला। छोटी सड़कों पर इतनी बड़ी बसें कि उनको घुमाने-मोड़ने में भी तकलीफ हो। उनके कारण आये दिन ट्रैफिक जाम। स्कूल की गतिविधियाँ, लाउडस्पीकर, प्रार्थनाएँ, गीत, लोक संगीत अलग से। हम लोगों का तो जीना मुहाल हो गया है।''

''हम तो भैया रेत के डंपरों से परेशान हैं। इस कदर अंधाधुंध चलाते हैं कि आगा पीछा नहीं देखते। आये दिन मौतें होती रहती हैं, पर कोई मरता हो मरे, इनकी बला से। कहीं भी रेत पटक देते हैं, कहीं भी गिट्टी डाल देते हैं, उन पर भी फिसल कर गाड़ियाँ गिरती रहती हैं, लोगों के हाथ पैर टूटते रहते हैं, पर किसी को कोई फर्क नहीं पड़ता।''

''पुराने शहर में तो जी और भी बुरा हाल है। कचरे के ढेर पड़े रहते हैं कोई साफ करने नहीं आता। बदबू और सड़ांध फैली रहती है, एक बारिश में शहर में किच किच फैल जाती है। पता नहीं नगर निगम क्या कर रहा है?''

एक प्रोफेसर टाइप के व्यक्ति ने कहा, ''मैंने बड़ी उम्मीद से इस कॉलोनी में घर बनवाया था कि रिटायरमेंट के बाद शांति से रहूँगा। पर अब मेरे घर के सामने ही एक मार्केट कॉम्प्लेक्स बन गया है। उसमें पार्किंग की भारी समस्या है। लेकिन उससे भी बड़ी समस्या ये है कि उसने सामने ही एक बड़ा सा ए.सी. प्लांट लगाया गया है। दिन रात उसमें से झर-झर पानी गिरता है, वह इतनी आवाज करता है कि मेरे कान बहरे होने की कगार पर आ गये हैं। समझ में नहीं आता कि क्या करूँ?''

हर आदमी के पास कोई न कोई शिकायत थी। कोई कचरे से, कोई घर के पास बहते नाले से, कोई बदबू से, कोई रोजाना होने वाली शादियों से, डी.जे. और बारातों से होने वाले शोर से, कोई पार्क में स्कूल खुल जाने से, कोई कोने के मंदिर में आये दिन होने वाले भजन कीर्तन, धार्मिक कार्यक्रम और लाउडस्पीकर पर होने वाले शोर से, कोई मस्जिदों के आसपास दिन भर मची रहने वाली अफरा-तफरी और प्रतिस्पर्द्धा में किये गये भोंगले के शोर से, कोई हर साल आयोजित होने वाले वैश्विक धार्मिक सम्मेलन के वक्त रेलवे स्टेशन पर मचने वाली गंदगी से परेशान था। 'ट्रेफिक रेज' में लड़ाइयाँ, तनाव, गुत्थमगुत्था, मारपीट और मर्डर तक हो जाते थे। दुर्घटनाओं में युवा मारे जा रहे थे। उनके क्षत-विक्षत शरीर सड़कों पर पड़े मिलते थे, घर के घर उजड़ जाते थे पर उनके माता-पिता की दर्द भरी गुहार सिर्फ एक अखबारी खबर बन कर रह जाती थी। असंख्य मोटरें, एयरकंडीशनर्स, म्यूज़िक सिस्टम्स भयानक शोर कर रहे थे। पर इस शहर में हर शख्स परेशान सा क्यों है, यह पूछने वाला भी कोई नहीं था।

देवाशीष के भाषण ने सबको उत्तेजना से भर दिया। सबके पास कोई न कोई

शिकायत थी। सबके पास कोई न कोई कहानी थी। भाषण के बाद सूरज भैया ने जो अपने सम्मेलनों और कांफ्रेंसेज से वापस लौट आये थे और ऐसे ही किसी उत्तेजक अवसर की तलाश में थे, खड़े होते हुए कहा, "तो क्या कहते हैं आप लोग? शोर और कचरे के खिलाफ एक मोर्चा खोला जाये?"

प्रतिध्वनि में आवाज आई, "हाँ, ज़रूर, बिल्कुल खोला जाये।"

सूरज भैया के दिमाग़ में आसन्न चुनाव भी था, जिसमें इस मोर्चे के बहाने वे दोनों प्रमुख पार्टियों को शर्मिंदा कर सकते थे। हालाँकि लोगों की परेशानियों ने भी उन्हें भीतर तक मूव किया था और वे देवाशीष की चिंताओं से आज एकमेक महसूस कर रहे थे। उनके प्रस्ताव को व्यापक जनस्वीकृति मिली। निर्णय लिया गया कि लोग अपने अपने मोहल्लों में जाकर सफाई की व्यवस्था करेंगे, पार्कों में शादियाँ नहीं होने देंगे, शोर न करेंगे, न करने देंगे।

देवाशीष और सूरज, दोनों ने शहरी विकास की समस्याओं पर बड़े बड़े आलेख लिखे जो सूरज के संपर्कों और समस्या की गहनता को देखते हुए प्रमुख अखबारों-पत्रिकाओं में छपे भी। शहर भर में चर्चा चल निकली। सिग्नेचर कैंपेन के तहत करीब एक लाख लोगों ने मुख्यमंत्री को पत्र लिखे। चुनाव को देखते हुए मुख्यमंत्री भी परेशान हुए। उन्होंने कमिश्नर, कलेक्टर और निगम आयुक्त को फटकार लगाई, जिन्होंने अपने मातहतों को फटकार लगाई, जिन्होंने अपने कर्मचारियों को फटकार लगाई और इस तरह फटकार-फटकार मच गई।

इस हाहाकार का एक असर ये हुआ कि कलेक्टर ने ध्वनि प्रदूषण कानून को सख्ती से लागू करने के निर्देश दिये, नगर निगम ने कचरे का प्रबंधन वाकई करना शुरू किया और एक हेल्प लाइन चालू की, उच्च शिक्षा विभाग ने सिर्फ दिखावे के लिए नहीं वास्तव में नियम बनाये और उन्हें कॉलेजों पर लागू किया जिनमें जीवन महाविद्यालय भी शामिल था, और डंपरों को अपने तमाम राजनीतिक संपर्कों के बावजूद, शहर से बाहर रखने का निर्देश दिया गया।

देवाशीष एकाएक शहर के हीरो बन गये। अब लोग उनसे चुनाव लड़ने का आग्रह कर रहे हैं।

क्या कहा? ये अंत भी आपको पसन्द नहीं आया? ये बहुत अखबारी और यथार्थ के बहुत निकट है? इसमें से कुछ आंदोलन और वाम की भी बू आ रही है और कथा को इस तरह की बू से दूर रहना चाहिए? पर मैं क्या करूँ। हमारा यथार्थ कुछ कुछ ऐसा ही संश्लिष्ट सा हो गया है। कुछ-कुछ फंतासी, कुछ-कुछ ज़मीनी, कुछ दिमाग़ में, कुछ धरती पर, कुछ कुछ हाथ में आता हुआ, कुछ हाथ से छूटता हुआ,

फ्लीटिंग। तो चलिए अब जो वास्तव में हुआ वह आपको सुनाता हूँ।

देवाशीष के भाषण के अगले दिन शहर के एक्टिविस्ट वकील राजेश गुप्ता ने देवाशीष के घर पर दस्तक दी।

"मैंने कल आपका भाषण सुना था। आइ वाज़ इम्प्रेस्ड। आज अखबारों ने भी उसे बढ़िया कवरेज दिया है। मुझे लगता है आपको एक अच्छे वकील की ज़रूरत है।"

देवाशीष का राजेश गुप्ता से हल्का सा परिचय था। उसने पूछा, "तो क्या किया जाना चाहिए?"

राजेश गुप्ता ने कहा, "आपकी अपील इमोशनल है। इसे लोग मान भी सकते हैं और नहीं भी। वैसे भी इसका प्रभाव कुछ दिन रहेगा फिर वह छीज़ने लगेगा। मेरा सुझाव है कि आप इसे न्यायिक और कानून की दृष्टि से देखें। क्या हमारे देश में शोर को लेकर कानून है और क्या उसका पालन किया जा रहा है, नगर निगम की अनुमति के आधार क्या हैं, उनकी बिल्डिंग परिमिशन किस उद्देश्य के लिए दी गई है और क्या उसका पालन किया गया है, कॉलेज के इन्फ्रास्ट्रक्चर के नियम क्या हैं और क्या उनका पालन हो रहा है? अगर नहीं तो कौन ज़िम्मेदार है?"

देवाशीष ने कहा, "हम लोग मानव अधिकार आयोग गये तो थे। कुछ नहीं हुआ।"

"आयोग नहीं। उनके पास एनफोर्स करने की ताक़त नहीं है। मैं आपकी पिटीशन बनाता हूँ। हम सीधे हाईकोर्ट चलते हैं। मुझे उम्मीद है वहाँ हमारी बात सुनी जायेगी।"

देवाशीष को राजेश गुप्ता की बात अच्छी लगी। वह सारे प्रयास कर चुका था। फिर भी एक अंतिम प्रयास करने में हर्ज नहीं था। उसने राजेश से कहा, "ठीक है, प्रयास करके देखते हैं। इसमें खर्च तो..."

"नहीं कुछ ज्यादा नहीं। बस कोर्ट फीस दे दीजियेगा। बाकी बचे हम लोग, तो वकील भी कभी कभी अच्छे काम करते हैं।"

फिर उसने हँसते हुए कहा, "ऑनेस्टली, अगर हम लोग ये केस जीत गये तो मुझे जितनी पब्लिसिटी मिलेगी वह आपके द्वारा दी गई फीस से कहीं ज़्यादा होगी।"

तो देवाशीष और गुप्ता ने पूरा समय लगाकर एक अच्छी पिटीशन तैयार की। नगर निगम के नियमों, ध्वनि प्रदूषण कानून और शिक्षा विभाग की गाइडलाइंस का हवाला दिया गया। कोर्ट से जीवन महाविद्यालय और युवा कल्याण समिति के

संदर्भों में उनका पालन कराने की प्रार्थना की गई।

मुकदमा करीब एक साल तक चला। वह मीडिया में भी चर्चा में रहा और अन्य शहरों में भी उसकी प्रतिध्वनि सुनी गई। कोर्ट ने पाया कि जीवन महाविद्यालय ने नगर निगम द्वारा दी गई अनुमति से दुगुना निर्माण कर लिया है और उसे अतिक्रमण मानकर तोड़ा जाना चाहिए, कि विश्वविद्यालय ने शासन के नियमों के बाहर जाकर उसे संबद्धता प्रदान की है और या तो वह नियमों का पालन करे या मान्यता खत्म की जाये, कि सार्वजनिक पार्क में शादियों का आयोजन गलत है और उसे बंद किया जाना चाहिए, कि देश में ध्वनि प्रदूषण कानून है और ये कलेक्टर की ज़िम्मेदारी है कि उसका सख्ती से पालन हो, क्योंकि हर नागरिक को शांतिपूर्वक अपने घर में रहने का अधिकार है।

तो कोर्ट का वह आदेश देवाशीष के हाथ में था। वह अपनी बालकनी में बहुत समय बाद बैठा था जहाँ पिता के आश्रय की तरह छाया आम का पेड़ अपने पूरे हरे भरेपन के साथ उसकी बाल्कनी में चला आया था, जिसे छूकर देवाशीष ने अभी अभी रोमांच भरी थरथराहट महसूस की थी, जहाँ अभी अभी उसने राग मालकौंस में रचित रफी का गाया भजन 'मन तरपत हरि दर्शन को आज' सुना था और वह अत्रे गुरुजी की याद में भीग गया था।

देवाशीष को मालूम ही नहीं पड़ा कि जाने कब स्मृति भी उसके पास आ बैठी थी। बहुत देर तक शांत रहने के बाद स्मृति ने धीरे से कहा, ''आशीष तुम्हें अत्रे गुरुजी की वह बात याद है?''

''कौन सी?''

''वही, मींड़ और गमक वाली? मुझे सितार सीखते पाँच साल हो गये थे। गुरुजी मुझे मींड़ और गमक के बारे में बता रहे थे। यही राग मालकौंस था। मैं बार बार गमक निकालने की कोशिश करती पर सुर सध नहीं रहा था, हाथ बार-बार बेसुरा हुआ जा रहा था।''

''फिर?''

''तब गुरुजी ने कहा था-देखो स्मृति, कितने मजे की बात है कि तुम्हारे ही सितार पर सुर और असुर साथ साथ रहते हैं। इसी पर तुम संगीत भी क्रिएट कर सकती हो और इसी पर शोर भी पैदा किया जा सकता है। अगर शोर नहीं हो तो संगीत भी नहीं है। संगीत शोर के बीचोबीच रहता है। उसके भीतर से नाद की तरह उभरता हुआ। मैंने कहा था-गुरुजी मैं कुछ समझी नहीं।''

''इंटरेस्टिंग। तो फिर गुरुजी ने क्या कहा?''

''उन्होंने कहा, ये सितार के दो परदे हैं ना, ये सुर हैं, संगीत हैं। सुर स्वयंभू

है। वह बस है। इन दो परदों के बीच की जगह असुर है, शोर है। जब तुम दो सुरों के बीच ग्लाइड करोगी तो गमक पैदा होगी। अगर तुम दो परदों के बीच रुक जाओगी तो शोर पैदा होगा। रुको मत, ग्लाइड करो, एक सुर से दूसरे के बीच, वहीं संगीत है।''

देवाशीष ने स्मृति की ओर देखा। उसकी आँखों में जिज्ञासा और आश्चर्य का भाव था। वह बोलती रही।

''मैंने आज से पहले तुमसे कुछ नहीं कहा, क्योंकि तुम अपने आत्म सम्मान की लड़ाई लड़ रहे थे। पर अब हाईकोर्ट ने हमारे पक्ष में निर्णय दिया है। पूरा शहर हमारे पक्ष में है। जीवन और त्रिपाठी इसका विरोध नहीं कर पायेंगे। अब हम भी अपने पक्ष में कुछ निर्णय करें।''

''मतलब?''

''आशीष हमारे विवाह के बीस साल एक मीठे सुर की तरह, सुरीले संगीत की तरह बीते। पर पिछले सात सालों से जैसे हम दो परदों के बीच खड़े हो गये थे, शोर के बीचोबीच। चलो अब हम ग्लाइड करते हैं।''

कुंछ दिनों बाद देवाशीष और स्मृति ने अपनी अपनी नौकरी छोड़ दी।

अब अगर आप शहर से बाहर, करीब दस किलोमीटर दूर निकलें तो उसके दाहिने ओर, सड़क से थोड़ा भीतर, घने पेड़ों और अमराई से घिरा एक गुरुकुल पायेंगे जिसमें शहर से बच्चे संगीत सीखने जाते हैं। देवाशीष और स्मृति ने अपना जीवन संगीत पुनः प्राप्त कर लिया है और अब, जब वे जुगलबंदी में, राग दरबारी कानड़ा प्रस्तुत करते हैं तो उसमें दर्द कुछ ज़्यादा होता है।

बड़े प्यार से देवाशीष ने अपने गुरुकुल का नाम रखा है- जलतरंग।

❑❑❑

परिशिष्ट

राग रागिनियों का इतिहास

वैदिक समय–तीन स्वरों उदात्त, अनुदात्त एवं स्वरित पर आधारित सामगान।

500 वर्ष ईसा पूर्व–पाणिनी के सूत्र, स्वरित को उदात्त तथा अनुदात्त का समन्वय बताया। शिक्षा भाष्य के अनुसार उदात्त में निषाद एवं गांधार, अनुदात्त में ऋषभ एवं धैवत् और स्वरित में षड्ज, मध्यम तथा पंचम शामिल थे। षड्ज एवं मध्यम में 4 श्रुतियाँ, ऋषभ एवं धैवत् में 3 श्रुतियाँ एवं निषाद तथा गांधार में 2 श्रुतियाँ शामिल। इस तरह तीन स्वरों वाली वैदिक धुनों में 7 स्वर शामिल।

सन् 200 से 400–दत्तिल, कोहल एवं भरत। भरत के नाट्यशास्त्र में वादी, संवादी, अनुवादी एवं विवादी स्वरों का उल्लेख, जो महाभारत में भी मिलता है। दत्तिल जो शायद भरत के पहले हुए, वादी, अनुवादी तथा विवादी का जिक्र कर चुके थे। दत्तिल 18 जातियों के बारे में भी बताते हैं जिनमें से 7 अपने मूल 7 स्वरों से और 11 उनके अंश से उपजती हैं। 7 षड्ज ग्राम की और शेष 11 मध्यम ग्राम की मानी गईं। भरत के 'नाट्यशास्त्र' के अध्याय 29 में रस सिद्धांत का प्रतिपादन।

सन् 300 के लगभग : हरिवंश, जो महाभारत का अनुपूरक है हरिवंश में अनेक स्थानों पर ग्रामरागों का उल्लेख, विष्णुपर्व के 89वें अध्याय में भीम की वंशज महिलाओं द्वारा वर्षा गान, 'नारदीय शिक्षा' में निषाद् खाड़व, पंचम, मध्यम ग्राम, षड्ज ग्राम, साधारितम्, कैसिकम् एवं कैसिका मध्यका जैसी ग्राम रागों का उल्लेख।

सन् 400-700 : मातंग मुनि की बृहद्देसी। देसी या लोक संगीत पर पहला ग्रंथ। जातियों का विस्तार से विवरण। 'राग' शब्द का पहली बार प्रयोग। 7 तरह की गीतियों का जिक्र। ये थीं शुद्ध, भिन्नका, गौड़िका, राग गीति, साधारणी, भाषा गीति, विभाषा गीति। राग गीति में आठ राग शामिल–टक्का या टाकू, सैवीरा,

मालव पंचम, खाड़व, वोत्तराग, हिंडोलका, टक्का कैसिका। बाकी गीतियाँ भी रागों की तरह ही, जैसे 'साधारण गीति' में शक, कुकुभ, हरमन पंचम, रूप साधारित, गंधार पंचम, षड्ज कैसिका जैसे नाम। रागों का नाटक के विभिन्न चरणों के साथ संबंध।

सन् 600-700 : कुदुमियामलाई शिलालेख। पुदुकोट्टाई जिले के कुदुमियामलाई स्थान पर पाया गया शिलालेख जिसमें 7 तरह की धुनों के नोटेशंस मिले। ये थे मध्यम ग्राम, षड्ज ग्राम, शाड़व, साधारिता, पंचम, कैसिका मध्यमा एवं कैसिका। ये नारदीय शिक्षा की तरह थे।

सन् 1131 : सोमेश्वर की 'अभिलाषार्थ चिंतामणि'। राजा विक्रमादित्य के बेटे राजा सोमेश्वर (पश्चिम चालुक्य वंश) द्वारा रचित। उसके अनुसार जातियों से रागों का और रागों से भाषा, विभाषा तथा अंतर भाषिका का जन्म हुआ। देसी रागों के नाम उनके क्षेत्रों पर आधारित थे। रागों की विस्तृत सूची उपलब्ध।

सन् 1100-1200 : नारद द्वारा रचित 'संगीत मकरंद'। रागों की सूची के साथ-साथ रागों का वर्गीकरण पुलिंग राग, स्त्री राग और नपुंसक रागों में। यह वर्गीकरण उनसे पैदा होने वाले 'रस' पर आधारित। शिव और शक्ति के संयोग से रागों के जन्म की कल्पना। छः मूल राग परिभाति। ये थे श्री राग, वसंत, भैरव, पंचम और मेघ। छठवां राग नट नारायण पार्वती के मुख से प्रकाशित।

सन् 900 से 1300 के बीच : 'नाट्य लोचन' नामक ग्रंथ। पुरुष और स्त्री रागों का कोई जिक्र नहीं। कुल 44 रागों की सूची जिसमें 8 शुद्ध राग, 16 छाया राग एवं 20 संधि रागों का उल्लेख। पहले समूह में पंचम मालवा, माधावरी, हिंडोला, मालसिका, वेलावली, तोड़ी, गांधार एवं नट के नाम।

सन् 1000 के लगभग : पुराने बंगाली बौद्ध गीत एवं कालिका पुराण सहजिया संतों में से सिद्धाचार्य लुइपा के गीत। इनमें पटमंजरी, गौड़, गौड़ा, गुंजरी, देवकरी, देशाख, भैरवी, कामोद, धनाश्री, मालसी, वंगाला, सावरी जैसी रागों का उल्लेख जो संगीत मकरंद में भी मिलता है। कालिका पुराण में त्यौहारों के अनुसार गाये जाने वाले गीतों का जिक्र।

सन् 1100 के लगभग : नान्यादेव द्वारा 'सरस्वती हृदयालंकार'। कई नये विचारों का समावेश। वृहद् देसी एवं संगीत रत्नाकर के बीच लिखी गई। नारद, यास्तिक, कश्यप एवं मातंग को आधार बनाती है। दो अध्यायों में रागों के लक्षण, आलापकों एवं रूपकों पर बातचीत। रागों के नोटेशन भी दिए गये। पहली बार

मूल राग तथा स्वराख्या रागों का उल्लेख। देसाख्य रागों में दक्षिणात्य, सौराष्ट्रीय गुर्जरी, बंगाली एवं सैंधवी के नाम। दिन के प्रहर और मौसम के अनुसार गाये जाने वाले रागों के संकेत।

सन् 1200 के लगभग : नारद द्वारा ही 'पंचम सार संहिता'। कुछ नये रागों के नाम जो वास्तव में तो बाद के समय में प्रचलित हुए। जैसे कानड़ा, सिंधुदा, आसावरी, महाराष्ट्री, रागों का क्रम भी निर्धारित जैसे सबसे पहले मालवा फिर मल्हार फिर श्री राग, और उसके बाद वसंत, हिंडोला एवं करनाटा। ये क्रम उनकी प्रसिद्धि के आधार पर निर्धारित। 'रागिनी' शब्द का पहली बार प्रयोग। उन्हें रागों की पत्नी माना गया।

सन् 1210-1247 : शारंग देव का संगीत रत्नाकर। उत्तर एवं दक्षिण भारतीय संगीत की समन्वित सैद्धांतिकी की तलाश। जातियों एवं ग्राम रागों का विस्तृत विवरण। देसी रागों पर विस्तृत बातचीत। आठ उपरागों का उल्लेख। ये थीं तिलक, शक, टक्का, सैंधव, कोकिला, पंचम, रेवागुप्त एवं पंचम षाड़व। फिर 20 रागों की सूची। यास्तिक के आधार पर 15 रागों की सूची जो मूल राग माने गये। फिर डेरिवेटिव रागों का जिक्र जो मूल रागों से निकले। कश्यप के अनुसार वे 34 थे। फिर अपने समय के 264 रागों की सूची। पुराने रागों के इतिहास एवं उनके चरित्र का विशद् विवरण।

सन् 1200-1300 : पार्श्वदेव का संगीत समय सार। रागअंग, उपांग, भाषांग एवं क्रियांग का विवरण। 101 धुनों (रागों की सूची) जिसमें से 43 रागों को प्रचलन में माना गया। जैसे उन्होंने वर्तिका को रागों के राजा पंचम का विभास (रागिनी) माना और उसे प्रेम की भावना को प्रस्तुत करने के लिए उपयुक्त।

सन् 1300-1350 : अज्ञात लेखक द्वारा रागार्नव। रागार्नव का सिस्टम संगीत मकरंद के निकट है। इसमें छः प्रमुख रागों और कुल 36 रागों को प्रचलन में माना गया है। छः प्रमुख राग थे। भैरव, पंचम, नट, मल्हार, गौड़-मालवा एवं देशारव। इनमें मेघ, श्री एवं बसंत शामिल नहीं। नये डेरिवेटिव रागों में सालग, त्रिगुण, धानी, हरिपाल तथा धोरानी के नाम मिलते हैं।

सन् 1308 : शुभांकर का सामगान सागर। लेखक 18 जातियों एवं 34 रागों के बारे में बताते हैं। मध्यमादि एवं शंकरभरणा जैसी रागों का उल्लेख करते हैं।

सन् 1300-1325 : ज्योतिरिश्वर का वर्ण रत्नाकर। मिथिला राज्य से संबद्ध। संगीत के जानकार विद्यावंत की परिभाषा। श्रुतियों की सूची प्रचलित रागों की

सूची। 44 रागों का जिक्र।

सन् 1300-1350 : अमीर खुसरो। ईरानी (मुकाम) पद्धति एवं भारतीय पद्धति के सम्मिश्रण से नये रागों का निर्माण। उत्तर एवं दक्षिण भारतीय पद्धतियों के अलग-अलग स्वरूप बने। देवगिरि के प्रख्यात दाक्षिणात्य संगीतज्ञ गोपाल नायक से प्रतिस्पर्धा की कथा जिसमें विजयी हुए। माजिर, साजगिरी, ईमान, उषाशक, फरगना, सरपरदा, फिरदोस्त, मानम जैसी रागों का निर्माण। राग दर्पण में जिक्र। कौल, तराना, खयाल, नक्श, निगार, तलाना, सुहला जैसी गायन शैलियों के रचयिता। भारतीय एवं ईरानी पद्धति में आदान प्रदान बढ़ा।

सन् 1363 : शारंगधर पद्धति। चौदहवीं शताब्दी में प्रचलित भारतीय संगीत का वृहद् एनसाइक्लोपीडिया। कुल 36 रागों का जिक्र जो रागार्णव के आधार पर था। इसके अतिरिक्त 'मारू' जैसी स्थानीय धुनों का उल्लेख। निष्कर्ष के रूप में कहा गया कि रागों और स्थानीय धुनों का कोई अंत नहीं है और सभी को भगवान शिव को अर्पित किया जाना चाहिए।

सन् 1400 के लगभग : लोचन कवि की 'रागतरंगिणी'। लेखक 12 मूल रागों का जिक्र करते हैं जिन पर अन्य सभी राग निर्भर करते हैं। ये 12 राग थे भैरवी, तोड़ी, गौरी, करनाटा, केदार, ईमान, सारंग, मेघ, धनाश्री, पूरवी, मुखारी और दीपक। पंचम को सिंहासन से उतारकर मेघ को प्रमुखता दी। खमाजी (खमाज) जैसे नये राग का उल्लेख।

सन् 1440 के लगभग : नारद द्वारा लिखित पंचम सार संहिता। उत्तर भारतीय रागों के सिस्टम के लिए महत्त्वपूर्ण ग्रंथ। लेखक स्वयं सूचित करते हैं कि यह सिस्टम विंध्याचल के उत्तर में प्रचलित है। छः रागों मालव, मल्लार, श्री, वसंत, हिंडोला तथा करनाटा का उल्लेख तथा मालव को प्रमुख राग बताया। प्रत्येक राग के साथ 6 रागिनियों का संबंध। प्रार्थना के लिए पदों का, उनकी रागों के साथ विवरण। माना गया कि 6 राग एवं 36 रागिनियाँ ब्रह्मा से उपजे हैं।

सन् 1486-1533 : चंडीदास द्वारा कृष्ण कीर्तन। राग एवं ताल में निबद्ध कृष्ण कीर्तन। नये रागों जैसे वागश्री, रागिनी मंगला, दीपश्री, वसंता, वडारी, धनाशी, रामगिरी आदि का उल्लेख। बंगाली स्थानीयता का पुट।

सन् 1450 के लगभग : राणा कुम्भकर्ण महिमेंद्र द्वारा संगीत राज। यास्तिक के अनुसार 30 भाषा गीति का जिक्र। प्रत्येक गीत राग नहीं होता। वह तभी राग होता है जब उसमें नाट्य शास्त्र द्वारा गिनाई 10 खूबियाँ हों। मुख्य 18 एवं 17

रागों की अलग अलग सूचियाँ। रागों का तालों से संबंध।

सन् 1509 : क्षेमकर्ण की राग माला। रीवा के राज दरबार से संबद्ध। छः प्रमुख रागों भैरव, मालव कौसिका, हिंडोला, दीपक, श्री एवं मेघ का जिक्र। प्रत्येक की पाँच पत्नियों तथा 8 पुत्रों की कल्पना। इस तरह 84 राग-रागिनियों की सूची प्रस्तुत की।

सन् 1486-1517 : राजा मानसिंह का 'मान कुतूहल'। ग्वालियर के राजा। अपनी गूजरी रानी के लिए मिश्रित रागों गूजरी, बहुल गूजरी, माल गूजरी तथा मंगल गूजरी की रचना। एक प्रसिद्ध संगीत सभा के आधार पर "मान कुतूहल" नामक ग्रंथ की रचना जिसका फारसी अनुवाद 'राग दर्पण' के नाम से उपलब्ध। उसके तीन दरबारी गायक बख्शू, ढोंढी एवं छरजू प्रसिद्ध जिन्होंने तीन नये मल्हार-बख्शू की मल्हार, ढोंढिया मल्हार एवं छरजू की मल्हार-रागों का निर्माण किया। बख्शू ने एक नई तरह का विलावल एवं बहादुरी तोड़ी राग भी बनाये।

सन् 1550 : रामामात्य द्वारा स्वरमेल कलानिधि। शारंगदेव के बाद दक्षिण भारत का सबसे महत्त्वपूर्ण ग्रंथ। विजय नगर राज्य के राम राजा के समय का ग्रंथ। राम अमात्य प्रसिद्ध टीकाकार कल्लिनाथ के वंशज। रागों का वैज्ञानिक पद्धति से वर्गीकरण। मूल नोटेशन समूह के आधार पर 'मेल', जिसे उत्तरी भारत में 'थाट' कहा गया था, का पहली बार ज़िक्र। स्वर समूह मुखारी को प्रधानता। पंद्रह स्वर समूहों का उल्लेख।

सन् 1500-1600 के बीच : तानसेन। रीवा के राजा रामचंद्र एवं फिर सम्राट अकबर के दरबारी। संगीत में मौलिक योगदान। सूरदास के भी समकालीन। कोमल गांधार एवं निषाद के दोनों स्वरों (कोमल एवं तीव्र) का पहली बार प्रयोग। राग मियाँ की मल्हार का निर्माण। मियाँ की तोड़ी, दरबारी कानड़ा जैसे रागों की रचना। शिवा, भरत और हनुमान के सिस्टम्स का परीक्षण कर रागमाला पुस्तक लिखी तथा 'तानसेनी मत' का प्रतिपादन किया। स्वयं अकबर द्वारा 300 से अधिक धुनों का निर्माण।

सन् 1599 : पुंडरीक विट्ठल का सद्‌राग चंद्रोदय, रागमाला, रागमंजरी। खानदेश के बुरहान खान के दरबारी। उत्तर एवं दक्षिण भारतीय सिस्टम्स का चार संस्कृत ग्रंथों में गहन विश्लेषण। हालाँकि दक्षिण भारतीय मुखारी या कनकांगी स्केल को प्रमुखता किन्तु 19 प्रमुख थाटों का ज़िक्र। उनमें से कुछ आज भी प्रचलित। फिर जयपुर के राजा माधोसिंह के अंतर्गत 'रागमाला' का लेखन। 66 रागों का उल्लेख। पहली बार रागों पर आधारित चित्रों का विवरण देते हुए पद एवं टाइम

थ्योरी का उल्लेख। फिर राजा मानसिंह कछवाहा के अंतर्गत रागमंजरी का लेखन। 20 जनक रागों का उल्लेख। 16 फारसी रागों का पहली बार जिक्र। दोनों एक समान नहीं पर दोनों के स्केल एक ही।

लगभग सोलहवीं शताब्दी : नारद द्वारा कत्वारिम साक्षात् राग निरुपणाम्। रागों की अधिकता के कारण स्त्री और पुरुष रागों के अतिरिक्त राग पुत्रों की परिकल्पना। दस पुरुष रागों का ज़िक्र, प्रत्येक राग का ध्यान चित्र एवं उस पर आधारित शब्द चित्र। प्रत्येक दंपत्ति के चार पुत्र।

सन् 1609 : सोमनाथ द्वारा राग विवोध। जहाँगीर के समय में रचित। 23 मुख्य रागों का विवरण जिन्हें मेलकर्ता कहा गया। मुखारी को शुद्ध स्केल माना गया और बाकी सब रागों को इन 23 रागों के अंतर्गत रखा गया। मातंग मुनि, निशांक एवं राग अर्णव को उद्धरित करते हुए 36 राग रागिनियों और उनके पाँच पुत्रों का उल्लेख। इस तरह 66 राग माने गये। दक्षिण भारतीय सिस्टम।

सन् 1625 : दामोदर मिश्रा की संगीत दर्पण। संगीत का मूल गुण आनंद प्रदान करना माना। 20 मूल रागों का ज़िक्र। हनुमान मत एवं रागअर्णव तथा सोमेश्वर के आधार पर ध्यान पदों तथा टाइम थ्योरी का विवरण। प्रार्थना के लिए उपयुक्त पदों का भी उल्लेख। शाहजहाँ के समय रचित।

सन् 1614-1640 : दक्षिण भारत के गोविंद दीक्षित द्वारा संगीत सुधा जाति रागों तथा जाति गीतों का नोटेशन के साथ विशद विवरण। शुद्ध जातियों को कपालिनी नाम दिया, भगवान शिव के साथ जोड़ा। धुनों को दस विभागों में विभक्त किया। 30 ग्राम रागों, 8 उप रागों और 20 शुद्ध रागों का विवरण। यहाँ तक आते आते 72 मेल कर्ता राग बने। इनमें से एक 'रघुनाथ मेल'।

सन् 1660 के लगभग : हृदय नारायण देव द्वारा हृदय कौतुक एवं हृदय प्रकाश। रागतरंगिणी से 12 थाटों की सूची ली और फिर त्रि-श्रुति 'म' और त्रि-श्रुति 'नि' लेकर 13वें थाट की कल्पना की। 'हृदय राग' नामक नया राग बनाया। दूसरी पुस्तक में 12 थाट पर ही केंद्रित। इन्हें ही मेलकर्ता बताया। हृदय प्रकाश का शुद्ध स्केल आधुनिक काफी थाट के निकट।

सन् 1660 के लगभग : वेंकटमुखी की चतुर्दंडी प्रकाशिका। वेंकटमुखी गोविंद दीक्षित के बेटे थे। स्वर मेल कलानिधि की गहन आलोचना। 72 मेल कर्ताओं का विवरण। 12 स्वर स्थानों के आधार पर 72 मेलकर्ता का निर्माण।

सन् 1665 के लगभग : अहोवल की संगीत पारिजात। सन् 1724 में फ़ारसी में अनुवाद। मोहम्मद शाह (1719-1724) के समय। राम्पुर स्टेट लाइब्रेरी में उपलब्ध। शुद्ध एवं विकृत स्थानों का वीणा पर स्थान नियत किया। किसी तरह का वर्गीकरण नहीं। पर हनुमान मत से सहमति। 122 रागों की सूची। समय और प्रहर के अनुसार समूह बनाये। 19 को सभी समय गाने के उपयुक्त बताया।

सन् 1673 : देव कवि द्वारा हिंदी में संगीत पर एक लघु पुस्तिका।

सन् 1674-1701 : भाव भट्ट की अनूप संगीत विलास, अनूप संगीत रत्नाकर, अनूप संगीतांकुश। बीकानेर के राजा अनूप सिंह के संरक्षण में रचित। सभी पूर्व ग्रंथों का अत्यधिक महत्त्वपूर्ण एवं व्यवस्थित विवरण। यास्तिक से प्रारम्भ करते हुए 18 मुख्य रागों के अलग-अलग रूपों का विवरण। जैसे नट के 16, करनाटा के 14, वेलावली के 16 एवं तोड़ी के 9 रूपों का विवरण। रागों का रोचक इतिहास। पहले तो चार ही थे-नट नारायण, मेघ, भैरव एवं श्री। इसमें ग्राम राग पंचम एवं राग अंग वसंत जुड़े। इन छः रागों के चार समूह एवं 20 मेलकर्ता रागों का विवरण। प्रार्थना के पदों के साथ रागों का संपूर्ण विवरण।

सन् 1730-1750 : पुरुषोत्तम मिश्रा की संगीत नारायण। नारायणदेव, परलाकिमेडी, दक्षिण गजपति वंश के अंतर्गत लिखित। इसमें पूर्व ग्रंथों नारद की पंचम सार संहिता तथा मम्भटाचार्य की संगीत रत्नमाला से पद उद्धृत। ये मूल ग्रंथ उपलब्ध नहीं। छः रागों के सिस्टम को ही आधार बनाया।

सन् 1763-1787 : तंजोर के राजा तुलाजी द्वारा संगीत सारामृतोद्वार गायक सौनिका के हवाले से रागांग, भाषांग आदि का विवरण। मातंग, विट्ठल एवं चतुर्दंडा प्रकाशिका का उल्लेख। सोमेश्वर देव के हवाले से शिव-पार्वती के मुख से छः प्रमुख रागों का प्रवाह। दक्षिण भारत के मेलकर्ता सिस्टम को आधार बनाया। पर मुखारी के बदले श्री को प्रधानता। नये डेरिवेटिव रागों का उल्लेख।

सन् 1719-1948 : मुहम्मद शाह रंगीले। खयाल गायकी पर जोर। सदारंग-अदारंग द्वारा ध्रुपद से खयाल की ओर ट्रांसिशन।

सन् 1779-1804 : महाराजा प्रताप सिंह देव द्वारा संगीत सार। लंका दहन एवं लीलावती जैसे नये रागों का जिक्र। हिंदुस्तानी संगीत पर आयोजित एक सम्मेलन के निष्कर्ष। बिलावल को शुद्ध स्केल माना गया।

सन् 1813 : मुहम्मद रजा खान द्वारा नगमात ए असफी। पटना के राजकुमार

मुहम्मद रज़ा द्वारा उत्तर भारतीय सिस्टम पर प्रश्न चिह्न खड़े किये। 'पुत्रों' एवं 'पत्नियों' वाले सिस्टम को खारिज करते हुए स्ट्रक्चरल साम्य पर जोर दिया। बिलावल स्केल पर आधारित।

सन् 1842 : कृष्णानंद व्यास द्वारा संगीत राग कल्पद्रुम। उदयपुर के गौड़ ब्राह्मण। हनुमान मल के अनुसार 36 रागों का सिस्टम। हिंदी और फारसी गीतों का संग्रह।

सन् 1895 : सर सौरेंद्र मोहन टैगोर द्वारा संगीत सार संग्रह। संगीत रत्नाकर, संगीत दामोदर एवं संगीत दर्पण के आधार पर प्रार्थना के पदों एवं ध्यान का विवरण।

सन् 1921 : पंडित भातखंडे द्वारा श्री-माल-लक्ष संगीतम एवं अभिनव राग मंजरी। आधुनिक समय के अग्रणी संगीतज्ञ एवं विद्वान। मेलकर्ता एवं जन्य रागों का सिस्टम माना। रागों को दस समूहों में बाँटा। ये थे कल्याण, खमाज, भैरव, पौरवी, मारवा, काफी, आसावरी, भैरवी एवं तोड़िका। बिलावल को शुद्ध स्केल माना।

सन् 1900-1950 : डॉ. रवींद्रनाथ टैगौर। संगीत में नवाचार। अलग अलग रागों के सम्मिश्रण से संगीत में प्रयोग। रवींद्र संगीत नाम से अलग संगीत का निर्माण किया।

संदर्भ सूची

1. **भारतीय संगीत वाद्य : डॉ. लालमणि मिश्र**
चौथा संस्करण, वर्ष 2011, भारतीय ज्ञानपीठ, 18, इन्स्टीट्यूशनल एरिया, लोधी रोड, नयी दिल्ली-110003

2. **ब्रज का सांस्कृतिक इतिहास : डॉ. प्रभुदयाल मीतल**
द्वितीय संस्करण, वर्ष 2011, साहित्य संस्थान, मथुरा

3. **चतुरंग : पं. सज्जनलाल ब्रह्मभट्ट** एवं **संगीता घारे**
प्रथम संस्करण, वर्ष 2003, मध्यप्रदेश हिन्दी ग्रंथ अकादमी, रवींद्रनाथ ठाकुर मार्ग, बाणगंगा, भोपाल-462003

4. **राग दर्पण : फकीरुल्लाह**

5. **नाट्य शास्त्र : आचार्य बृहस्पति**

6. **संगीत चिंतामणि : आचार्य कैलाशचंद्र देव बृहस्पति**

7. **भारत का संगीत सिद्धांत : आचार्य बृहस्पति**

8. **संगीत परिजात : अहोबल**

9. **संगीतोपासना : पं. राजाभैया पूँछवाले**

10. **अष्टछापीय भक्ति संगीत उद्भव और विकास : पं. चम्पकलाल, छबीलदास नायक कीर्तनाचार्य**

12. **भारतीय संगीत कोश : विमलकांत रॉय**

13. **श्री सर्वेश्वर, ब्रजलीला अंक, श्री कृष्ण जन्माष्टमी अंक संवत्, 2031 :**
श्री सर्वेश्वर विशेषांक : संपादक-ब्रजवल्लभ शरण, वेदांताचार्य, पंचतीर्थ सीताराम पुस्तकालय, मथुरा

14. **संगीत समय सार**
दूसरा संस्करण : आचार्य पार्श्वनाथ, 2009 संपादन आचार्य बृहस्पति, भारतीय ज्ञानपीठ, 18, इंस्टीट्यूशनल एरिया, लोदीरोड, नयी दिल्ली-110003

14. **ब्रज विभव : संपादक गोपाल प्रसाद व्यास**

15. **ब्रज वुलि की भाव संपदा : डॉ. अरुण होता**
सीताराम पुस्तकालय, विश्राम बाजार, मथुरा

16. **Ragmala Painting hrom India : Catherine Glynn**
Claudio Moscatelli Collection Robert Skelton 2011 Edition. Anna Dollapicola. Philip Wilson Publishers in association with Dulmich Picture Gallery, and Brighton Museum and Art Gallery.

17. **Ragas and Raginis : O.C. Ganguly:**
2004 Edition, Munshiram Manoharlal, Publishers Pvt. Ltd. 54, Rani Jhansi Road, New Delhi-110055

18. **Ragmala Miniatures : A study in Indian Painting and Music:**
Herbert J. Stooke and Karl Khandalvala. The Royal India, Pakistan and Ceylone Society. Bruna Cassirer, Oxford.

19. **The Ragas of Northern Indian Music, 2014 Edition :**
Alain Danielou Munshiram Manohar Lal Publishers Pvt. Ltd., 54, Rani Jhansi Road, New Delhi

20. **Musical Instruments of India History and Development :**
B. Chaitanya Deva. Munshilal Manoharlal, Publishers, 54, Rani Jhansi Road, New Delhi.

21. **A Cultural History of India :**
A.L. Basham Oxford University Press, YMCA Library Building, Jai Singh Road, New Delhi-110001.

22. **Essence of Rajasthani Miniature Ragmala Painting:**
Research Paper by Bhoomika Dwivedi and Makan Singh Rathore.

23. **The anti-noise Pollution Campain in India :**
An Article by Faiz Abdullali, 5 August, 2015

24. **Noise Pollution is Violative of Article 21 of the Constitution of India :**
An Article by Lubna Yusuh, 7 July, 2012.

25. **Indian Supreme Court gets tough on Noise Pollution :**
Environment, 18 July, 2005

26. **Noise Kills and blights lives in Europe :**
New Scientist an article by Andy Coghlan, 31 March, 2011

27. **Noise Pollution : A Modern Plague :**
Med Scape, Article by Lisa Goines, Louis Hooglar 2007.

28. **Basic Concepts of Noise :**
Lecture Notes oh Bruel and Kjaer.

णाणं

पयासयं

वीर नि.सं. 2470

ई. सन् 1944

भारतीय ज्ञानपीठ